KB260103

나는 미치도록
나에게 반한
누군가가 필요하다

Sei mutig und hab Spass dabei

by Suanne Härtel and Magdalena Köster

Copyright ©1999 Beltz Verlag, Sei mutig und hab Spass dabei
by Susanne Härtel and Magdalena Köster(Hrsg.),
Weinheim und Basel Pregramm Basel Programm Beltz & Gelberg,
Weinheim Korean language edition arranged
with Beltz Verlag through Shin Won Agency Co., Seoul
Korean translation copyright ©2004 by Dulnyouk Publishing Co.

나는 미치도록 나에게 반한 누군가가 필요하다
ⓒ 들녘 2004

초판 1쇄 발행일 | 2004년 6월 20일

지 은 이 | 주자네 헤르텔 · 막달레나 쾨스터
옮 긴 이 | 김명찬 · 천미수
펴 낸 이 | 이정원

펴 낸 곳 | 도서출판 들녘
등록일자 | 1987년 12월 12일 | 등록번호 10-156
주   소 | 서울시 마포구 합정동 366-2 삼주빌딩 3층
전   화 | 편집 (02) 323-7366 / 마케팅 (02) 323-7849
팩   스 | (02) 338-9640
홈페이지 | www.ddd21.co.kr

값은 뒤표지에 있습니다. 잘못된 책은 구입하신 곳에서 바꿔드립니다.
ISBN 89-7527-436-5 (03850)

여 성 예 술 가 8인의 삶 과 자 유

나는 미치도록 나에게 반한 누군가가 필요하다

주자네 헤르텔 · 막달레나 쾨스터 지음 / 김명찬 · 천미수 옮김

들녘

차 례

자기를 발견하고 자기를 만들었던 여덟 명의 여성

버지니아 울프는 언젠가 자신은 글을 쓰고 싶고, '단지 매력만으로' 자신의 생계비를 전적으로 충당하고 싶지 않다고 말했다. 이 책에 소개된 여성 예술가들은 버지니아 울프와 같은 생각을 했던 것으로 보인다. 그들은 오래된 어린 시절의 사진에서 벌써 깜짝 놀랄 정도로 유사한 반항적 기질을 드러내고 있다. 여성 사진작가 지젤 프로인트는 여성 건축가 마가레테 쉬테 리호츠키와 마찬가지로 소녀 시절부터 자유분방한 포즈로 카메라 앞에 나서기를 좋아했다. 그들은 자신감에 가득 차서 렌즈를 쳐다보았고, 매력적인 미소를 지으려고 애쓰지 않았다. 그것은 아역배우 엘레오노라 두제나 여성작가가 된 이름가르트 코인도 마찬가지였다. 모두가 일찍부터 자의식에 가득 차 있었고, 각자 자신의 방식으로 '영광스런 존재가 될' 예정이었다. 지젤 프로인트는 사진작가로서 수년간 경험을 쌓은 후에 그 사진들을 보고는 다음과 같이 말한 바 있다.

"아이의 얼굴은 그 아이가 인생에서 얼마나 많은 것을 받아들일 준비가 되어 있는지를 보여준다."

엘레오노라 두제의 경우 다섯 살 때 이미 극장의 포스터에 그녀의 이름이 올라 있었다. 여성화가 쉬잔 발라동은 몽마르트르 화가들의 모델이 되는 것에 머물지 않고 일찍부터 자신의 예술을 창조하기로 결정했다. 그리고 마리 비그만은 여성이 자신의 끼를 마음껏 분출할 수 있는 정당한 이기심을 가져야 한다고 주장한 바 있는데, 이것은 누구보다도 자신을 두고 한 말이었다. 그녀는 20세기 초에 부모의 반대를 무릅쓰고 무용을 공부하려는 자신의 뜻을 꺾지 않았다. 패션 다자이너인 엘자 스키아파렐리도 딸을 고상하게 키우려는 귀족 가문의 허례의식에 굴복하지 않았다. 그녀는 '모험에 굶주렸고' 단식투쟁을 통해 자신의 소망을 관철했다. 직업적으로 성공했을 때, 그녀는 무엇보다도 '용감하게 그리고 즐겁게'라는 자신의 삶의 원칙을 다른 여성들에게 전해주었다. 그 점에 있어서는 마를레네 디트리히도 똑같았다. 그녀는, 두 명의 남편을 일찍 여의고 넉넉하지 않은 돈으로 혼자서 딸들을 키워야만 했던 자신의 어머니처럼 살고 싶지 않았다. 그녀는 다르게 살았다. 그녀는 돈을 벌었고, 그녀의 딸은 들러리 역할을 했으며, 그녀에게 있어 남자들은 인생을 좀더 흥미진진하게 해주는 장식품에 불과했다.

마가레테 쉬테 리호츠키와 지젤 프로인트는 또 다른 점에 중점을 두었다. 두 사람은 강한 정의감을 지니고 있었고, 일찍부터 사회적 인습에 저항했다. 그녀는 세상을 바꾸고자 했고, 평범하지 않은 직업을 선택함으로써 곧바로 그것을 시작했다. 1916년에 그녀는 오스트리아 최초의 여성 건축가로 자처할 수 있었다. 지젤 프로인트는 베를린의 서민들이 다니는 학교에서 고등학교를 졸업할 권리를 얻기 위해 돈 많은 부모와 싸워야 했다. 유대인으로서 정치적으로 활발하게 활동한 이 여대생은 1934년에 망명할 수밖에 없었고, 프랑스의 파리를 새로운 고향으로 삼았다.

이 여성들의 전기를 읽을 때 눈에 띄는 것은 그들이 자신의 작업을 위해 쏟아 부은 엄청난 내면적 에너지이다. 성공은 그 누구의 품에도 거저 떨어지지 않았다. 지독한 일중독자였던 엘레오노라 두제가 그랬고, 나중에 그녀의 동료가 된 마를레네 디트리히도 마찬가지였다. 마를레네는 작업에 있어서는 '연습의 화신'이었다. 여성화가 쉬잔 발라동은 "나는 나를 발견했고 나를 만들었다"라고 썼고, 자신의 표현주의 화풍을 흔들림 없이 고수했다. 반면 마리 비그만은 그녀의 무용학교를 계속해서 끌고 나가기 위해 여러 차례 처음부터 시작해야만 했었다. 마가레테 쉬테 리호츠키도 고초를 겪었다. 여성 건축가이자 저항운동가였던 그녀는 전후에 공산주의자로 낙인 찍혀 모든 공공건물의 건축에서 배제되었는데, 이는 직업 활동이 금지된 것이나 다름없었다. 이름가르트 코인 역시 나치에 의해 그녀의 책이 불태워졌고, 이후 그녀는 작품을 창작하는 데 있어 엄청난 간섭에서 결코 회복되지 못했다. 그녀의 후기 소설들은 더 이상 『인조견 옷을 입은 소녀』와 같은 자유분방한 광채를 보여주지 못했다.

버지니아 울프는 언젠가 그녀가 자신의 일을 시작할 때 '집안의 천사'라는 것 때문에 얼마나 많은 고통을 겪어야만 했는지 고백한 적이 있다. 그것은 그녀에게 더 희생적인 자세로 그녀의 재능을 가족을 위해서 투자하도록 강요하는 유령과 같은 것이었다. 이 책의 여성 예술가들은 분명 '집안의 천사'는 아니었다. 그들은 오히려 그것을 누리는 입장이었다. 그들은 대부분 자신의 남편과 아이를 자주 자신들의 거친

직업 생활에 끌어들이려고 시도했다. 가정주부로서의 역할은 휴식과
도 같은 것이었다. 마를레네 디트리히는 오직 식도락을 즐기기 위해
서, 식탁 주위로 사람들을 불러모을 수 있다는 이유에서 할리우드 최
고의 아인토프 요리를 만들었다. 지칠 줄 모르는 마리 비그만도 화려
한 색으로 도배한 드레스덴의 자기 집으로 손님들을 즐겨 초대했고,
신화적 인물 엘레오노라 두제는 팬들을 피하고 싶을 때면 시골의 작은
집으로 피신하는 것을 가장 좋아했다. '건강한 음식을 먹고 피아노 없
이 지내는 것', 그녀에게는 그것이 지상의 낙원이었다. 위대한 스타의
소망은 이처럼 소박한 것이었다.

이 책에 소개하는 여덟 명의 여성들은 남편과 남자에 종속된 삶보다
는 여성에게도 자기만의 일이 있어야 한다는 것을 분명히 인식함으로
써 자신의 세계를 만들기 위해 용감하게 도전하여 성취해낸 인물들이
다. 이 여성들의 도전이 아름다운 것은 바로 세상을 향한 그들의 당당
함 때문일 것이다.

마를레네 디트리히(1901~1992, 배우 겸 가수)

나는 미치도록 나에게 반한 누군가가 필요하다

남자들은 불빛을 찾아다니는 나방처럼
내 주변을 맴돌고 있어.
나방들이 불에 타버려도
나는 어쩔 수가 없어.

_마를레네 디트리히

1940년대 할리우드 최고의 인기 여배우. 베를린에서 카바레 가수로 활동하던 중 연극과
영화에 출연했다. 〈제국 영화 신문〉에서는 그녀를 요부이며 유혹적이며 매력 있고 파멸적
이라고 표현했을 정도로 그녀가 풍기는 이미지는 관능적이었다. 전쟁의 소용돌이를 피해
미국으로 건너간 그녀는 요제프 폰 슈테른베르크 감독의 「푸른 천사」로 할리우드 영화계
에 데뷔했으며, 이후 그와 함께 수많은 작품에 출연하여 화려한 은막의 스타로 자유롭게
살았다. 제2차 세계대전 중에는 반나치 투쟁에 뛰어들어 전장터로 여행을 떠나기도 했고,
이때 『개선문』의 작가 레마르크를 만나 그를 미국으로 올 수 있게 돕기도 했다. 90세의 나
이로 세상을 떠날 때까지 수많은 작품을 남겨 화려한 명성을 얻었다. 대표작으로는 「푸른
천사」, 「상하이 특급」, 「모로코」 등이 있다.

위대한 여배우가 탄생하는 순간

1929년 10월 바벨스베르크에 있는 '우파(UFA) 영화 스튜디오'에서 스크린 테스트가 있었다. 무대 위의 젊고 예쁜 여배우는 편안하고 아무렇지도 않은 듯이 행동했다. 그녀는 자연스럽게 팔짱을 낀 채 여닫이문틀에 등을 기대고 있었다. 그녀의 반짝이 의상이 스포트라이트 속에서 번쩍거렸다. 그녀는 골반 쪽을 약간 앞으로 내밀면서 하품을 하며 긴 다리를 뻗었다. 그녀의 지루해하는 얼굴에서는 여기서 지금 막 유명한 감독인 요제프 폰 슈테른베르크가 만드는 새 영화의 스크린 테스트가 실시되고 있다는 사실을 조금도 느낄 수 없었다. 모두가 기다리고 있었다. 감독도, 녹음기사도, 카메라맨도, 조감독도, 의상담당자도, 무대 기술자도 모두 그랬다. 모두가 그녀를 주시하고 있었다. 젊은 숙녀는 담배에 불을 붙여 카메라 쪽으로 연기를 내뿜기도 했다. 아무도 한마디도 하지 않았다. 그녀는 반쯤 감긴 눈으로 서서히 땀에 젖어

가는 피아노 연주자를 쳐다보았다. 마치 긴장된 분위기는 아랑곳하지 않는다는 듯 그녀는 담배를 한 모금 빨고는 타고 있는 담뱃재를 문틀 가장자리에 놓았다. 그녀는 조심스럽게 담배를 입술에서 빼내고는 목 근육을 풀어주어야 한다는 듯 머리를 돌렸다. 그리고는 피아노 연주자 쪽으로 겸손하게 고개를 끄덕였다. 이제 그가 시작해도 좋다는 신호였다. 그는 피아노를 두들겼다. 한 번, 두 번, 계속해서 두들겼다. 그러자 반짝이 의상을 입은 그녀가 동요를 일으켰다.

"이봐, 도대체 당신 뭐 하는 거야? 그게 피아노 연주야? 나더러 그 쓰레기 같은 반주에 맞춰 노래하라구? 그래, 빨래통 위에서는 하겠지. 하지만 여기선 아냐, 알겠어? 멍청이 같으니라구!"

피아노 연주자는 쥐구멍이라도 있으면 숨고 싶었다. 그러나 요제프 폰 슈테른베르크는 이 여성에게서 시선을 돌릴 수가 없었다. 바로 그녀였다. 그녀는 자신의 영화의 주인공인 롤라 롤라에게 필요한 모든 것을 지니고 있었다. 그녀는 천박하고 아름다우며 신비스럽기도 하고 대범하고 강했다. 그녀는 명실상부한 그의 우상이자 꿈이었다. 그는 자신의 눈으로, 자신의 조명과 연출로 자신의 스타를, 그녀를 창조해냈다. 20세기에 가장 큰 성공을 거둔 영화 중의 하나가 이 순간에 시작되었다. 스물일곱 살의 나이에 루디 지버와 결혼하여 네 살배기 딸을 둔 마를레네 디트리히는 세계적 명성을 얻는 도정에 있었다.

마리아 막달레나 디트리히는 1901년 12월 27일 당시에는 아직 베를린의 교외였던 쉬네베르크에서 태어났다. 그녀는 경찰의 하급 간부였던 루이스 오토 디트리히와 그의 아내 요제피네의 둘째딸이었고, 따라서 훗날 그녀의 어머니가 늘 주입시켰듯이 '좋은 집안' 출신의 아이였다. 남편이 일찍 죽자 요제피네는 재혼을 했다. 그런데 육군 중령이었던 에두아르트 폰 로슈는 며칠 지나지 않아 전쟁에서 입은 부상으로 세상을 떠났다. 그래서 어머니는 두 딸에게는, 늘 함께 붙어 있으면서 모든 것을 결정하는 인물로 남았다. 그녀의 원칙은 명백했다. 즉 좋은 교육, 예의범절, 자제심, 의무 수행이 그것이었다. 집안은 깨끗하고 안전했으며, 정돈되어 있고 고급스러웠지만, 애정과 자발성은 없었다. 마리아 막달레나와 엘리자베트 자매는 꼭 끼는 코르셋을 착용하고 있었고, 그 코르셋은 제1차 세계대전이 일어난 시기에조차도 느슨해지지 않았다. 제멋대로 하거나 깊은 속내를 드러내는 것은 생각하지도 못할 일이었다.

이것은 영원히 중요하다. 즉 너의 감정을 숨겨라. 너는 너의 감정을 드러내서는 안 된다. 그런 일을 해서는 안 된다는 말이다.

소녀들은 어머니의 요구를 반항하지 않고 들어주었다. 또한 그들은 매일의 학습 과제, 여러 시간 동안의 음악 연습뿐만 아니라 장딴지 아래 부분이 날씬해지도록 하기 위해 부츠 끈을 아플 정도로 꼭 매는 것과 이빨을 꼼꼼히 닦는 것, 그리고 전쟁 때처럼 옹색하게 식사하는 것도 두말하지 않고 받아들였다.

이미 소녀 시절에 마리아 막달레나는 '마를레네'라는 이름이 자신의 낭만적인 꿈에 더 적합하다고 생각했다. 그녀는 사랑, 경탄, 예술, 명성에 대한 자신만의 비밀스런 생각을 품고 있었다. 아직 그녀는 몇 년 후에 사람들을 광란 상태로 몰고 갔던 몸매도, 얼굴도, 목소리도 가지고 있지 않았지만, 헝클어진 곱슬머리와 아름다운 눈, 그리고 붉고 통통한 뺨을 가진 꿈꾸는 듯한 그녀의 얼굴은 이미 희미한 유혹의 빛을 발하고 있었다.

열여덟 살에 마를레네는 처음으로 자유로워졌다. 어머니의 소망에 따라 그녀는 음악을 공부하여 협주 바이올리니스트가 되는 교육을 받기 위해 바이마르로 갔다. 당시 방을 함께 썼던 게르다 노악은 마를레네가 입학하던 때를 다음과 같이 회상했다.

'새로 온 여학생' 마를레네는 잊혀지지 않는 자세로 문과 경첩 사이에서 있었다. 그녀는 금세 우리를 매료시켰다. 그녀는 뭔가 특별했다. 그것은 만들어진 것도, 쌓아올려진 것도 아니었다. 그것은 그녀의 내부에 있었다.

마를레네가 자신의 매력이 얼마나 대단한지를 언제 발견했는지는 그녀만이 알고 있었다. 그녀는 훗날 늘 그 시기에 그렇게 예뻤다는 사실을 부정하고, 자신을 아무것도 모르는 '머리털이 있는 감자'로 묘사했다.

그녀는 자서전에서 다음과 같이 밝히고 있다.

괴테의 지혜가 나를 이끌었다. (그는) 한 소녀의 마음과 육체, 그리고 정신을 위태롭게 할 수 있는 모든 시도들로부터 나를 안전하게 해주었다.

그런데 바이올린을 가르치는 라이츠 교수가 분명 그녀의 요염한 자태에 빠진 첫 번째 인물은 아니었다. 그녀가 거의 비칠 것처럼 하늘거리는 쉬폰 원피스를 입고 바이올린 수업 시간에 가려고 나서면 동급생 여학생들은 킥킥거리며 창문을 통해 그녀의 뒤를 주시했다.

마를레네의 느릿느릿하면서도 선정적인 움직임은 그녀의 약간 풍성한 몸매 탓에 더 강조되었다. 그런데 마를레네는 그녀의 외모뿐만 아니라 무엇보다도 연습과 근면함 때문에도 친구들로부터 경탄의 대상이 되었다. 그녀는 매일 수업이 끝난 후에 5시간 동안 미친 듯이 바이올린 연습을 했다. 그 결과 아주 심하고 너무나 고통스러운 건초염(손가락과 발가락이 길다란 건腱에 있는 터널 모양의 건초에 생긴 염증)이 발병했다. 이로써 유명한 바이올리니스트로 명성을 날리는 꿈은 사라졌다.

그것은 나에게는 엄청난 충격이었다. 이제 나는 젊은 시절에 처음으로 하는 일없이 빈둥거리게 되었다. 나는 극장에서 새롭게 시도해보기로 결정했다. 극장은 나에게는 언어의 아름다움을 보여줄 수 있는 유일한 장소로 보였다.

그러나 마를레네에게는 언어의 효력뿐만 아니라 무엇보다도 그녀 자신이 관심사였다. 그녀는 주목받고 평가받고 경탄받고 사랑받기를 원했다. 스무 살이 되자 그녀는 '황금의 베를린'에서 출세를 향한 길고도 힘든 길에 첫발을 내딛었다.

마법의 힘을 발휘하는 은막의 스타

1921년 베를린. 독일은 제1차 세계대전이 끝난 후 경제적·도덕적으로 파국에 이르렀다. 거지, 전쟁으로 인한 불구자, 그리고 창녀들이 한때 화려했던 거리에 줄지어 있었고, 실업자들이 공장 문 앞에 길게 늘어서서 기적을 기다리고 있었다. 빵 값이 수천 마르크를 하더니 몇 백 만 마르크가 되고 급기야는 수조 마르크가 되었다. 인플레이션이 한없이 심화되는 반면, 정치적인 문화는 사라졌다. 폭동은 다반사였고, 경찰과 시위대들은 유혈 시가전을 벌였다. 그러나 절망과 빈곤의 이러한 수렁 속에서도 예술과 연예 활동은 붐을 이루었다. 유럽에서 베를린만큼 카바레, 극장, 바, 영화관들이 그렇게 많이 들어차 있어서 밤의 생활이 그토록 황홀하고 방탕한 곳은 없었다. 여가수 샐리 보울즈는 뮤지컬 「카바레」에서 그것을 '천상의 타락'이라 칭했고, 작가인 슈테판 츠바이크는 이렇게 썼다.

쿠어퓨르스텐담 거리를 따라 화장을 하고 브래지어로 가슴을 부풀린 청년들이 어슬렁거렸는데, 이 일을 직업으로 하는 청년들만이 아니었다. 김나지움에 다니는 학생들 누구나 얼마간이라도 돈을 벌기를 원했다. 또한 어두컴컴한 바에서 정부의 고위 관료나 은행가들이 술 취한 선원들을 정성껏 대접하는 것을 볼 수 있었다. 여자 옷을 입은 남자들과 남자 옷을 입은 여자들 수백 명이 경찰의 호의적인 눈길 속에서 춤을 추었다. 모든 가치가 전도되는 가운데 자신들의 질서 속에 지금까지 흔들리지 않던 시민들의 영역에도 일종의 광기가 덮쳤다.

마를레네는 첫 직업으로 영화사에 취직하게 되었는데, 그 일은 스크
린에서가 아니라 스크린 앞에서 하는 일이었다. 무성영화의 음악을 연
주하는 오케스트라의 유일한 여성 단원이 된 그녀는 바이올린을 너무
나 감정이 풍부하고 정확하게 연주해서 곧 여성 콘서트 마이스터(보통
오케스트라의 제1 바이올린 수석연주자이며 때로는 지휘자를 대신한다 - 옮긴
이)로 승격했다. 그런데 마를레네의 아름다운 다리가 오케스트라의 남
성 단원들의 주의력을 흩뜨려놓는다는 이유로 인해 유감스럽게도 4주
후에 해고되었다.

그 다음으로 마를레네는 드디어 무대 위에서 일하게 되었다. 그녀는
'카바레 걸'로서 자신의 다리를 보여주어 큰 성공을 거두었다. 흰 하이
힐 샌들에 긴 스타킹을 신고 몸에 꼭 끼는 반짝이 옷에다 허리에는 모
피 목도리를 걸치고 있으며, 머리에는 타조 깃으로 장식한 실크 모자
를 쓴 그녀는 매혹적이고 깊이가 있었다. 동경에 가득 찬 눈길만 아니
라면 다른 '걸'들과 별다른 차이가 없었다.

마를레네는 곧 '더 좋은' 버라이어티 극장으로 옮겼고, 패션 사진을
찍고 광고를 촬영했다. 그러나 일 년 후에 그녀는 쇼와 리뷰(화려한 장
식과 음악, 춤이 있는 무대극 - 옮긴이)에 진력이 났다. 그녀는 당시 독일
에서 가장 위대한 연출가로 인정받고 있는 막스 라인하르트의 베를린
배우학교에 지원했다. 그리고 처음에는 마를레네도 많은 유명한 동료
들과 비슷한 길을 걸었다. 즉 그녀가 평상심을 잃고 시험에 떨어진 것
이다. 그러나 포기는 있을 수 없었다. 마를레네는 끈질겼고, 환상과
용기도 가지고 있었다. 어느 날 저녁 그녀는 미리 알리지도 않고, '그
뢰센반' 카바레에 있는 유명한 로자 발레티의 의상보관실에 나타나서
그녀에게 도움을 청했다. 발레티는 마를레네의 목소리에 반해서 '막

스 라인하르트 세미나'의 교사인 헬트 박사에게서 개인 교습을 받도록 주선해주었다.

그리고는 드디어 처음으로 제대로 된 일을 얻게 되었다. 마를레네는 '독일 극장'의 소극장과 다른 대형 극장에서 연기를 했다. 처음에는 하녀나 꽃 파는 여인과 같은 단역만이 그녀에게 돌아왔다. 그녀는 새로운 직업에 대단한 열정을 가지고 몰두했으며, 극장에서 거의 모든 시간을 보냈고, 눈과 귀를 열어놓고 대가들에게 배우면서 자신만의 스타일을 발전시켰다. 그리하여 곧 그녀는 '우파 영화 스튜디오'에서도 단역을 맡게 되었다.

마를레네의 하루 일정은 매우 힘들었다. 그녀는 아침에는 카메라 앞에서 일하고 저녁에는 극장 무대에서 일했다. 종종 그녀는 잠깐 무대에 선 후에 다시 동료를 대신해서 출연하기 위해 두 번째 극장으로 바삐 가기도 했다.

나는 특별한 사람이 아니었다. 그리고 나는 그것을 알고 있었다. 누구나 자신에 대해 알고 있다. 생소한 이름도 많고 생소한 제목들도 많았지만, 결코 대사는 많지 않았다. 이렇다 할 역은 맡지 못했다. 대개는 화장하는 시간이 무대에 오르는 시간보다 길었다.

그렇지만 그녀는 첫 발걸음을 내딛었고, 일을 하고 있었다. 이제 그녀는 그 분야의 유력자들, 즉 감독들과 비평가들이 자신에게 주목하도록 신경을 쓰기만 하면 되었다.

가능한 한 자주, 그리고 인상적으로 눈에 띄는 것이야말로 영화에서 작은 역할을 맡기 위해 만반의 준비가 되어 있는 신인 여배우, 무용수,

또 예쁜 아가씨들로 북적이는 이 도시에서 가장 중요한 일이었다. 감독인 조 메이의 부인인 미아 메이는 마를레네의 전략에 감탄했다.

마를레네가 우리 모두에게 심어준 인상을 나는 결코 잊지 않고 있다. 나는 그녀가 무척 재미있고 유쾌하며 매력 있고 독창적이었다고 기억한다. 그 누구도 그녀에게 저항할 수 없었다. 그녀는 외알 안경을 쓰고 모피 목도리를 두른 모습으로, 때로는 다섯 개의 붉은 여우모피 목도리를 두르고는 여기저기에 나타났다. 어떤 때에 그녀는 사람들이 침대에 펼쳐놓는 이불 같은 늑대모피를 걸치고 나타나기도 했다. 베를린의 거리에서 사람들은 늘 그녀를 따라다니며 그녀를 보고 비웃었다. 그러나 그럼에도 그들은 그녀에게 매혹되었다. 그녀는 그들에게 애깃거리를 제공했다.

마를레네에게는 숭배하는 사람도, 스캔들도 적지 않았다. 그런데 이제 그런 그녀가 '제대로' 사랑에 빠지게 되었다.

루디 지버는 1922년 조 메이의 조감독이었고, 「사랑의 비극」의 촬영 작업을 하는 동안 단역들을 관리하는 일을 담당했다. 그는 잘생겼고 매력적이었으며 그때 막 메이의 딸과 스캔들이 있었다. 마를레네는 당시 입을 삐죽거리는 야비한 여자 역할을 맡고 있었고, 세트장에서 루디의 관심을 끌기 위해 끈기 있게 노력했다.

그가 나를 보았다. 나는 내 눈을 의심했다. 그는 너무나 멋있었다! 그의 금발머리는 빛이 났고, 자신의 영지에 있는 영국의 귀족처럼 옷을 입고 있었다. 영화의 일개 조감독이 진짜 트위드 재킷을 입고 있다니? 아, 나는 내가 그를 사랑한다는 사실을 금세 알았다!

루디 지버와 마를레네 디트리히는 1923년 5월 17일에 결혼했다. 그렇게 갑작스럽고 낭만적으로 시작된 결혼 생활은 2년 후 어린 마리아가 태어나면서 더욱 충만해졌다. 잠깐 동안 마를레네는 헌신적인 어머니이자 아내였다. 다른 모든 것은 일단 부차적인 일이었다. 그러나 3개월이 지난 후 그녀는 더 이상 집에 있는 것을 참지 못하게 되었다. 마를레네는 다시 일하려 했다. 왜냐하면 그녀는 인정받는 중견 여배우가 되겠다는 위대한 목표를 아직 달성하지 못했기 때문이었다. 그리하여 그녀는 새로이 일을 찾아 나서게 되었다.

마를레네와 루디는 완전히 베를린의 밤의 사교계에 속해 있었다. 둘이서 삶을 영위하겠다는 낭만적 생각은 사라져버렸다. 두 사람은 새로운 관계들을 찾았지만, 서로의 우정은 포기하지 않았다. 그들은 함께 또는 따로따로 베를린의 번화가를 배회했고, 적지 않은 주목을 끌었다. 두 사람은 너무나 아름답고 젊은데다 삶에 관심이 많았다.

마를레네는 여러 차례 오디션을 받았지만, 계약을 하지 못하고 다시 집으로 돌아왔다. 그녀는 속상하게도 좋은 여배우가 되기에는 한마디로 말해 너무 예쁘다는 말을 들어야 했다. 마침내 1926년 영화 「마농 레스코」에서 그녀는 두 번째 여주인공을 맡게 되었다. 실로 그녀는 연기력보다는 미모 덕분에 비평가들의 눈에 띄었다. 그러나 어쨌든 사람들은 그녀에게 관심을 갖게 되었다. 계속해서 연극과 영화 일이 이어졌고, 마를레네는 열심히 일했다.

한 행운이 그녀를 도와주었다. 마를레네는 성공을 거둔 리뷰 「입에서 입으로」(1926/27)에서 병으로 도중하차한 주연 여배우 에리카 글래스너의 대역을 맡게 되어 드디어 자신만의 스타일을 지니고 있음을 증명할 기회가 생겼다. 그녀의 스타일이란 아주 간단했다. 즉 그녀는 아무것도 하지 않는 것이다! 마를레네의 동료인 후버트 폰 마이링크는 수십 년이 지난 후에 그녀가 무대에 올랐을 때를 다음과 같이 회상했다.

> 당신은 노란 드레스를 입고 있었어. 드레스 자락이 길게 끌렸고, 목에는 장밋빛 주름장식이 달려 있었어. 드러난 어깨 위로 머리를 숙여 대충 인사하고는 어떤 현대 인기 작곡가의 노래를 부르더라구. 그리고 당신은 천천히 그 육감적이고 자극적인 다리로 느긋하고 편안하게 무대 전면을 따라 걸었지. 원래 그것은 당신이 연기하거나 만들어낸 것이 아니었어. 당신의 스타일에서 당신의 예술이 태어난 거지. 시선 하나로, 속삭이는 말 한마디로 당신은 커다란 무대에서 전성기에 있는 희극 여배우보다도 더 많은 것을 말했지.

사로잡힌 관객들이 알지 못하는 것은 마를레네가 연습을 하는 동안 사랑의 새로운 형식을 알게 되었다는 사실이다. 베를린의 유명인사로 동성연애자임을 밝히고 사람들의 인정하에 도처에서 남자 같은 행동을 하고 다니는 클래어 발도프가 그녀를 숭배했다. 마를레네는 아마도 이때야 비로소 자신이 지닌 마법적인 매력의 차원을 알게 된 것으로 보인다. 이 힘의 황홀함은 그녀가 죽을 때까지 그녀를 따라다녔다.

나는 어쩔 수 없네

마를레네 디트리히는 이제 베를린 연극계와 영화계의 유명인이 되었다. 그리고 그녀의 이름은 잡지에 자주 등장했다. 언젠가 그녀는 심지어 미모의 섹스 심벌로서 〈베를리너 일루스트리어텐〉의 표지를 장식하기도 했다. 사람들은 그녀를 당시 할리우드에서 성공을 구가하고 있던 그레타 가르보와 비교했다. 마를레네는 본래 순진한 여자나 비극적인 여인의 역할을 더 좋아했지만, 계속 방탕하고 육감적이며 천한 화류계 여성 역할을 맡았다. 「올랄라 공주」(1928)의 초연이 끝난 후 〈제국 영화 신문〉은 다음과 같이 썼다.

마를레네 디트리히는 요부이며 유혹적이며 매력 있고 파멸적이다. 마를레네 디트리히는 이 역할로 독일에는 전문가가 드문 이 역할 분야에서 뛰어난 인물이 될 수 있으리라는 것을 증명해주었다.

마를레네 디트리히는 스물일곱 살에 상당한 양의 일을 해냈다. 그녀는 17개 영화와 26개의 연극 작품에 출연했는데, 부분적으로는 주목할 만한 역할도 맡았다. 그 사이에 그녀는 배우로서의 견고한 기초를 다졌고, 많은 경험도 쌓았다. 서민적인 지방 쇠네베르크의 씩씩한 딸이 재기 넘치는 매혹적인 여자로 정체를 드러낸 것이다.

무성영화가 실제로는 결코 아무런 음향 없이 상영된 것이 아니라 음반이나 구식 축음기를 이용한 음악이나 피아니스트 또는 관현악단이 연주하는 음악이 함께 나왔음에도, 유성영화의 도입은 결정적인 전환이 되었다. 이것은 영화 분야에서 일종의 혁명과도 같은 일이었다. 영상들이 말을 하게 하는 시스템을 처음 만든 것은 베를린의 세 물리학자였다. '트리 에르곤'의 특허는 '20세기 폭스'사의 창립자인 윌리엄 폭스가 획득했고, 미국의 한 제작자 그룹에 1천8백만 달러에 팔렸다. 사람들이 '무비톤'이라고 부른 유성영화는 주간 뉴스에서 테스트된 이후 미국과 유럽 영화 시장을 빠르게 정복했다. 비록 처음에 시도한 작품들이 어설펐음에도 관객들은 유성영화를 처음부터 좋아했다. 그러나 이 업종에 있어서의 혼란은 이만저만한 것이 아니었다. 수백 개의 영화가 단번에 구식 영화가 된 것이다. 모든 기술 장비들을 새로 바꾸어야 했고, 세트와 의상에 마이크로폰을 설치해야 했으며, 전적으로 새로운 촬영 기술이 발전되었다. 스튜디오의 사장은 비용 때문에 신음했고, 배우들은 발성 수업에 신경을 곤두세웠다. 왜냐하면 삑삑거리는 가는 목소리를 가진 위대하고 강한 영웅이나 앙칼진 목소리 또는 사투리 억양을 가진 유혹적이고 세련된 숙녀는 있을 수 없다는 사실이 명백했기 때문이다. 그렇게 해서 희망을 품었던 많은 배우들이 '좋은 목소리'라는 암초에 걸려 좌초하게 되었다.

그런데 마를레네 디트리히는 그렇지 않았다. 그녀는 훌륭한 유성영화 배우가 지니는 두 가지 자질을 다 지니고 있었다. 그녀는 놀라울 정도로 깊이 있고 음감 있는 목소리를 선천적으로 물려받았다. 또한 그녀는 표정과 제스처를 절제하여 사용하는 법을 이미 배운 터였다. 다른 무성영화 스타들이 아주 부자연스럽게 눈을 굴리고 얼굴을 찡그리는 반면에 그녀는 눈썹 하나만 올리면 그것으로도 비할 바 없이 더 효과적이었다!

1930년에 '우파'에서의 중요한 스크린 테스트의 결과로 마를레네는 요제프 폰 슈테른베르크와 함께 촬영 작업을 시작했다. 요제프 폰 슈테른베르크의 삶의 이력은 자기 훈련과 인정을 받기 위한 투쟁으로 점철된 마를레네의 이력과도 같았다. 빈 출신 유대인인 요제프 폰 슈테른베르크는 15세 때 오스트리아의 유대인 배척주의를 피해 미국으로 이주했다. 그는 겨우겨우 살아가면서 영화계에서 출세를 위해 시종일관 노력하였다. 그리하여 마침내 그는 1925년에 영화 「구원을 찾는 사람들」로 하룻밤 사이에 유명해졌다. '파라마운트 영화사'가 그를 고용했고, 따라서 그는 베를린과도 교류하게 되었다. '우파'는 파라마운트 없이는 살아남기가 힘들 수도 있었으므로 파라마운트와 활발하게 사업적인 교류를 나누고 있었다. 미국으로 수출을 하지 않으면 독일 내에서는 새로운 영화, 얼굴, 그리고 스토리에 대한 수요가 부족했다. 그래서 그들은 결국 에밀 야닝스를 '파라마운트'에 빌려주듯 이 독일 스타들을 '대여'함으로써 돈을 벌었는데, 그리 나쁘지 않은 사업이었다.

그런데 이제 독일에서도 유성영화에 대한 수요가 있게 되자 '우파'는 독일 시장과 미국 시장에 동시에 작품을 내놓을 수 있는 감독을 찾았다. 에른스트 루비치가 물망에 올랐지만, 봉급 수준이 너무 높았다. 그런 점에서 에밀 야닝스는 자신에게 첫 오스카상을 안겨준 작품의 감독인 요제프 폰 슈테른베르크를 추천했다. 슈테른베르크는 우파의 제안을 즉각 받아들여 베를린으로 와서 「푸른 천사」를 촬영했다. 이 영화는 1세대 독일 유성영화로 꼽힐 뿐만 아니라 오늘날까지도 영화사에서 가장 유명한 작품들 중의 하나로 하인리히 만의 『운라트 교수』를 원전으로 한 작품이다.

괴팍한 김나지움 교사인 라트 교수는 자신의 학생들을 몰래 정탐하

느라, 싫지만 하는 수 없이 악명 높은 나이트클럽 '푸른 천사'에 발을 들여놓는다. 그런데 그는 검은 양들을 벌하는 대신 가수인 롤라 롤라의 포로가 되어버렸다. 그는 그것으로도 만족하지 않고 롤라 롤라와 결혼까지 한다. 그로 인해 그는 자신의 직위를 잃게 되며 우스꽝스러운 어릿광대로서 극단과 함께 이리저리 돌아다니다가 어느 날 고향으로 돌아와 모욕적인 죽음을 맞이한다.

1920년대 독일의 가장 유명한 무성영화 스타인 에밀 야닝스는 교수 역을 약간 과장되기는 했지만, 설득력 있게 연기했다. 그런데 마를레네는 그의 인기를 능가했다. 그녀가 실크 모자에 실크 스타킹을 신고 술통 위에 앉아 아름다운 다리를 보여주며 부른 프리드리히 홀랜더의 「나는 머리부터 발끝까지 사랑밖에 몰라」라는 노래는 지금까지 잊혀지지 않고 있다. 마를레네의 선정적인 모습은 특별했다. 그녀는 반쯤 감긴 눈으로 교태를 부리며 유혹하다가 다음 장면에서는 천진난만하게 그리고 거의 어머니처럼 교수의 수염을 잡아당기는가 하면, 그의 청혼에 감격하여 매혹적인 웃음을 흘리며 그를 파멸로 몰아넣는다. 물론 그것을 미처 깨닫지 못하고 말이다. 그녀는 낮은 목소리로 속삭인다.

남자들은 불빛을 찾아다니는 나방처럼 내 주변을 맴돌고 있어.
나방들이 불에 타버려도 나는 어쩔 수가 없어.

이것은 마를레네가 평생 동안 말한 모토였다. 촬영이 진행되는 동안 요제프 폰 슈테른베르크 외에 또 한 사람이 여기서 이미 영화계에 또 하나의 새로운 스타가 출현할 것임을 알고 있었는데, 그가 바로 에밀 야닝스였다. 그는 이 영화로 자신의 유성영화 데뷔를 멋있게 장식하려 했다. 그래서 그는 마를레네가 자신을 조연으로 강등시켰다면서 그녀를 미워했다. 그는 질투하는 장면을 찍을 때 돌아가는 카메라 앞에서 상대 여배우인 마를레네의 목을 너무 격렬하게 졸라 그녀가 회복될 때까지 촬영 작업이 중단될 수밖에 없었다.

1930년 4월 1일 베를린에 있는 글로리아 궁전에서 시사회가 있었고, 대성공을 거두었다. 베를린 사람들의 눈이 거의 튀어나올 정도였다. 영화가 시작하자마자 마를레네는 처음 나오는 노래 「아이들아, 오늘 나는 무언가를 찾아낼 거야」를 에로틱하면서도 공격적으로 불러 장면을 압도한다. 몇 년 후에 비평가들은 마를레네가 이 영화를 통해 관객과 영화 예술에 선사한 것이 무엇인지를 말로 표현해보려고 시도했다. 그것은 바로 숨기지 않은 성애와 깊은 곳에 자리잡은 비밀이었다. 저널리스트인 막스 브로트는 시사회를 방문한 이후에 다음과 같이 썼다.

검은 스타킹, 흰 언더웨어, 그리고 그 사이로 살짝 드러나는 속살이 뿌옇게 강조되어서 검열관이 아무런 말도 할 수 없었고, 관객들 역시 말을 잃었다. 그녀가 기마 자세로 의자 위에 앉아 있으면, 그것은 노골적으로 성행위를 하는 것보다도 더 자극적이고 거친 흥분을 가져다 준다. 그녀가 아주 살짝 암시적으로만 허벅지를 올려도 이 단 한 번의 동작이 완전한 오르가즘을 나타내게 된다.

할리우드를 향하여

베를린은 하룻밤 사이에 스타 한 명을 얻고 또 잃었다. 마를레네는 시사회 축하연이 열리는 동안 이 도시를 떠나 기차를 타고 브레멘 항구로 가서 뉴욕으로 가는 배에 올랐다. 그녀의 목표는 할리우드였다. 베를린 '우파 스튜디오'의 고위층 인사들은 그들이 보유한 스타의 자질을 알아보지 못하고 잘못 예측했다. 그들은 시사회가 시작되기 전 실패를 우려해 마를레네와 새로운 계약을 맺지 않았다. '파라마운트 픽처스'의 스카우터로 영화 촬영 중에 그녀를 유심히 지켜보았던 시드니 켄트는 선견지명이 있었다. 그는 급히 미국으로 전보를 쳤다.

그녀는 센세이션을 일으킬 만함. 붙잡을 것. 계약할 것!

할리우드에서의 활동을 위해 마를레네는 베를린에 있는 모든 것을 떠나야 했다. 남편, 아이, 가족, 친구들 등 모두 다 그녀에게는 중요한 존재들이었다. 새로운 나라에 적응하는 것은 쉽지 않았고, 그녀는 감독이자 그 동안에 연인이 된 요제프 폰 슈테른베르크에게 매달렸다. 그들은 7개의 작품을 함께 촬영했고, 5년 동안 한 개의 대작을 만들었다. 그것은 바로 마를레네 디트리히라는 전설이었다.

'파라마운트 픽처스'에서 찍은 첫 영화는 대성공을 거두었다. 「모로코」(1930)에서 마를레네는 다시 나이트 클럽의 가수역을 맡아 외설적인 노래를 부르며 처음으로 연미복을 입고 등장했다. 관객들은 충격을 받았고, 숨이 멎을 듯 흥분했으며, 황홀해하고 열광적으로 환호했다. 그 후로 바지는 마를레네의 상표가 되었고, 많은 영화에서 그녀는 최

딸 마리아, 남편 루디 지버와 함께 있는 마를레네 디트리히, 1931년

소한 한 번은 신사복을 입고 등장했다. 그녀의 연기가 그녀의 미모에 필적하는가의 문제는 논란거리였지만, 그녀가 유혹적인 시선, 목소리, 동작을 완벽하게 구사한다는 것은 사실이었다.

슈테른베르크는 독재적인 감독이었고, 마를레네는 노예처럼 그의 지시를 따랐다. 그들의 영화가 지닌 가장 매력적인 점은「모로코」에서의 흥분을 자아내는 장면과 같은 정확한 타이밍의 창출이다.

디트리히 양, 내가 말하는 대로 정확하게 해요. 그를 응시하면서 하나, 둘을 세어요. 그리고 말해요. '이제 당신은 더 잘될 거예요.' 그런 다음 문 쪽으로 걸어가서 다시 세어요. 하나, 둘, 셋, 넷. 천천히! 그리고 돌아서서 그를 쳐다보지 말고 말해요. '나는……' 그 다음 시선을 그의 얼굴로 돌려요. 눈을 깜빡이면 안 돼요. 그리고는 천천히 말해요. '점점 당신이 좋아져요!'

요제프 폰 슈테른베르크는 어느 누구 못지않게 조명을 잘 다루었고, 따라서 그는 화면에 나오는 마를레네의 얼굴을 카메라로 창출해냈다.

나는 그의 생산품이며 전적으로 그에 의해 만들어졌다. 그는 그림자로 내 뺨이 들어가게 만들었고, 내 눈을 더 커 보이게 했다. 나는 스크린에 나타난 내 얼굴에 매혹되었고, 매일같이 그의 창작물인 내가 어떻게 보이는지 보기 위해서 필름이 빨리 인화되어 나오기를 고대했다.

슈테른베르크는 마를레네에게 살을 빼라고 강요했으며, 이제 그녀의 몸매도 완벽한 다리에 필적하게 되었다.

「모로코」가 나온 이후로 이미 마를레네는 미국에서 대단한 스타였고, 유명세를 마음껏 즐겼다. 가르보가 악의적으로 "마를레네 디트리히가 누구지?"라고 묻게 되면서 그녀가 가는 곳마다 사진기자들의 플래시 세례가 그녀에게 퍼부어졌다. 〈뉴욕 타임스〉는 그녀를 평가하며 다음과 같이 썼다.

외국의 여배우가 '하룻밤 사이에' 스타로서 명성을 얻은 일은 유성영화 역사상 처음 있는 일이다.

「푸른 천사」는 「모로코」가 개봉된 이후에야 비로소 미국의 극장에서 상영되었다. 그리고 슈테른베르크가 감독하고 마를레네가 주연을 맡은 세 번째 영화 「불명예」(1931)는 이전의 모든 흥행 기록을 깨뜨렸다.

마침내 마를레네는 남편과 아이를 다시 만나려고 독일로 여행했다. 그러나 그녀가 환호를 받으며 떠난 지 8개월밖에 지나지 않은 베를린에는 다른 분위기가 지배하고 있었다. 새로이 조직된 국가사회주의 노동당은 「푸른 천사」에 대해 반감을 갖도록 선동했다. '고향'에서는 점점 더 많은 사람들이 빈곤에 빠져드는데, 마를레네는 할리우드에서 후한 개런티를 받았다고 언론은 비꼬았다. 유대인 감독과의 작업이라든지 프랑스 여인이나 오스트리아 여인의 역을 맡는 것은 독일 사람들이 자신들의 여배우에게서 기대하는 바가 아니었다.

마를레네는 아직은 그러한 모욕을 어깨를 으쓱거리며 무시할 수 있었지만 루디에게 딸 마리아와 함께 베를린에서 파리로 이사하도록 종용했다. 그곳에서 그는 독일 언론에 관찰당하지 않고 애인인 타마라 마툴과 함께 살 수 있었다. 타마라는 가족과 같았고, 무엇보다도 마를레네가 혼자서 미국에서 지낸 첫 몇 년 동안 어린 마리아가 가장 가깝게 여기는 사람 중의 하나였다. 마를레네가 '파라마운트 스튜디오'와 맺은 계약에는 루디가 파리에 있는 '파라마운트'에서 좋은 직장을 얻게 해준다는 조건도 들어 있었다. 그럼에도 루디, 타마라 그리고 마리아의 생활비는 할리우드에 있는 마를레네에게로 청구되었고, 마를레네는 조금도 망설이지 않고 그것을 지불했다. 마를레네의 입장에서는 자신의 결혼을 치근대는 팬들에 대한 방패막이로 이용했으며, 요제프 폰 슈테른베르크는 그녀가 이혼을 무조건 거부하는 것에 절망한 첫 남자이다.

그러나 루디는 그녀에게 있어 좋은 핑곗거리 이상을 의미했다. 그는 그녀의 친구이자 신뢰하는 사람이며 고해 신부였다. 그리고 이 평범하지 않은 관계는 평생 동안 지속되었다. 요제프 폰 슈테른베르크가 그녀에게 계속해서 만족스럽지는 않을 것이며, 남자든 여자든 그 누구도 그녀를 충족시킬 수 없다는 사실을 루디만이 알고 있었다. 마를레네는 '아빠'에게 보내는 편지에서 루디에게 새로운 일이 있으면 아주 세세하게 모두 다 얘기하면서 그에게 조언도 구하고 은밀한 세부 사항까지도 털어놓았다. 루디는 다시 '엄마'에게 답장을 하여 그녀와 농담도 하고 그녀가 자신의 숭배자들에게서 훌륭한 선물들을 받으면 함께 기뻐하며 가장 좋은 친구로 남았다.

애인으로서, 배우자로서, 남편과 아버지로서의 자신의 위치를 분명 그렇게 쉽게 버렸던 그는 아주 놀라울 정도로 집요하게 '여왕의 조언자'라는 자신의 타이틀에 매달렸다.

마를레네의 모든 애인들이 그녀의 이러한 개방성에 잘 적응한 것은 아니었다. 영화 「노래 중의 노래」(1933)에서 그녀의 상대역이었던 브라이언 에이헌은 철저한 영국 신사였는데, 그는 이 부부의 사이좋은 관계를 눈치챘을 때 자신이 마를레네와 연애를 한 것에 대해 양심의 가책을 느꼈다. 그래서 그는 그녀에게서 물러났지만, 그 후 말많은 언론을 통해 자신이 물러남으로써 단지 새로운 애인에게 자리를 내주었을 뿐이라는 것을 알게 되었다.

마를레네와 가까운 또 한 사람으로 인해 그녀의 처신이 문제가 되었다. 딸 마리아는 여섯 살 때 미국의 어머니에게로 보내졌다. 마를레네가 자신의 '작은 천사' 없이 견디지 못했기 때문이다. 이 일로 때문에 요부로서의 마를레네의 이미지에 손해가 미칠 수도 있다는 '파라마운트 픽처스' 홍보 담당자들의 우려를 그녀는 한마디로 무시해버렸다. 미국은 그녀를 있는 그대로, 즉 사교계의 여성이자 어머니로 받아들여야 했다. 그런데 마리아는 처음에 미국으로 간다는 사실을 썩 좋아하지 않았다. 훗날 그녀는 이렇게 말했다.

나는 학교에 가고 싶었고, 무언가를 배우고 싶었으며, 다른 아이들과 알고 지내고, 친구들을 찾고 싶었다. 그러나 그 모든 것을 할 시간이 없었다. 우리는(마리아와 그녀의 보모) 곧 배를 타고 할리우드라는 곳에서 새 삶을 시작해야 했다.

루디와 타마라와의 이별은 어린 마리아를 한없이 힘들게 했다. 아름답고 완전무결한 어머니는 마리아에게 낯설었다. 아이는 어머니를 잡아당겨서도 안 되었고, 더럽혀서도 안 되었다. 때때로 기분이 좋으면 마를레네는 자신의 딸을 지나치리만큼 예뻐하기도 했지만, 그러고 나면 마리아는 어머니를 다시 차갑고 가까이 갈 수 없는 존재로 느꼈다.

마리아는 아직 적응력이 있고 명랑한 아이였다. 수영장과 정원이 있는 크고 아름다운 집, 비싼 장난감과 세련된 옷, 말쑥한 운전사와 '파라마운트 스튜디오'에서 일하는 친절한 동료들이 루디와 타마라를 그리워하는 그녀의 마음을 어느 정도 달래주었다. 그녀는 이미 베를린에서 요제프 폰 슈테른베르크를 알고 있었다. 그녀는 그를 좋아했지만, 그가 아버지를 대신할 수는 없었다. 모든 애인들이 마리아를 생각해서 밤에는 집을 떠났다가 다음 날 아침 공식적으로 아침식사를 하러 왔다. 그렇지만 잠에서 깨어난 소녀는 그 이상을 듣고 보았다. 그리고 스스로 그것을 이해했다. 마리아에게는 모리스 슈발리에, 브라이언 에이헌, 더글러스 페어뱅크스와 다른 많은 이들이 당연히 가정 생활의 한 부분에 속해 있었다.

이같이 동시에 이루어지는 여러 애정 관계는 때때로 얽히기도 했지만, 어머니는 아주 훌륭하게 이야기를 둘러댔고, 완벽한 솜씨로 자신의 날조된 순진무구함을 믿을 만한 것으로 보이게 했다.

마를레네의 애인들 대부분은 그녀의 애정이 오래 가지 않는 것을 나쁘게 여기지 않았고, 애인 관계가 끝난 뒤에도 죽을 때까지 그녀의 진정한 친구로 남았다.

1930년대의 할리우드에서는 일부일처제가 일반적으로 추구할 가치가 있는 미덕으로 여겨지지 않았다. 그런데 이 시기에는 인생을 즐기는 스타들은 더 이상 이전의 1920년대와 같이 과격하고 무절제하게 즐기지 않았다. 그 사이에 세계대전이 일어났고, 경제 위기가 있었기 때문이다. 그리고 세무 당국이 마침내 돈을 잘 버는 영화배우들을 '고객'으로 발굴한 것도 염두에 두어야 했다. 하지만 그럼에도 잘생기고 아름다운 사람들과 부자들이 만나는 이국풍의 만찬, 가장무도회, 수영장 파티는 끊이지 않았다. 그러나 마를레네는 기분좋은 밤에 가까운 친구들만 초대하여 떠들썩하게 무도회를 여는 것도 퍽 좋아했다. 그녀는 즐겨 '엄마' 역할을 했고, 손님들에게 훌륭한 아인토프 요리(찌개처럼 모든 재료를 냄비에 넣고 끓인 간소한 냄비 일품요리―옮긴이)를 해주고 직접 구운 케이크를 대접했으며, 밤 나절 반을 부엌에서 웃고, 마시고, 떠들면서 아주 방종하고 '숙녀답지 못하게' 보냈다. 스크린에서 그녀는 늘 다가갈 수 없고 신비로운 여인, 볼이 파인 미인으로 비쳤고, 언론 앞에서나 공식적인 행사 때에도 이 역할을 계속해야 했다. 그러나 사적으로 그녀의 친구들은 그녀를 좋은 동무로, 즉 남을 도와주는 것을 좋아하고 마음이 넓으며 우스갯소리도 잘하는 사람으로 생각했다.

그러나 마리아에게는 이러한 어머니의 여러 역할이 부담이 되었다. 그녀는 훗날 마음속 깊이 묻어둔 자신의 혼란스러운 어린 시절 이야기를 쓰게 되는데, 이때 마를레네는 모든 진실을 말하라고 부탁하기까지 한다. "하지만 내가 죽고 나면 그때 가서……"라는 말을 덧붙이기는 했지만 말이다.

마를레네의 딸인 마리아가 쓴 9백 쪽에 달하는 글은 자신이 그 그림자를 늘 따라다닌 어머니에 대한 청산으로서, 때로는 사랑이 넘치고 때로는 격분에 가득 차 있다. 마리아 리바는 아름다운 전설을 무자비하게 깨뜨리는 반대되는 모습을 그려냈다. 그녀는 자신의 어머니가 외모상의 결점, 즉 숱이 적은 머리카락, 축 늘어진 젖가슴, 못생긴 손발 때문에 얼마나 고통을 당했는지 얘기해주고 있다. 어머니의 사진들은 공개되기 전에 모두 수정 작업을 거쳐야 했고, 보정용 코르셋, 드레스에 박아 붙이는 브래지어, 장갑, 모자에 많은 돈을 쏟아 부어야 했다는 것이다.

마를레네가 대외적으로 완벽한 모습을 보여준 반면, 마리아와 비버리 힐즈를 자주 방문한 루디와 타마라는 화장하지 않은 마를레네를 보았다. 그들 사이에 비밀은 없었다. 마를레네는 자신을 숭배하는 사람들이 보낸 편지들을 아무렇게나 여기저기 놓아두었고, 어떤 때는 아침식사를 하면서 그것을 소리내어 읽기도 했다. 마를레네는 특히 그중에서도 한동안 매일 연애편지를 보낸 메르세데스 드 아코스타의 편지를 많이 읽었다. 예전에 가르보의 어릴 적 친구였던 메르세데스는 마를레네와 마찬가지로 할리우드의 레즈비언과 양성애 여성들의 유명한 서클인 ‘바느질 모임’의 일원이었다. 그녀는 나중에 마를레네가 원래 자신을 따라다녔으며, 자신에게 구애할 때 자신의 집을 몇 주일 동안 꽃으로 넘치게 했다고 폭로함으로써 앙갚음을 했다.

「상하이 특급」(1932)은 마를레네가 ‘그녀의’ 감독 요제프 폰 슈테른베르크와 함께 찍은 영화 중 가장 성공을 거두었으면서도 논란이 많은 영화의 하나가 되었다. 비평가들은 실망을 금치 못했다.

나로서는 7천 번이나 나오는 디트리히 포즈가 싫증이 난다. 나는 그녀의 신비스러운 포즈가 너무나 훈련에 의해 만들어진 것이고, 그녀의 메이크업은 너무 부자연스러우며, 그녀의 동작 하나하나, 말 한마디 한마디가 너무 생각이 많아서 극적인 표현을 해내지 못한다고 생각한다.

그리고 베니티 페어에 대해서는 적대적으로 다음과 같이 말하고 있다.

슈테른베르크는……능숙한 장난거리에 반대하는 자신의 솔직한 스타일을 무엇보다도 실크 스타킹을 신은 디트리히의 다리와 레이스로 가린 엉덩이와 바꾸었다. 그리고 그는 그녀 자체에서 최고의 창녀를 만들어냈다.

그럼에도 관객들은 이 부자연스럽게 과장된 첩보물을 좋아해서 이 영화는 오스카상에서 세 부문의 후보에 오르더니 마침내 '카메라'상을 받았다.

그러나 다음 번 영화 「금발의 비너스」(1932)는 실패했고, '파라마운트'에는 그녀를 교체할 시기가 왔다는 사실이 분명해졌다. 슈테른베르크는 우선적으로 해고되었지만, 마를레네는 계약상 영화를 더 찍어야 할 의무가 있었고, 따라서 1933년에 그녀를 만든 '창조자' 없이 처음으로 미국 영화를 촬영해야 했다. 처음에 그녀는 「노래 중의 노래」의 작업에 저항감을 느꼈지만, 그 다음에는 주도권을 쥐었다. 결코 초보자가 아닌 감독 루벤 마물리언은 마를레네가 촬영 첫날 이후로 조명기사에게 지시를 내리는 것을 보고 머리를 흔들며 지켜보아야 했다. 다행히도 마물리언은 영리해서 작은 것에 연연해하지 않았다. "훌륭해, 마를레네!"라고 그는 소리쳤고, 그녀의 간섭을 받아들였다. 왜냐하면 마를레네는 그녀의 대가에게서 배웠기 때문이다. 그녀는 빛과 그림자가 자신의 몸에서 어떻게 분배되어야 하는지를 직관적으로 느끼고 있었다. 항상 세트장에는 남자 키만한 입식 거울이 놓여 있었고, 그녀는 그 거울을 보며 동작을 조절할 수 있었다. 그녀는 어떤 것도 우연에 맡기지 않았다.

「노래 중의 노래」는 큰 성공을 거두었고, 마를레네는 자신이 슈테른베르크 없이도 무언가를 이룰 수 있다는 것을 깨달았다. 또한 다른 관점에서도 그녀는 그에게서 자유로워졌다. 모리스 슈발리에는 같은 시기에 「사랑으로 가는 길」을 촬영했고, 자신의 의상보관실을 마를레네의 의상보관실 옆에 마련했다. 또한 그녀의 영화 상대역인 브라이언 에이헌 역시 아름다운 여배우에게 저항할 수 없었다. 그 다음에는 매력적인 감독 마물리언도 있었다.

촬영이 끝난 후 마를레네는 1933년에 유럽으로 갔다. 그곳에서 그녀는 베를린에서 영화배우로서의 자신의 미래를 펼 수 없다는 사실을 분명히 알게 되었다. 「노래 중의 노래」는 나치에 의해 금지되었고, 마를레네에 대한 논쟁이 활발하게 진행중이었다. '타락한 문학'의 소각과 '타락한 예술'에 대한 비방이 이미 이루어지고 있었고, 마를레네의 옛 친구와 동료들을 포함한 많은 예술가들이 망명했다. 마를레네는 이제는 '파라마운트'와 새 계약을 맺기 위해 노력해야 했다. 왜냐하면 많은 사람들의 행복이 전적으로 그녀에게 달려 있었기 때문이다. 그녀는 베를린에 있는 어머니와 언니, 형부와 조카를 뒷바라지해주고 있었고, 루디와 타마라의 사치스러운 파리 생활에도 돈을 대주어야 했으며, 자신과 그 동안 스위스 기숙학교에서 지내는 마리아의 생활비도 잊어서는 안 되었다. 게다가 유럽에서 도피하는 사람들을 도와주는 일까지 있었다. 마를레네는 계속해서 스스로를 파괴하는 위험을 감수해야 했다.

새로운 계약이 성사되었고, 마를레네와 요제프 폰 슈테른베르크는 다시 한 번 함께 두 편의 영화, 즉 「스칼렛 황후」(1934)와 「여자는 악마다」(1935)를 찍었다. 다시 열광의 물결이 미국을 거쳐 유럽으로 퍼져 나갔다. 물론 독일은 예외였다. 마를레네는 최고의 위치에 있었다. 「여자는 악마다」의 포스터에는 영화 제목만큼 큰 글씨로 그녀의 이름이 세 번이나 쓰여져 있었다. 그녀는 세계 최고의 대우를 받는 여배우가 되었다. 그녀는 일 주일에 2만 달러를 벌었고, 데이비드 셀츠닉과 1936년에 찍은 다음 영화 「알라의 정원」의 출연료는 총 45만 달러에 달할 정도였다.

아무것도 숨기지 않았고, 아무것도 잃지 않았다

그러나 최고의 상태가 지나자마자 마를레네는 자신의 경력에 있어 최악의 상태로 나아가고 있었다. 별 성과 없는 몇몇 영화와 악의적인 비평이 나온 이후 그녀의 이름은 그레타 가르보, 존 크로포드, 프레드 아스테어, 캐서린 헵번과 함께 영화사와 무관한 독립 영화관들의 ‘흥행의 독소’ 리스트에 올랐다. 이 유명하고도 악명 높은 리스트가 반드시 관객의 취향을 대변한 것은 아니었고 해당 배우들의 업적이나 이미지를 반영한 것도 아니었지만, 제작자들을 불안하게 만들었다. ‘파라마운트’는 재빨리 그녀를 해고했고, 심지어는 그녀와 함께 다음에 찍

할리우드의 마를레네 디트리히, 1933년

기로 합의한 영화를 찍지 않는 데 대한 위약금으로 그녀에게 2만 5천 달러를 배상하기도 했다.

마를레네는 실업자가 되었지만 태연했고, 연장된 휴가를 즐기기 위해 프랑스로 갔다. 루디, 타마라, 그리고 요제프 폰 슈테른베르크가 그녀와 함께 있었다. 그때 그녀는 갑자기 새로운 연애 사건에 휘말리게 되었다. 에리히 마리아 레마르크는, 성공을 거둔 평화주의 소설 『서부전선 이상 없다』로 인해 1933년에 나치로부터 독일을 떠나도록 종용을 받았으며, 이후 그는 유럽의 휴양지를 이곳 저곳 떠돌고 있었다. 그는 마를레네와의 만남을 훗날 『개선문』에서 묘사함으로써 그녀에 대한 이미지를 영원한 것으로 만들었다.

그는 광대뼈가 튀어나오고 양미간이 넓은 창백한 얼굴을 보았다. 얼굴은 굳어 있었고 가면 같았다. 그 얼굴이 지닌 솔직함이 바로 그 얼굴의 비밀인 그런 얼굴이었다. 그 얼굴은 아무 것도 숨기지 않았고, 그로 인해 아무 것도 잃지 않았다.

그 전에 마를레네가 유럽을 방문했을 때 이미 나치는 그녀를 독일로 돌아오게 해서 '우파'의 제일인자가 되게 하려고 몇 번 시도한 적이 있었다. 괴벨스는 자신의 목표에 가까이 왔다고 믿었다. 왜냐하면 마를레네는 전략적으로 영리하게 굴 수밖에 없었기 때문이다. 첫째로 그녀가 언제라도 미국으로 다시 가기 위해서는 자신과 루디, 그리고 마리아를 위해 합법적인 독일 여권이 필요했다. 둘째로는 그녀의 어머니, 언니 그리고 형부가 아직 독일에 살고 있었다. 그런데 마를레네는 정당하지 못한 독일 국가 안에 정착하는 것에 대해 한순간도 진지하게 생각해보지 않았다. 그녀는 미국 시민권을 이미 신청해놓았고, 베를린의 가족들에게도 자신과 함께 미국으로 가자고 매번 간청했다. 1939년 9월 1일 아돌프 히틀러의 전차부대가 폴란드로 진격하자 마를레네는 루디와 마리아, 그리고 레마르크만 데리고 미국으로 갔다.

유럽이 몰락하는 동안 마를레네는 영화사에서 가장 화려하게 복귀했다. 원래 그녀는 함께 영화를 찍자는 '유니버설 스튜디오'의 제안을 마지못해 받아들였는데, 돈을 버는 것이 급했기 때문이다.

조 파스테르나크 감독, 그리고 젊은 배우 제임스 스튜어트와 함께 찍은 서부극 「데스트리는 다시 말을 탄다」(1939)로 마를레네는 다시 한 번 성공을 향해 노래하고 연기했다. 그녀는 바의 호스티스인 프렌치 역을 맡았는데, 이번에는 다른 얼굴을 보여주었다. 그녀는 더 이상 그림자와 빛으로 만들어진 꿈꾸는 듯하고 가까이 갈 수 없는 존재가 아니라 우스꽝스럽고 신랄하며 시끄럽고 손에 잡힐 듯한 그런 존재였다. 그녀의 나태한 눈꺼풀은 반역적으로 깜빡거렸고, 관객들은 환호했다. 마침내 여신은 높은 곳에서 내려와 거만한 태도를 고칠 수 있었다. 그녀는 "남자들이 뒷방에서 무엇을 가지려 하는지 보렴" 하고 노래를 부르며 살롱의 계산대를 넘어 씩씩하게 걸어가서는 행실이 좋은 부인과 서로 치고 받으며 싸우는 광경은 잊지 못할 장면이다. 제임스 스튜어트는 그녀에게 완전히 반했고, 그것은 사랑스러운 셰리프 데스트리로서의 역할에서만이 아니었다. 레마르크는 미친 듯이 날뛰었고, 루디는 관심없다는 듯 어깨를 으쓱거렸으며, 마리아는 분통을 터뜨렸다. 그러나 마를레네는 다른 걱정이 있었다. 그녀는 마흔 살을 바라보고 있었고, 자신의 완벽한 얼굴에 주름이 생기는 것을 끔찍해하면서 보았다. 「데스트리」 이후로 그녀는 영화를 찍을 때에는 가발 밑에 접착 테이프를 붙여 얼굴을 팽팽하게 당겼다.

「데스트리」는 전쟁이 끝난 후에야 독일 영화관에서 상영되었다. 그동안 나치가 '조국을 배신한 여배우'의 모든 영화를 상영 금지했기 때문이다. 그녀는 유대인 감독이나 제작자와 함께 아주 성공적인 영화들을 찍으면서 조국의 예술가로 활동하기를 거부하지 않았는가? 그리고 그녀는 1939년에 공식적으로 미국인이 되었다. 그러나 마를레네 디트리히 스스로는 평생 동안 마음으로는 독일인으로 남아 있으며, 괴테에서 릴케까지의 독일 문학과 독일의 역사와 언어에 항상 연결되어 있다고 느꼈음을 되풀이하여 말했다. 아마도 그렇기 때문에 그녀는 전쟁이 시작된 이후로 미국으로 밀려든 유럽 이민자들의 외로움을 많이 이해했던 것 같다. 마를레네 디트리히는 그들 중 많은 사람들에게 배를 탈 때 드는 비용을 대주었다. 물론 그들은 그 사실을 몰랐다. 그녀는 에른스트 루비취, 리온 포이히트방어가 새로 정착하여 직업과 집을 얻는 데 남몰래 도움을 주었다.

1941년 히틀러가 미국에 대해서도 전쟁을 선포하고 일본인들이 진주만을 폭격하자 비로소 미국은 먼 유럽에서 일어난 전쟁을 진지하게 받아들이기 시작했다. 클라크 게이블을 위원장으로 '할리우드 승리위원회'가 결성되었고, 마를레네는 곧 열광적으로 참여했다. 주디 갈랜드와 함께 그녀는 미국을 돌아다니며 전시(戰時) 공채를 팔았다. 그녀는 특히 큰 성과를 거두었는데, 루스벨트 대통령은 그녀가 공채를 팔 때 어떤 방법을 쓰는지에 대해 이야기를 듣고는 그녀를 백악관으로 불러 친히, 앞으로는 나이트 클럽에서 취한 손님들을 무릎에 앉혀 놓고 자신이 원하는 수표를 가슴속으로 집어넣게 하는 일을 하지 못하게 했다.

마를레네는 그의 요청에 따랐지만 쉬지는 않았다. 그녀는 전쟁에 반대하는 것이라면 무엇이든 하려 했다. 그녀는 애국적 영화를 몇 편 찍었고 마침내 부대 위문 자원봉사자로 나섰다. 1944년에서 1945년까지 그녀는 '지금까지 해온 것 중 유일하게 중요한 일'을 떠맡았다. 두 사람의 희극 배우, 한 사람의 피아니스트 그리고 또 한 사람의 센티멘탈풍 유행가 가수와 함께 그녀는 전방에 있는 미군들에게 기분 전환과 긴장 해소를 가져다줄 계획을 세웠다.

다섯 명의 예술가들은 북아프리카, 이탈리아, 벨기에, 프랑스에서, 그리고 때로는 위험스런 조건 속에서 쇼를 보여주었고, 마를레네는 도처에서 열광적으로 환영받았다. 군인들은 나무 판자로 만들어진 즉석 무대를 꽃으로 장식하고 완전 군장을 한 채 무대로 밀려들었다. 그들은 자신들을 만나러 더럽고 위험한 곳으로 용기 있게 와준 이 스타가 등장할 때마다 미친 듯이 좋아하며 박수를 쳤다. 그런 대스타가 전쟁터에 나타난다는 사실은 그들에게 새로운 용기를 불어넣어주었다. 그녀의 동료인 대니 토머스는 훗날 이렇게 회상했다.

젊은이들은 소리를 질러댔다. 마를레네가 그녀의 톱 모양 악기를 꺼낸 다음 몸을 뒤로 젖히고 앉아서 반짝거리는 의상을 허벅지까지 올리고는 그녀의 완벽한 다리 사이에 악기를 놓고 젊은이들에게 '낙원'으로 가는 시선을 보내면 환호성과 함께 남성 호르몬이 분출되었다. 건물 전체가 떠나갈 듯했다.

그러나 마를레네는 정서적으로 굶주린 군인들에게 사랑을 가득 담은 목소리로 '보이즈'라고 부르면서 성적인 만족감만을 준 것은 아니었다. '릴리 마를렌'을 사랑한 어느 군인의 슬프고 감동적인 노래는 그녀가 다녀간 이후로 불멸의 고전이 되었다.

전쟁이 마를레네를 변화시켰다. 그녀는 군인 병원을 방문해 죽어가는 이들을 위로했다. 그녀는 처음으로 비참함, 오물, 피, 부패, 죽어가는 사람들을 보았다. 그녀는 목숨을 걸고 달렸고, 몸에 이도 생기고 동상과 폐렴에도 걸렸다. 마를레네가 죽을 때까지 전 세계에서 받았던 깊은 존경심은 무대와 스크린의 예술가에게 바쳐진 것일 뿐만 아니라 용감하게 전쟁터에 나가 소박한 군인들의 친구가 되었던 여성에게 바쳐진 것이기도 했다.

전쟁이 끝난 후에도 그녀는 군대에 남아 있었다. 그녀는 엘리자베트가 해방된 베르겐 벨젠 강제수용소에 나타났다는 사실을 알고 곧바로 언니를 돕기 위해 수용소로 갔다. 그곳에서 그녀는 또다시 충격을 받게 된다. 사람들은 그녀에게 언니와 형부가 독일 수용소 통솔을 위해 일했는데 아이러니컬하게도 마를레네와 같은 분야, 즉 군대 위문, 오락을 담당했었다고 알려주었다. 이 순간부터 마를레네 디트리히는 죽을 때까지 자신에게 언니가 있다는 사실을 부정했으며, 역사적 진실은 쉽게 재조사될 수 있음에도 그녀는 자신만의 진실을 항상 주장했다.

마를레네는 제정신이 아닌 채로 미국으로 돌아왔다. 이곳은 그녀가 신랄하게 못박아 말하듯이, 텔레비전 방영이 중지되는 것보다 더 나쁜 일이 결코 일어날 수 없는 나라였다.

우리는 멍청한 몇 마디 논평만으로 인사를 받았다. 공수부대원 제복에 훈장이 달려 있음에도 넥타이를 매지 않으면 레스토랑에 발도 들여놓을 수 없었다. 뉴욕의 나이트 클럽 엘 모로코에서 나는 전쟁에서 싸웠던 바로 그 사람들을 들어오지 못하게 하려고 애쓰는 것을 보았다. 그러나 커다랗고 기름진 스테이크를 앞에 놓고 있는 이들 신사들, 전쟁이라고는 겪어보지도 못하고 폭탄 터지는 소리는 들어보지도 못한 그들은 이 나라에 굳건하게 뿌리를 내리고 있었다. 그들과 다른 사람들인 우리는 국외자였다.

마를레네는 실로 명예로운 훈장을 많이 받았다. 미국의 '자유의 메달', 프랑스의 '레지옹 도뇌르 5등 훈장'뿐만 아니라 그녀가 특히 자랑스러워하는 '레지옹 도뇌르 4등 훈장'까지도 받았다. 그렇지만 그녀는 무일푼이었고, 미국에서는 영웅적 기백보다는 좋은 직업이 더 중요하다는 사실을 깨달았다. 그녀는 급히 돈이 필요했다. 그녀는 다음과 같이 고백했다.

내게 돈이 있었을 때 나는 늘 그 돈을 다 써버렸다. 돈을 쓸 기회는 아주 많았다. 그런데 나 자신을 위해 쓰는 일은 드물었다. 내게 자동차, 모피, 사치품 따위는 문제가 아니었다.

그녀의 친구들은 물론 이런 고백에 대해 웃을 수밖에 없을 수도 있다. 왜냐하면 마를레네는 손이 큰 것으로 유명하긴 했지만 손해를 보지는 않았기 때문이다. 그녀는 장갑, 백, 구두를 다스로만 샀고, 장신구, 속옷, 좋은 식사 역시 포기할 수 없었다. 그녀는 수행원들과 짐을 나르는 사람들을 위해 호텔에서는 한 층 전체를, 바다를 건너는 기선에서는 선실의 반을 빌려야 했다.

따라서 예전의 생활 수준을 다시 회복하기 위해서는 돈이 들어와야 했다. 그러나 다음에 찍은 영화들은 호평을 받지 못했다. 그중의 하나인 「마르탱 루마냑」(1946)을 그녀는 프랑스에서 새로운 애인과 함께 촬영했다.

장 가뱅은 뭍에 올라온 물고기처럼 어쩔 줄을 모르고 마치 고아처럼 나에게 매달렸다. 나는 밤낮으로 그를 어머니처럼 돌보아줄 준비가 되어 있었다. 나는 그의 어머니였고 누나였고 친구였다. 그리고 그 이상이었다!

마를레네는 장 가뱅의 폭력적인 열정, 그의 구타와 욕설을 참아냈지만, 그와 결혼은 하지 않으려 했다.

나는 혼자일 때만 나 자신일 수 있다.

장 가뱅은 깊은 상처를 받아 헤어졌고, 다시는 마를레네를 보지 않았다.

전쟁이 끝난 후 마를레네 디트리히는 15편의 영화를 더 촬영했다. 그중에는 찰스 래프튼과 함께 찍은 「검찰측 증인」(1958), 오손 웰스와 함께 찍은 「악마의 손길」(1958), 스펜서 트레이시, 버트 랭카스터와 함께 찍은 「뉘른베르크 재판」(1961) 등이 있다. 그녀는 가장 뛰어나고 유명한 감독들과 함께 작업했고, 그 시대 최고의 스타들과 나란히 연기했다. 그녀는 늘 관객들을 자신의 매력 속으로 끌어들였지만, 점차 마를레네 디트리히라는 스크린의 전설을 찾는 사람들은 줄어들었다. 그러나 그녀는 사적으로나 직업적으로 예전보다도 더 많이 사람들의 인정, 사랑 그리고 경탄을 갈구했다. 그녀는 친한 친구 어네스트 헤밍웨이에게 다음과 같이 털어놓았다.

나는 미치도록 나에게 반한 누군가가 필요하다.

결코 포기하지 않고 용감하며 환상이 넘치고 열심히 일하는 마를레네. 마를레네는 항상 일에 달려듦으로써 위기에서 빠져나오는 길을 찾았다. 52년 동안 그녀는 새로운 일에 도전했다. 그녀는 샹송 가수로서 무대를 정복했고, 물론 대대적인 성공을 거두었다. 그렇지 않았다면 '디트리히'가 아니었을 것이다. 세리단 몰리는 그녀에 대해 다음과 같이 말했다.

전후에 디트리히는 무엇보다도 거의 전적으로 무대에서 활동했는데, 아마도 벼락닫이 문을 고안한 이래로 무대 기술이 이룩한 최대의 성과일 것이다.

그녀는 샹송 가수로서 다시 한 번 사람들을 열광의 도가니로 몰아넣는 데 성공했다. 비평가인 엘리어트 노턴은 당시 이렇게 썼다.

거기에 그녀는 서 있었다. 조그맣고 마른 몸매로, 자신 있게 머리를 들고 있었다. 모든 사람들이 그녀를 응시했다. 많은 사람들은 입을 벌린 채로 있었다. 갑자기 그녀는 노래하기 시작했다. 이제 그녀는 물고기가 물을 만난 것처럼 자연스럽고 여유만만했다. 그녀는 위대한 예술가요, 자신의 일의 대가이며 활동력이 충만한 살아 있는 전설이었다.

마를레네가 독일을 배반했다고 부당한 비난을 퍼붓고 베를린에서 '마를레네 고 홈'이라는 현수막으로 그녀를 맞이했던 독일 관객들도 첫 콘서트 이후로는 그녀에게 환호를 보냈다. 그녀는 우아함과 유머와 애욕이 섞인 모방할 수 없는 매력을 내뿜으며 노래를 불렀는데, 그것은 목소리보다는 연기를 필요로 하는 그런 공연이었다. 즐거운 노래 「자니, 네 생일에는」, 뻔뻔스럽고 비속한 노래 「나는 멋진 롤라야」 또는 슬픈 노래 「꽃들이 어디에 있는지 내게 말해줘」와 같은 수많은 샹송들이 마를레네를 통해 불후의 작품이 되었다. 그녀의 음반은 오늘날까지도 샹송 부문에서는 최고에 속한다.

마를레네는 다시 가수로서 세계적인 스타가 되었고, 지구를 횡단하며 사람들로 만원을 이룬 콘서트 홀을 돌아다녔다. 영화에서와 마찬가지로 노래에 있어서도 그녀에게는 미모와 몸매뿐만 아니라 그녀가 확신하는 완벽한 자기 단련이 있었다. 그녀는 여러 주 동안 스스로 프로그램에 만족할 때까지 최고로 열심히 일했다. 눈썹 하나 올리는 것, 먼 곳을 바라보는 것, 그 모든 것이 '자리가 잡혀 있다.' 그 유명한 숨막힐 듯이 '노출 심한' 드레스들도 마찬가지이다. 어슴푸레하게 속이 내비치는 반짝이 드레스는 그 옷이 덮고 있는 것을 드러내 보여줄 정도로 몸에 달라붙고 하늘거렸다. 마를레네는 영원한 젊음과 아름다움, 힘과 헌신의 환상을 구현했다.

그러나 그녀는 품위 있는 은퇴의 순간을 놓쳐버렸다. 일의 중압감을 이겨내기 위해서는 약과 알코올이 점점 더 중요해졌고, 나이의 흔적을 덮기 위해서는 몸을 점점 더 잔인하게 다루어야만 했다. 73세 때 시드니의 무대 위에서 떨어졌을 때에야 비로소 마를레네는 모든 콘서트 제의를 거절했다.

1978년에 그녀는 마지막으로 영화에 출연했다. 〈슈피겔〉 지(紙)는 「멋있는 기둥서방, 불쌍한 기둥서방」에서 마를레네를 '미라 같은 모습'을 하고 있다고 묘사했다. 그 후에 마를레네는 일관된 행동을 보여준다. 즉 아무도 더 이상 그녀를 만날 수 없었고, 사진도 인터뷰도 없었고, 공식 석상에 나타나는 일도 없었다. 마를레네 디트리히 전설은 그녀가 바랐던 대로 나이와 병으로 인해 침해당하지 않고 사람들의 머릿속에 남아 있어야 했다. 그녀는 파리에 있는 자신의 집에 은둔했고, 옷가지, 잡동사니, 편지, 사진 등에서 추억을 되살렸다. 막시밀리안 셸만이 그 이면을 들여다보았다. 그의 놀라운 영화 「마를레네, 특집」(1984) 제작을 위해 그는 이 스타를 찾아가 그녀의 목소리를 녹음할 수는 있었지만 얼굴 모습을 촬영하지는 못했다.

나는 죽을 정도로 사진을 많이 찍었으므로 더 이상은 원하지 않아요.

마를레네 디트리히는 1992년 5월 6일에 파리에서 세상을 떠났다. 죽음을 위해 그녀는 고독을 찾아다녔다.

장 콕토는 나의 고독을 '스스로 선택한' 것이라 했다. 그가 옳았다.

마렌 고트샬크

쉬잔 발라동(1865~1938, 화가)

영혼을 사로잡은
몽마르트르의 자유인

그녀는 놀랄 정도로 맑은 눈을 가지고 있었다.

그녀는 자신의 검은 머리를 높이 올리고 있었고,

걷는 것이 아니라 춤추는 것처럼 보였다.

그녀는 아마존의 여인 같기도 했고,

요정 같기도 했다.

_쉬잔 발라동

19세기 말 파리에서 사생아로 태어나 화가의 모델이 되었다. 르누아르, 툴루즈 로트레크 등 당대의 쟁쟁한 화가들이 그녀를 모델로 해서 그림을 그렸다. 화가들과 생활하면서 자신의 재능을 그림에서 발견하고는 이후 화가로 전향했다. 열아홉 살에는 자신의 어머니와 마찬가지로 사생아를 낳았고, 아들 모리스 위트릴로는 그녀 못지않은 유명한 화가로 성공했다. 모델인 그녀가 여성화가로 인정받기까지에는 힘든 투쟁을 거쳐야 했는데, 무엇보다도 전통적으로 여성은 영감을 주는 뮤즈였고, 남성은 창조하는 존재였기 때문이다. 다행스럽게도 그녀의 드로잉을 본 드가의 극찬에 힘입어 화가로 등단하는 발판을 마련했으며, 이후 남성 누드를 처음으로 시도하기도 했다. 인습과 통념을 증오하며 자유로운 삶을 살면서 독창적인 자신만의 스타일을 창조했다. 주요 작품으로는 파리 근대미술관에 소장되어 있는 「푸른 방」 등이 있다.

사생아로 태어난 천재 여성화가

그녀는 반짝이는 푸른 눈, 꿀처럼 달콤한 금발머리, 육감적인 입, 그리고 유혹적인 육체를 가졌다. 세기 전환기의 몽마르트르에서 그녀는 인기 있는 모델이었다. 오늘날에도 예술에 관심 있는 사람이라면 누구나 그녀를 알고 있다. 그녀는 오귀스트 르누아르 그림에 나오는 머리를 땋은 여인이며, 붉은 뺨을 가진 춤추는 농촌 아낙네이며, 긴 장갑을 낀 우아한 무희이며, 육감적인 몸을 가진 목욕하는 여인이다. 그녀는 앙리 드 툴루즈 로트레크가 그렸던 서커스의 말 타는 여인이고, 세탁하는 여인이며, 술 마시는 여인이다.

그녀는 파리의 자유분방한 사람들 사이에서 자유로운 삶을 살았다. 그녀를 사랑하는 많은 남자들이 그녀에게 목을 매었고, 그녀는 마흔 살 연상이든 스무 살 연하든 나이에 관계없이 많은 남자들을 유혹했다. 그녀는 열여덟 살 나이에 사생아를 낳았는데, 그 아이는 나중에 화가가 된 모리스 위트릴로이다.

그녀는 천부적인 재능을 지닌 예술가였다. 그녀는 명쾌한 붓질과 강렬한 색상으로 유명했다. 초상화, 조용한 삶, 풍경이 그녀가 즐겨 그리는 모티브였다. 그녀는 인습과 결별하고 육감적이면서도 자의식이 있는 여인들의 누드를 즐겨 그렸으며, 남성의 누드를 그리려고 시도했던 최초의 여성화가였다.

그녀의 이름은 쉬잔 발라동이다.

이 여성 예술가를 알고자 한다면 그녀가 인생의 여러 시기에 그린 많은 자화상들을 고찰해보는 것이 좋다. 쉬잔 발라동은 인생의 각 단계에서 자신의 모습을 거울에 비친 그대로 미화하지 않고 보여준다.

영혼을 붙잡으려면 모델의 얼굴을 들여다보는 용기를 가져야만 한다.

이 말은 그녀의 그림뿐만 아니라 그녀 자신에 대해서도 많은 것을 시사해주는 상징적인 말이다.

그녀가 열여덟 살이 되던 1883년에 그린 첫 번째 초상화(55쪽 상단 그림)는 매력적인 소녀의 얼굴 모습이 아니다. 그림을 보는 사람을 도전적으로 쳐다보는, 자부심이 강하고 거칠어 보이는 얼굴을 보여준다. 그러나 다시 한 번 그림을 보면 비로소 그녀의 감수성과 지각능력을 알아볼 수 있다. 그녀는 스스로를 그렇게 보았고, 남들도 그렇게 보기를 원했다. 그 그림을 그렸을 때 그녀는 만삭의 임산부였다. 그녀는 이때까지 결코 쉽지 않게 살았다.

쉬잔 발라동은 1865년 9월 23일 프랑스의 리무쟁에 있는 작은 마을인 베신에서 태어났다. 그녀의 세례명은 마리 클레망틴 발라동이었다. 나중에 화가가 되었을 때 그녀는 자신을 '쉬잔'이라고 불렀다. 그녀의 어머니인 마들렌 발라동은 베신에서 세탁부로 일했고, 그녀의 아버지는 알려져 있지 않다. 일찍 결혼해서 두 명의 아이를 둔 마들렌은 경제적인 궁핍 때문에 아이들을 친척집에 맡겼던 것 같다. 조무래기 사기꾼이었던 그녀의 남편은 1851년에 이미 감옥에서 죽었다. 그 후 사생아를 낳은 그녀는 고향 사람들의 입방아를 견디지 못하고 이 아이를 데리고 대도시 파리에서 호구지책을 찾아보기로 결정했다.

출생과 관련된 이러한 음울하면서 재미없는 이야기를 쉬잔 발라동은 대개 다르게 이야기했다. 그녀는 간단히 자신의 나이를 두 살 낮추어서 어느 부유한 귀족의 사생아라고 주장했다. 그녀의 어머니가 리모게의 한 성당의 계단에서 그녀를 발견했다는 것이다. 그녀는 자신의 삶과 관련된 전설적인 이야기들을 지어내 재미있는 에피소드를 곁들여 장식하는 것을 좋아했다. 그래서 그녀의 이야기 중의 많은 부분이 여전히 불명확하거나 또는 그 진위에 대해 검토해보아야만 한다. 글로 쓰여진 자료가 별로 남아 있지 않기 때문에 더욱더 그러하다.

발라동은 파리에서 지극히 소박한 환경에서 성장했다. 허기를 면할 정도의 돈을 벌기 위해 매일 열 시간에서 열두 시간까지 일했던 어머니에게는 어린 딸과 함께 생계를 이어가는 것이 무척 힘든 일이었다. 몽마르트르의 로시슈아르 가(街)에 있는 그녀의 집은 형편없다는 말로는 부족할 정도였다.

그것은 에밀 졸라와 귀 드 모파상이 그들의 작품 세계에서 묘사한 빈곤과 비속함의 환경이었다. 산업의 성장은 사회적 비참함을 동반했다. 식민지를 둘러싼 싸움은 독일과의 전쟁을 불러왔다. 1870년에 제3

공화국이 선포되고 일 년 후에는 파리 코뮌이 바리케이드를 넘었으며, 점점 더 부자가 되고 있던 상류계층에게 정의를 요구했다.

그 당시 몽마르트르는 파리의 외곽지역으로, 화가들의 거주지였을 뿐만 아니라 빈곤층이 사는 지역이었다. 노동자들과 저소득 월급쟁이들, 그리고 값비싼 시민 거주 지역에 살 능력이 없는 예술가들이 이곳에 살았다. 그림처럼 아름다운 몽마르트르의 언덕인 '뷔트'에서 그들은 편안함을 느꼈다. 그들은 야외에서 이젤을 앞에 두고 앉아 양과 소 그리고 방앗간과 과수원이 있는 마을의 풍경을 정확히 그려냈다. 그들은 작은 술집에서 값싼 적포도주를 마시면서 예술과 삶에 대해 열변을 토했다. 풍기는 문란했고, 도덕적 문제에 대해 지나치게 엄격하게 굴지 않았다. 이러한 세계가 쉬잔 발라동에게 깊은 영향을 주었다.

종종 혼자 방치되었던 발라동은 거리를 쏘다니면서 조숙한 경험들을 했다. 그녀의 어머니는 그녀를 돌보는 데 거의 신경을 쓸 수 없었지만, 자신의 딸이 무엇인가 배우는 것에는 가치를 두었다. 당시 여성들의 절반 이상이 문맹이었듯이 그녀의 어머니도 문맹이었다. 그래서 그녀는 딸을 뱅상 드 폴 수녀원 학교에 보냈다. 그런데 이 반항적인 소녀는 그곳에서 오래 견디지 못하고 읽기와 쓰기 이상을 배우지 못했다. 하지만 한 가지만은 이후 발라동의 인생에까지 계속 영향을 미쳤다. 그것은 바로 교회에 대한 거부감이었다. 열한 살이라는 어린 나이에 그녀는 돈을 벌기 위해 학교를 떠났는데, 그것은 특이한 일은 아니었다. 아이들이 노동하는 것은 그 당시 아주 흔한 일이었기 때문이다. 그녀는 별다른 흥미를 느끼지 못하면서 수년간 여종업원, 보모, 마구간지기, 야채장사로 일했다.

그러나 서민적 직업은 그녀에게는 해당 사항이 아니었다. 그녀에게는 자유분방한 삶이 훨씬 더 매력적이었다. 일찍부터 그녀는 '물랭 드 라 갈레트'에 춤을 추러 다녔고, '르 라팽 아질'과 '샤누아'와 같은 카페에서 남자 친구들과 어울렸다. 그 당시 파리에는 '페르난도 서커스', '모니에 서커스', '이포드롬'과 같은 유명한 서커스 기업이 여러 개 있었다. 발라동은 서커스의 세계에 반해서 아크로바트 묘기나 줄타기 묘기를 하는 여자가 되려고 노력했다. 그러나 기껏해야 대목장이 열리는 시장에서 공연하는 정도였다. 그녀는 열심히 훈련했지만, 6개월 후 공중그네에서 떨어져 부상을 입으면서 서커스의 대가가 되려는 그녀의 꿈은 갑자기 무산되었다. 그녀는 수개월간 등에 통증을 느끼면서 침대에 누워 있어야만 했지만, 다행히도 이 사고는 건강상의 후유증을 남기지 않았다.

화가의 모델

그녀는 이제 열다섯 살의 제멋대로인 소녀였다. 그녀는 150센티미터 정도의 작은 키에 동글동글하고 다부진 체형을 가지고 있었다. 자의식이 강하고 개방적인 그녀가 예술가들의 시선을 끌게 되면서 모델로 발탁된 것은 거의 예정된 일이나 다름없었다. 그녀가 화가인 피에르 퓌비 드 샤반을 일요일에 피갈 광장에서 열리는 모델 시장에서 만났는지, 아니면 세탁물을 널면서 만났는지는 분명하지 않다. 어쨌든 그는 그녀를 모델로 삼은 많은 유명한 화가들 중 최초의 인물이었다. 이 화가의 아틀리에에서 그녀는 마법처럼 자신을 사로잡은 세계를 만났다.

나는 모델을 처음 섰던 순간을 기억한다. 나는 스스로에게 반복해서 '바로 이거야, 바로 이거야'라고 말했던 것을 기억한다. 나는 하루 종일 이 말을 되풀이했다. 나는 그 이유를 알지 못했다. 그러나 나는 내가 마침내 어디엔가에 왔고, 결코 그것을 그만두는 일이 없을 것이라는 사실을 알았다.

그녀는 이제 자신이 속한 세계를 발견했다. 첫 순간부터 그녀는 물감 냄새, 뒤죽박죽이 되어 있는 그림, 스케치북, 물감 튜브 그리고 붓통을 사랑했다. 작업하는 동안의 창조적인 분위기와 집중적인 긴장은 그녀를 사로잡았다. 그녀는 이 모든 것을 탐욕스럽게 자신의 내부에 받아들였다. 그녀는 색깔이 어떻게 선택되고 형태들이 어떻게 배치되는가를 관찰했고, 구성이 만들어지는 과정을 추적했다. 그래서 그녀는 이 순간을 이제껏 살아온 그 어느 때보다도 더 깨어 있고 더 자극적인 것으로 느꼈다.

그녀는 3년간 오직 피에르 퓌비 드 샤반의 대형 그림 '신성한 숲'만을 위해 모델을 섰는데, 샤반은 그녀에게 결정적인 영향을 끼쳤다. 그는 부유한 집안 출신이었고, 교양과 에티켓이 있었다. 그의 지치지 않는 달변에 그 젊은 처녀는 감탄하면서 그의 말을 경청했고, 그에게서 많은 것을 배웠다. 그는 그녀보다 마흔한 살이나 연상이었고, 발라동은 그에게서 자신이 결코 가지지 못했던 아버지의 모습을 보았다. 그녀는 그를 존경했고, 그가 그녀의 애인이었는지에 대해서는 침묵했다. 두 사람이 연인 관계였다는 것은 가능한 이야기이다. 왜냐하면 몽마르트르에서 화가와 모델간의 관계는 대부분 성적인 관계이기도 했기 때문이다.

모델로서의 삶을 즐겼던 발라동은 이때 마리아라고 불렸는데, 이 기간에 많은 애인과 사귀었다. 1883년에 아들 모리스가 태어났을 때 그녀는 아버지가 누구인지 말하지 않았다. 많은 것을 종합해볼 때 그녀가 정말로 사랑했던 첫 번째 남자였던 에스파냐의 언론인이자 화가였던 미겔 드 위트릴로가 아버지일 가능성이 높다. 그녀는 훗날 그와 함께 보낸 시간을 그녀의 인생에서 가장 행복한 순간으로 묘사했다. 비록 그와의 관계 역시 이후의 다른 모든 관계와 마찬가지로 폭풍과도 같았고 기복이 심했지만 말이다. 미겔 드 위트릴로는 결국 친구로 남았고, 나중에 그녀에게 사랑스러운 아이러니를 담아「칠 년간의 전쟁을 위해」라는 헌사를 붙인 그림을 선사했다. 미겔은 실제로 모리스와 놀라울 정도로 닮았고, 1891년 그를 자신의 아들로 인정했다. 그가 쉬잔 발라동이 출산을 하기 전후 몇 달 동안 재정적으로 후원했다는 것도 그가 아버지라는 사실을 뒷받침해준다.

비록 '마리아'가 인기 있는 모델이기는 했지만, 그녀는 끊임없이 재정적으로 곤란을 느꼈다. 겨우 열아홉 살의 나이로 그녀는 자신뿐만 아니라 어린 아들과 어머니까지 부양해야 했다. 모델 생활은 힘든 일이었다. 모델들은 몇 시간 동안 움직이지 않고 한 포즈를 취해야 했다. 사례금은 천차만별이었다. 시간당 2프랑부터 시작해서 나체 모델의 경우 최고 40프랑까지 받았다. 발라동의 어머니는 세탁부로 일하면서 하루에 2프랑도 채 벌지 못했다. 그래서 발라동이 일을 하고 어머니가 어린 모리스를 돌보았다.

발라동이 아들을 위해 낼 수 있는 시간은 많지 않았다. 왜냐하면 힘든 일이 끝난 후에 어머니와 모리스 곁에서 지내고 싶은 마음이 들지 않았기 때문이다. 그보다는 외출을 해서 즐기는 것이 더 좋았다. 그러나 그녀가 집에서 일을 할 때면 수시간 동안 모리스와 어머니를 모델로 하여 스케치와 습작을 했다. 그녀가 남긴 최초의 습작품들은 모리스가 태어난 해에 그려진 것이다. 그녀는 1883년 이전에 그린 습작들은 보존할 가치가 없다고 생각했고, 그래서 나중에 그녀 스스로 모두 없애버렸다. 그녀가 즐겨 이야기하듯이 그녀는 아주 어릴 적부터 어떤 것이든 종이가 손에 잡히면 그 위에다 무엇인가를 그려댔고, 담벼락이나 거리에도 백묵이나 목탄으로 그림을 그렸다. 그러나 그녀가 예술가들과 가까운 사이가 된 이후 처음 얼마 동안은 진지하고도 일관성 있게 스케치에만 전념했다.

이것은 진실되다

모델이 역할을 바꿔 스스로 그림 그리기를 시작한다는 것은 결코 흔하고 쉬운 일이 아니었다. 거기에는 엄청난 내면적 독립성이 필요했다. 왜냐하면 전통적으로 여성은 영감을 주는 뮤즈였고, 남성은 창조하는 사람이었기 때문이다. 그래서 발라동은 예술가로서 재능과 열정이 있었음에도 모델인 그녀가 여성화가로서 인정받기까지는 힘든 투쟁을 거쳐야만 했다.

그 시대에 직업적인 여성화가는 극소수에 불과했다. 독일에서는 파울라 모더존 베커, 프랑스에서는 베르트 모리조 정도가 고작이었다. 여성에게는 예술아카데미의 입학이 허용되지 않았으므로 개인 교습을 받아야만 했다. 전시회를 하거나 작품을 전시할 화랑을 찾는 일은 어려웠다. 여기에서도 여성들의 예술작품에 대한 선입견이 있었기 때문이다.

공개적으로 예술가임을 자처한 몇 안 되는 여성 예술가들은 부유한 시민 계층 출신이었다. 그들은 집안에서 재정적인 후원을 받아 교육을 받을 수 있었고, 자신의 생계를 위해 별다른 걱정을 할 필요가 없었다. 배우지 못한 노동자의 사생아로서 스스로 사생아를 낳은 쉬잔 발라동은 자신의 생계와 교육을 위한 비용을 스스로 벌어 감당해야만 했다. 하지만 그녀의 사회적 위치는 장점도 가지고 있었다. 그녀와 같은 환경을 지닌 여성은 예술가 그룹에서 자유롭게 활동할 수 있었기 때문이다. 좋은 집안 출신의 여인들은 그런 일을 생각조차 하기 힘들었다.

쉬잔 발라동은 자신과 같은 출신의 여성이 그림을 그리는 것에 대한 선입견을 스스로 분명히 의식하고 있었고, 그래서 처음에는 자신의 스케치를 동료 예술가들에게 보여주는 것을 꺼려했다. 그녀는 열정과 끈기를 가지고 작업했다. 하지만 그녀는 매일 만나는 예술가들에게 자신의 작업에 대해 감히 말하거나 그들의 조언을 구하지는 못했다. 그녀를 도와주거나 그녀의 작품을 수정해준 사람은 아무도 없었다. 그녀 스스로가 자신의 작품에 대한 가장 엄격한 비평가였다.

1883년부터 줄곧 그녀는 오귀스트 르누아르가 가장 좋아하는 모델이었다. 그는 무용에 관한 그림을 그리기 위해 모델을 찾고 있었고, 감각적인 광채를 지닌 쉬잔 발라동은 그가 상상했던 바로 그 여인이었다. 그는 그녀의 빛나는 안색과 기품 있는 자태 그리고 생동감을 사랑했다. 그와 모델의 관계가 너무 가까워져서 훗날 르누아르의 아내가 되는 여성이 발라동과 헤어질 것을 요구하기에 이르렀다.

르누아르 역시 자신의 모델이 여성 예술가라는 사실을 오랫동안 인지하지 못했다. 그가 어느 날 우연히 그녀의 스케치를 보게 되었을 때 그녀의 재능에 대해 놀라움을 표시하기는 했지만, 그가 어떤 방식으로 그녀를 후원하거나 용기를 북돋워주었는지에 대해서는 알려져 있지 않다.

쉬잔 발라동은 그 당시 툴라크 거리 7번지에 살았는데, 여러 예술가들이 툴라크 거리에 아틀리에를 가지고 있었다. 1886년 화가인 프랑수아 고지와 그의 친구 앙리 드 툴루즈 로트레크가 그곳으로 이사를 하자 이내 곧 보헤미안들이 그곳을 드나들었다. 이 그룹은 이제 그녀를 예술가로 알아볼 정도로 충분히 개방적이었다. 비록 툴루즈 로트레크도 처음에는 그녀를 단지 자극적인 모델로만 알았지만 말이다. 그녀가 르누아르의 그림에서 목욕하는 여인의 모델이었다는 것을 알아보고는 로트레크가 그녀에게 '쉬잔'이라는 음악적인 이름을 지어주었다는 말이 있다. 아마도 성경에 나오는 목욕하는 수산나에서 따온 것으로 보인다. 어쨌든 이때부터 스스로를 그렇게 부른 발라동은 그의 애인이 되었다.

이제 처음으로 그녀는 동갑내기 남자와 같이 있게 되었다. 발육부진에 곱추이고 기인 기질을 지닌 부유한 귀족과 프롤레타리아 출신의 아름다운 모델은 매우 이질적인 한 쌍이었지만, 인생에 대한 태도는 같았다. 그들은 관습 따위에는 아랑곳하지 않았고, 몽마르트르의 카페와 카바레에서 자유로운 삶을 살았다. 두 사람은 모두 나름대로의 개성을 지니고 있었지만, 두 사람 사이의 뜨거운 관계는 이러한 개성을 하나로 묶어주었다. 두 사람은 자신들의 주변에 대한 날카로운 관찰자였다. 툴루즈 로트레크에게는 술집과 창녀촌에서의 화려한 삶이 그의 주변이었다면, 쉬잔 발라동에게는 소박한 집안의 환경이나 그녀를 사로잡은 평범한 사람들의 삶이 있었다. 그녀는 말했다.

나에게 있어 그림 그리기는 삶과 분리될 수 없다.

중산층의 선입견에서 벗어나 있었던 툴루즈 로트레크는 그녀의 탁월한 재능을 알아보았고, 그녀를 위해 애를 썼다. 그는 발라동의 스케치들을 그의 친구들인 화가 고지와 조각가 폴 알베르 바르톨로메에게 보여주었고, 세 사람은 모두 표현력이 살아 있는 선의 움직임과 감수성이 풍부한 강렬함에 매료되었다. 그 스케치들을 에드가 드가에게 보여주자고 재촉한 사람은 바르톨로메였다.

당시 60세였던 드가는 동시대의 화가들 중에서 인정받는 거장이었다. 그는 까다로운 사람으로 여인들에게 친절한 사람이 아니었다. 게다가 가차없는, 그렇지만 신뢰할 만한 비평가였다. 발라동은 바르톨로메의 편지를 들고 긴장된 기대감으로 그의 아틀리에에 들어섰다. 드가는 그녀의 드로잉을 날카롭게 관찰하고는 다음과 같이 말했다.

그래, 이것은 진실돼. 당신은 우리와 함께할 수 있어.

발라동은 자신의 인생에서 이 순간을 결코 잊지 못했다. 그녀는 다음과 같이 회상했다.

그는 내게 주체할 수 없을 정도의 칭찬을 계속했다. 이날부터 나는 그의 그룹의 일원이 되었다.

화가였을 뿐만 아니라 소장가이기도 했던 드가는 즉각 적갈색 파스텔 연필로 그린 그녀의 스케치 하나를 구입했다. 몇 년이 지난 후에 그는 한 편지에서 그녀에게 다음과 같이 썼다.

> 때때로 나는 식당에 앉아 아직도 거기에 걸려 있는 당신의 파스텔 스
> 케치를 응시합니다. 그리고 나는 내 자신에게 말합니다. 이 무시무시
> 한 마리아는 스케치의 천재였다고.

드가는 곧바로 화가로서의 그녀를 진지하게 인정했다. 그는 그녀의 재능과 인간성에 매료되어 사랑하는 마음으로 그녀를 '무시무시한 마리아'라고 불렀다.

그녀가 항상 강조했던 것처럼 발라동은 드가를 위해 모델이 되지는 않았다. 두 사람의 만남은 같은 화가로서의 대등한 만남이었다. 그녀는 스물아홉 살의 나이로 마침내 더 이상 다른 화가를 위한 모델이 아닌 여성 예술가가 되었다. 드가는 그녀에게 자신의 재능을 발전시키도록 용기를 주었다. 그는 그녀에게 에칭 기법을 가르쳤는데, 그것은 그녀가 그때까지 받은 유일한 교육이었지만 나중에 가서는 별다른 영향을 끼치지 못했다. 이 두 예술가 사이에는 평생토록 지속된 우정이 생겨났다.

영감을 주는 뮤즈에서 창조하는 화가로

시간이 지나면서 쉬잔 발라동은 자신의 작품을 다른 사람의 작품과 분명히 구분지어주는 그녀만의 독특한 스타일을 발전시켰다. 10년이 지난 1894년에 그녀는 마침내 '국립미술협회 살롱'에 응모할 만큼 충

분한 자신감을 가지게 되었다. 그녀는 퓌비 드 샤반에게 이 프랑스 최고의 예술 전시회의 심사위원회에 자신을 추천해달라고 부탁했다. 심사위원회가 나중에 확인한 것처럼 그녀의 스케치가 주목할 만한 가치가 있었음에도 그는 오만한 태도로 화를 내면서 거부적인 반응을 보였다.

그것은 불가능합니다. 당신이 도대체 누구의 제자이기라도 한가요? 사람들이 뭐라고 말하겠어요?

교육도 받지 않고 명성도 없는 여인을 화가로 인정하는 일은 그로서는 생각조차도 할 수 없는 일이었다.

조각가인 바르톨로메가 다시 한 번 그녀를 도와주었다. 그는 '살롱'의 회장인 폴 엘뢰에게 편지를 썼다. 그 편지는 쉬잔 발라동의 스케치에 대해서뿐만 아니라 그녀의 인간성에 대해서도 많은 이야기를 하고 있다.

친애하는 엘뢰. 삼사일 전에 친구의 주선으로 어느 가련한 여인을 소개받았습니다. 그녀는 커다란 스케치 다발을 가져왔지요. 그녀는 샹 드 마르스에서 전시를 하기를 원하고 후원을 필요로 합니다. 나는 당신에게 그녀를 추천하지 않겠습니다. 단지 발라동이라고 서명이 된 스케치들을 자세히 보아줄 것을 부탁합니다. 그 작품들이 심사위원단 앞에 제출되면 말입니다. 당신은 중대한 실수를 발견하게 되겠지요. 하지만 내 생각으로는 눈에 띄는 자질도 동시에 발견하게 될 것입니다. 그래서 분명 그 작품들을 받아들일 마음이 생기게 될 겁니다.

‘가련한 여인’ 발라동의 그림들은 실제로 파리 ‘살롱’의 심사위원단에게 확신을 주었다. 초기 작품의 전형적인 모티브들을 가진 이들 다섯 점의 스케치 작품이 받아들여졌다. 「손자를 데리고 있는 할머니」, 「화장실의 손자」, 그리고 아이들을 그린 세 장의 습작이 그것들이다. 그녀는 비평가들과 소장가들의 눈에도 띄었다. 드가는 세 장의 스케치를 샀고, 친분이 있는 예술품 상인들에게 쉬잔 발라동을 주목하게 만들었다. 그 상인들 중 한 사람이 앙부루아즈 폴라르였는데, 그는 이 시기에 그녀에게 주목하기 시작하여 1897년에 그녀의 첫 번째 개인 전시회를 열게 해주었다.

그녀가 살롱에서 성공을 거둔 것은 지극히 개성 있는 그녀의 스타일과 비범한 지각 능력 덕분이었다. 그녀의 스케치는 극히 내밀한 순간 포착이었다. 그녀는 단호하고도 분명한 필치로 그것을 기록했다. 그녀 자신의 예술을 다음과 같이 특징지었다.

교육 전무(全無). 비범한 재능을 타고남. 예술가 이력의 중요한 단계들. 1883년 이후로 그림을 그리고 있음. 멋진 액자에 넣기에 어울리는 아름다운 스케치들을 만들기 위해서가 아니라 마치 미친 여인처럼 처음에는 삶의 순간들을 지극히 생기 있고 강렬하게 덮치기 위한 목적으로 좋은 스케치들을 완성하기 위해 그렸다.

쉬잔 발라동은 점점 성장하는 그녀의 아들 모리스를 모델로 하여 무수히 많은 누드화를 그렸다. 이 작업은 그 아이가 아주 어릴 때부터 열세 살이 될 때까지 계속되었다. 이 아이 누드화들은 부드러우면서도 세밀한 필치를 가지고 있다. 동시에 왜소한 소년의 몸이 지닌 연약함과 어설픔을 보여주며 아이의 감수성과 고독함이 엿보인다. 이러한 묘사는 아이들을 묘사하는 통상적인 방식과는 전혀 다른 방식이며 지배적인 규범과 단호히 결별하는 새로운 시각이다. 이제까지는 잘 보호되고 있는 장밋빛의 아이들이 묘사되었고, 노동자나 농부의 아이들은 힘차고 건강해야만 했다. 현실에서처럼, 격한 노동에 시달려 피곤한 모습으로 아이들이 묘사된 적은 없었다.

젊은 소녀들이나 여인네들을 그린 발라동의 누드화 역시 개성을 강조했다. 발라동은 일상적인 환경 속에 있는 여인, 즉 방안에 있는 여인, 세면대, 주전자, 대야 등이 함께 그려진 목욕하는 여인, 긴 안락의자에 앉아 있는 여인 등을 그렸다. 여인들 주변의 물건들은 개인적인 것들이며, 장식품이 아닌 그 여인들을 특징짓는 역할을 한다. 힘찬 윤곽선은 육체의 형태를 강조한다. 젊은 소녀들은 아직 미성숙하고 가냘프며 조신한 우아함을 지니고 있다. 부인네들은 튼튼하고 비대하며 무거워서 처진 가슴과 두꺼운 허벅지를 가지고 있다. 그녀의 그림들은 친밀한 리얼리즘을 지니고 있다. 그것은 아름다움이나 유혹을 목표로 하지 않는다. 쉬잔 발라동에게 중요한 것은 같은 여인으로서 자매와 같은 시선으로 보고 재현하는 인물 그 자체였다.

몽마르트르의 연인들

1894년에서 1897년 사이에 그녀는 계속된 전시회를 통해 돌풍을 일으키며 화단에 등장했다. 이제 그녀는 스스로를 직업적인 예술가로 느낄 수 있었다. 캔버스에 유화로 그린 첫 자화상에서 그녀는 자신을 자신감과 여성적인 매력으로 가득 차 있는 모습으로 그리고 있다. 그녀는 전체적으로 따뜻한 붉은 색과 브라운 색의 색조와 부드럽고 둥근 몸매를 택했다. 그녀의 얼굴은 토실토실하고 입술은 붉고 육감적이다. 20대 말이 된 그녀의 인생은 이제 점차적으로 확고한 윤곽선을 얻게 되었다.

몇 년 전부터 그녀는 부유한 은행가 폴 무지와 친해졌다. 그는 예술 애호가로서 몽마르트르의 보헤미안 그룹과 교류하면서 알게 된 이 매력적인 젊은 여인에게 흠모하는 마음을 품게 되었다. 그와의 관계에도 불구하고 그 사이에 쉬잔 발라동은 그녀에게 반한 작곡가 에릭 사티와 짧지만 격렬한 연애를 했다. 그녀는 그를 모델로 하여 유화로 된 최초의 초상화들 중에 하나를 그렸다. 그 그림은 에릭 사티를 괴팍한 예술가로 묘사하고 있는데 실제로 그는 그러하기도 했다.

폴 무지는 쉬잔 발라동에게 시민적인 연대감과 그녀가 얻고자 했던 경제적 안정을 약속해준 사람이었다. 비록 이 여성화가가 관습과는 거리가 먼 방식으로 살았으며, 그것이 그녀에게 중요했지만 일생 동안 그녀는 혼자서 어렵게 생계를 이어가야 했다. 그래서 그녀는 부유한 툴루즈 로트레크와도 기꺼이 결혼하고 싶었고, 심지어는 거짓으로 자살을 시도하면서까지 그에게 결혼을 강요하기도 했다. 하지만 이 사기극은 탄로가 났고, 툴루즈 로트레크는 분노와 실망감을 드러내면서 그녀의 이러한 배신을 결코 용서하지 않았다.

이제 폴 무지가 안정된 생활에 대한 그녀의 동경을 채워주었다. 1896년 그녀는 그와 결혼했고, 이로써 13년간에 걸친 외면적인 평온이 시작되었다. 그녀는 어머니와 아들을 데리고 파리 근교의 피에르피트라는 마을에서 전원생활을 하면서 여왕처럼 살았다. 폴 무지는 몽마르트르의 코르토 거리에 그녀의 아틀리에를 사주었고, 그래서 그녀는 노새가 끄는 마차를 타고 개들의 인도를 받아 시골 별장과 몽마르트르 사이를 시계추처럼 왔다갔다했다. 발라동은 처음으로 일상적인 걱정에서 해방되었고, 그림 그리기에 전력을 다할 수도 있었을 것이다. 그러나 자신의 가구를 디자인한 것을 제외하면 그녀는 폴 무지와 함께 지내던 이 시기에 별다른 새로운 것을 창조하지 못했다. 황금 새장은 그녀의 창조력을 촉진시키지 않았던 것이다.

시민적인 안정된 삶에는 물론 하나의 어두운 그림자가 놓여 있었다. 지극히 민감한 소년이었던 그녀의 아들 모리스가 점점 더 힘든 상태에 빠졌다. 말수가 적은 할머니 밑에서 자라난 그는 사랑과 관심을 받지 못했다. 그는 넘치는 감정으로 발라동에게 매달렸지만, 이제 어머니를 다른 남자와 공유해야만 했기 때문에 혼자 내버려졌다는 느낌을 받았다. 알코올 중독자였던 할머니에 의해 키워진 모리스는 사춘기 초반에 벌써 술을 마시기 시작했다. 모리스 위트릴로는 열여덟 살의 나이에 첫 번째 금주 치료를 받았다. 그러나 그 이후의 모든 치료와 마찬가지로 효과가 없었다. 그의 병은 쉬잔 발라동이 어찌할 수 없는 문제가 되었다. 어머니와 아들의 관계는 서로 의존하는 관계였고, 풀 수 없을 정도로 얽혀 있었다. 한편으로는 소홀함이, 다른 한편으로는 지나치게 밀접한 결합이 소년 모리스에게는 부담이 되었고, 그것은 그의 알코올 중독을 일으킨 요인 중의 하나였다.

1901년 열여덟 살의 소년은 일종의 정신분열증 진단을 받았다. 모리스를 치료한 의사 중 한 명이 그의 인생에 뭔가 성취감을 느낄 수 있는 창조적인 내용을 부여하기 위해 그림을 그리도록 해보는 것이 어떻겠냐는 제안을 했다. 발라동은 전력을 다해 이 일에 매달렸고, 그녀가 그동안에 색과 형태에 대해 배운 모든 것을 아들에게 가르쳤다. 모리스는 별다른 열중 없이 오직 발라동을 위해 그림을 그렸지만, 이내 곧 그림 그리기에서 벗어날 수 없게 되었다. 시간이 지나면서 그는 심지어 발라동보다도 훨씬 더 큰 성공을 거두었고, 본질적으로 더 유명한 화가로 예술사에 기록된다. 그의 작품에서는 단 하나의 주제가 다루어졌는데, 몽마르트르, 그가 사는 거리, 그의 집들, 그리고 그의 정원들이었다. 그는 격정적인 예술가였지만, 그것을 통해 자신의 병을 이길 수는 없었다.

모리스의 과도한 음주와 감정적인 위기는 발라동의 결혼생활에 점점 더 큰 부담이 되었다. 게다가 폴 무지와의 시민적 삶이 점점 더 지루해지기 시작했다. 그녀가 다른 남자와 사랑에 빠진 것은 놀랄 일이 아니다.

모리스의 친구였던 앙드레 위테르는 발라동보다 스물한 살 연하의 미남 화가였다. 1909년 어느 날 그는 모리스와 함께 밤새 쏘다니다가 모리스를 집으로 데려다주었고, 발라동은 이때 그를 처음 보았다. 바로 다음 날 그녀는 몽마르트르 언덕의 이젤 앞에 앉아 있는 그를 만났다. 그녀는 그에게 "하늘을 땅과 같은 방식으로 그릴 수는 없어!"라고 소리쳤다고 한다. 앙드레는 그녀에게서 자신이 그녀에게 준 것과 같은 정도의 강렬한 인상을 받았다.

그녀는 놀랄 정도로 맑은 눈을 가지고 있었다. 그녀는 자신의 검은 머리를 높이 올리고 있었고, 걷는 것이 아니라 춤추는 것처럼 보였다. 그녀는 아마존의 여인 같기도 했고, 요정 같기도 했다.

앙드레 위테르, 모리스 위트릴로와 함께 있는 쉬잔 발라동, 1924년경

쉬잔 발라동은 40대 초반이었음에도 여전히 남자들에게 강렬한 빛을 발하는 여인이었다.

1909년 그녀는 폴 무지와 헤어졌고, 일 년 후에는 이혼을 했다. 그리고 그녀의 아들 모리스와 앙드레 위테르와 함께 드 겔마라는 작은 골목으로 이사를 했다. 앙드레 위테르와의 관계를 발전시키는 한편, 예술가들이 모여 사는 몽마르트르라는 환경으로 되돌아옴으로써 그녀는 창작의 기쁨을 다시 발견하게 되었다.

최초로 남성 누드를 그리다

쉬잔 발라동처럼 독학으로 미술을 공부한 앙드레는 그녀의 그림에 매혹되었다. 그는 그녀의 미술에 대해 관심과 식견을 갖춘 비평가로서 그녀에게 더 많은 유화를 그리도록 용기를 북돋웠다. 그에게서 자극을 받아 그녀는 사용하는 재료와 기법을 확대했다. 그녀는 점점 더 자주 폴 고갱을 연상하게 하는 강하고 천박한 색상을 사용했는데, 1903년 고갱의 전시회를 관람한 적이 있었다.

이 당시는 파리에서 변화가 시작된 시기로서 다양한 예술가 그룹들이 예술의 세계를 혁명적으로 바꾸었다. 1904년에는 피카소가 몽마르트르로 이사를 왔다. 폴 세잔에게서 자극을 받은 그는 브라크와 함께 사물을 기하학적인 구조로 재현하고 나중에 가서는 콜라주 기법을 만들어낸 입체파 미술을 발전시켰다. 이러한 방향의 미술을 정립하는 데 함께 기여한 피에 몬드리안과 파울 클레도 그 당시 파리에 정착했다. '야수파'들은 1907년 처음으로 공동 전시회를 열었다. 앙리 마티스와 앙드레 드랭 그리고 쉬잔 발라동이 여기에서 속했고, 나중에는 바로 이웃에 아틀리에를 가지고 있었던 라울 뒤피와 조르주 브라크도 이에 합류했는데, 그들 역시 그녀의 유화에 영향을 주었다.

표현력이 풍부한 직선 구성과 스타일상의 엄격함은 훨씬 더 분명해졌다. 하지만 그녀는 자신이 오히려 독립적인 예술가 그룹인 '앙데팡당파(독립파. 1884년 프랑스 관전인 살롱 데 자르티스트 프랑세의 아카데미즘에 반대하여 개최된 무심사 미술전람회 – 옮긴이)'에 속한다고 느꼈다. 반 고흐, 오딜롱 르동, 폴 시냑, 조르주 쇠라 등이 그 그룹에 속했는데, 그들은 각기 자신의 방식으로 인상주의를 계속 발전시켰다. 쉬잔 발라동의 작품은 그들의 작품과 함께 동시대 예술을 보여주는 파리의 가을 전시회인 '살롱 도톰'과 '살롱 데 장데팡당'에서 볼 수 있었다.

쉬잔 발라동은 자신의 주제에 충실했다. 그녀는 무엇보다도 여성 누드화를 그렸고, 그밖에도 인물화와 가족화를 그렸다. 다시금 그녀는 한 자화상에서 이 당시 자신의 인생에 대한 감정을 분명히 표현했다. 이제 그녀는 자신을 예술가로 보았고, 1911년 처음으로 붓을 손에 쥐고 팔레트 앞에 앉아 있는 자신의 모습을 그렸다. 그녀의 삶은 회화와 앙드레 위테르에 대한 소모적인 사랑과 아들에 대한 걱정으로 가득 차 있었다.

그녀의 이웃이었던 뒤피와 브라크는 이 세 사람의 예술가들 사이에서 벌어지는 격렬한 장면들을 목격했다. 발라동과 앙드레는 서로 다시 화해하기 힘들 정도로 격하게 다투었다. 나중에 그들 세 사람이 더 많은 작업 공간을 확보하기 위해 코르트 거리 12번지에 커다란 아틀리에를 임대한 이후에도 그들은 시끄러운 다툼을 계속했다. 사람들은 그들을 '저주받은 삼위일체'라고 불렀는데, 이 이름은 그들이 이웃에서 얼마나 악명이 높았는가를 분명히 보여준다.

성숙하고 지배적인 쉬잔 발라동, 금발의 미남이지만 재능은 평범했던 젊은 애인, 그리고 뛰어난 재능을 지닌 아들. 이들의 관계는 지극히 가까우면서도 언제라도 폭발할 수 있는 관계였다. 하지만 이 시기는 그 세 명의 화가들에게 풍요롭고 창조적인 시기였다. 그들은 서로에게 영감을 주었고, 함께 브레타뉴와 코르시카로 여행을 했으며, 새로운 인상과 작품을 가지고 파리로 돌아왔다.

쉬잔 발라동은 자의식을 지니고 예술가로서의 자신의 길을 추구했으며 인습의 경계를 뛰어넘었다. 그녀는 여성으로서 남성 누드화에 도전했다. 여성 누드화를 그리는 것부터가 평범한 일은 아니었지만 더 나아가 그녀는 이제까지 범해진 적이 없는 터부를 깨뜨렸다. 앙드레가 그녀처럼 관습에 얽매이지 않는 생각을 하는 것은 그녀에게는 행운이었다. 두 사람은 서로에게 모델이 되었다. 남자 화가가 여자 모델을 그리는 것은 수백 년 전부터 당연한 일이었지만, 여성 화가가 자신의 애인을 누드 모델로 세우는 것은 혁명적인 일이었다.

발라동은 앙드레 위테르를 여성 누드화의 일반적인 경우와는 달리 일상의 친밀한 공간 속에 있는 모습으로 묘사하지 않았다. 남성 누드화는 오직 성경과 관련된 주제 또는 알레고리적인 주제로서만 허용될 수 있다는 사실을 의식하고 있었던 것이다. 그래서 그녀는 비록 암호화된 형태이긴 하지만 자신과 앙드레를 「아담과 이브」로 그렸다. 이것은 여성화가가 그린 누드화로서, 남성과 여성의 누드를 함께 보여주는 최초의 그림이다.

그녀는 아담과 이브의 원죄도 새롭게 해석했다. 뱀은 전혀 보이지 않고 아담과 이브가 사과를 함께 딴다. 사실이 그렇다 하더라도 여기에서는 공동의 '죄'가 암시된다. 아담과 이브는 연인으로 둥실둥실 떠 있는 것처럼 보이고 서로 다정하게 껴안고 있다. 주목할 만한 것은 이 그림을 처음 채색할 때는 아담이 완전히 나체로 나오는 반면, 두 번째 채색에서는 성기 부분이 포도 넝쿨로 가려져 있다는 사실이다. 이것은 어쩔 수 없는 양보로 보이는데, 그렇게 하지 않았다면 그녀의 작품은 전시되지 못했을 것이기 때문이다. 남성의 누드가 묘사된 쉬잔 발라동의 다른 그림들, 예를 들어「그물 던지기」,「인생의 기쁨」과 같은 작품들에서도 남성 인물들은 성기 부분이 보이지 않도록 관찰자로부터 몸을 돌리고 있다. 반면 여성들은 항상 노골적으로 정면에서 묘사된다.

제1차 세계대전의 발발로 인해 이렇게 풍요롭고 창조적인 시기는 끝난다. 앙드레는 1914년 군에 징집되고 모리스도 징집이 되지만 전투에 부적합한 사람으로 판정되어 곧 의병 제대를 하게 된다. 앙드레가 전선으로 가기 전에 두 사람은 자신들의 관계를 확고히 하기 위해 결혼을 했다.

전쟁 기간은 궁핍과 상실의 시기였다. 1915년에 항상 딸 곁에서 살면서 손자를 키우고 집안 일을 돌보았던 어머니가 돌아가셨다. 늙은 여인의 초상화를 보면 발라동이 어머니의 힘든 삶에 얼마나 깊이 감사하고 있는가를 분명히 알 수 있다. 그녀는 어머니의 말년의 모습을 여러 차례 그렸다. 어머니는 고생과 슬픔으로 수척한 모습이며 뼈만 앙상한 손을 사타구니에 대고 시선은 안쪽을 향하고 있다. 1917년에 발라동은 친구였던 에드가 드가도 잃었다. 그는 죽기 직전까지 그녀에게 아주 많은 것을 의미했고, 그녀의 발전에 근본적인 영향을 주었던 사람이었다.

쉬잔 발라동은 스스로를 불행하며 고독하다고 느꼈다. 모리스의 알코올 중독 문제는 그녀를 무겁게 짓눌렀다. 전쟁으로 인해 프랑스는 깊은 상처를 입었고, 쉬잔 발라동 역시 때문에 고통을 받았다. 그러나 그녀는 죽음과 파괴를 자신의 예술 작업의 주제로 삼지는 않았다. 하지만 그녀의 창작력은 한풀 꺾였다. 돈이 빠듯해졌고, 그녀는 처음으로 자신이 늙었다는 사실을 깨달았다. 그녀는 자신의 자화상을 어두운 색상으로 그렸다. 머리는 기묘하게 앞으로 내밀어 고통스러운 시선으로 쳐다보고 있다. 또한 그녀의 특징이라고 할 수 있는 비틀린 윤곽선과 입을 가지고 있다. 아마도 50대에 접어든 이 여인은 이 시기에 이제 겨우 서른이 된 앙드레와의 관계에 회의를 느꼈던 것 같다. 어쨌든 그녀는 부상을 당해 사용의 군병원에 누워 있는 그를 찾아갔다.

그녀는 다시 강해지고 에너지를 가득 채워 파리로 돌아왔다. 그것은 1917년에 반나체로 그려진 강한 인상을 주는 자화상에서 잘 나타난다. 그녀는 다시 확신에 차서 삶을 마주 대했다. 비록 그녀의 얼굴 윤곽선과 처진 가슴 때문에 나이를 숨길 수는 없었지만, 자신의 모습을 여성적인 선으로 그렸다. 자신을 여성으로서 숨기지 않고 보여주기 위해서는 용기가 필요했다. 오직 파울라 모더존 베커만이 자신을 그렇게 묘사하는 것을 감히 시도했었다.

앙드레가 집으로 돌아온 후에는 '저주받은 삼위일체'의 새로운 발전이 시작되었고, 그 결과 그녀는 성공의 정상에 도달하게 되었다. 독학으로 공부한 그 세 명의 화가들은 처음으로 함께 파리에서 전시회를 열었다. 쉬잔 발라동은 그림 그리기에 몰입해서 팔레트 앞에 앉아 있는 모리스 위트릴로의 초상화를 그렸다. 그녀가 모리스를 얼마나 사랑했는지, 그리고 그의 직관적인 표현력에 얼마나 열광했는지를 이 그림에서 느낄 수 있다.

> 이 하늘, 그는 나를 병들게 한다. 그를 그토록 순수하게, 그렇게 홀가
> 분하게, 그렇게 물 흐르듯이 느끼는 기쁨과 질투심 때문에 병든다.

어머니와 아들

발라동과 모리스 두 사람은 이제 다시금 활짝 피어나는 예술의 무대
에 이름을 올리게 되었다. 이때 파리는 고무적인 분위기였다. 파리는
여전히 아방가르드의 중심이었다. 화가인 피카소, 후앙 미로, 브라크
그리고 작가인 앙드레 브르통 등이 그 운동의 선구자였다. 회화뿐만 아
니라 문학까지 포괄하는 초현실주의와 다다이즘이 입체파의 뒤를 이어
등장했다. 세계는 새롭게 해석되었고, 새로운 시각이 열렸다. 그림은
무의식, 꿈과 신화 그리고 환상과 연상에서 시작되었다. 1925년 파리에
서 초현실주의자들의 대규모 전시회가 열렸다.

쉬잔 발라동은 이러한 창조적인 분위기 속에서 살며 일했다. 그러
나 그녀는 이 반항하는 예술가들의 좁은 영역에 들어가지 않았다.
1920년대의 아방가르드는 그녀의 예술에 직접적인 영향은 거의 미치
지 않았다. 그녀는 아주 성공적으로 자신의 스타일과 주제에 충실히
머물렀다. 그녀의 그림들은 모리스의 그림들과 마찬가지로 파리에 있
는 베르트 바일과 베르넹 쥔느의 화랑에서 볼 수 있었고, 국제적인 예
술 비평가들의 주목을 끌게 되었다. 쉬잔 발라동은 앙데팡당파의 일
원으로서 프랑스 회화를 대표하는 여성화가의 한 명으로 인정받았다.

1926년에 그녀의 파스텔화 한 점은 4,720프랑에 팔렸고, 1928년에는 정물화 한 점이 10,000프랑에 팔렸다. 모리스의 작품들은 훨씬 더 높은 가격에 팔렸다.

1924년 예술품 중개상인 베르넹 죈느는 이 두 명의 예술가와 확고한 계약을 체결했는데, 그 계약을 통해 두 사람은 연간 100만 프랑을 보장받았다. 이것을 축하하기 위해 저명한 예술비평가인 앙드레 타바랑이 두 사람을 위해 '라 메종 로즈' 레스토랑에서 거창한 저녁을 샀다. 일 주일 동안 그들은 친구들을 모두 불러 먹고 마시면서 그들의 승리를 축하했다. 쉬잔 발라동은 그녀의 인생에서 처음으로 넘치도록 많은 돈을 가지게 되었다. 그녀는 절제하지 않고 주변에 헤프게 돈을 뿌렸다. 거리의 아이들이나 거지들에게 후하게 지폐를 주었고, 옷과 모자와 모피를 샀다. 세 사람은 호화로운 레스토랑에 다녔으며, 샴페인을 곁들여 식사를 했고, 팁을 후하게 주었다. 그들은 기사가 딸린 파나르 리무진을 구입했고, 영국인 정원사를 두었다.

1924년에 다시 반나체로 그린 발라동의 자화상은 이처럼 흥분된 생활방식과 맞아떨어진다. 두텁고 무질서한 붓질로 색상들이 캔버스에 던져지듯이 힘차게 칠해져 있다. 부드러운 윤곽선은 찾아볼 수 없으며, 강조된 활력 뒤에는 인생이 자신이 통제할 수 없는 방향으로 흘러갈 수도 있다는 불안감이 감지된다.

이 시기에 그려진 쉬잔 발라동의 그림을 관찰해보면 이러한 두려움이 근거가 없다는 것을 알 수 있다. 그녀는 그녀의 가장 중요한 회화 작품들 중 몇 점을 이 시기에 그렸다. 예를 들면 동양풍의 바지에 가벼운 슈미즈를 입고 담배를 피우면서 소파 위에 비스듬히 누워 있는 풍만한 여인이 함께 그려진 「푸른 방」도 그중 하나이다. 또한 이국적인

「푸른 방」(1923)

혼혈 여인의 그림이 있는데, 이 그림과 이 시기에 그려진 다른 여성 누드화들에서 감각적인 몸매를 뽐내는 생기 있고 자신감이 있는 여인들을 볼 수 있기는 하지만, 남자들의 마음에 들려고 하는 음탕하고 유혹적인 자세는 볼 수 없다.

그녀가 이 시기에 그린 인물화들은 표현이 강하다. 그녀는 직관적으로 본질을 포착했고 대상을 정확하면서도 인상 깊게 묘사했다. 그녀의 정물화들도 그녀만의 특유한 강렬함을 가지고 있으며, 온기와 탄력적인 형상으로 가득 차 있다. 쉬잔 발라동은 불특정한 어떤 사과나 어떤 꽃을 그리고자 한 것이 아니라 하나의 싱싱한 사과와 하나의 놀라운 꽃의 생명을 발견하고 포착하고자 했다.

1923년 앙드레는 세 사람 공동 소유의 돈으로 보졸레에 있는 빌프랑슈 근교에 탑에서만 사람이 겨우 살 수 있는 낡은 성을 하나 구입했다. 이때부터 그 예술가들은 시골의 성과 코르토 거리에 있는 아틀리에 사이를 왔다갔다하면서 살았다. 시골의 한가로운 분위기는 그들에게 좋은 영향을 미쳤다. 그리고 아마도 파리에서는 끊임없이 유혹에 시달렸던 모리스가 이곳에서 안정을 찾은 것 같다. 1920년에 그는 다시 한 번 치료시설에 들어가야만 했었다. 발라동이 모리스를 집에 두고 끊임없이 감시하겠다는 약속을 한 후에야 비로소 그곳에서 나올 수 있었다. 이제 그는 마치 죄수처럼 그의 방에 앉아서 그림엽서를 본 따 몽마르트르의 풍경을 그렸다. 이러한 작업은 처음에는 그의 그림의 질에 영향을 미치지 않았다.

그런데 이 시기의 외면적인 성공의 이면에는 세 명의 화가 사이의 점점 더 심해지는 긴장 관계가 숨어 있었다. 삼각형은 점차 균열되었다. 쉬잔 발라동은 아직은 의심의 여지없이 이 범상치 않은 가족의 창조적인 중심이었다. 모리스는 그의 병에도 불구하고 예술적으로 가장 큰 성공을 거두었다. 직업적인 화가가 되기를 포기하고 두 사람의 매니저가 된 앙드레는 이들을 부양하는 살림꾼이었다. 상식을 뒤집는 이러한 관계는 지속될 수 없었다. 파리에서 그 당시의 많은 여성들은, 예컨대 여성작가인 게르투르드 슈타인이나 아나이스 닌 또는 패션 디자이너인 코코 샤넬 같은 여성들은 독자적이고 해방적으로 살았다. 하지만 쉬잔 발라동의 생활방식은 인습에 대한 하나의 특별한 도전이었다. 여성이 자신의 재능을 펼치는 일은 뒤로 미뤄놓고 아들과 남편의 출세를 위해 헌신한다면 아마도 그것이 통상적인 것이었을 것이다.

그러나 쉬잔 발라동은 아들의 천재성에 경탄하면서도 질투심을 느졌고, 앙드레에게서 자신의 삶의 거대한 열정을 발견했던 뮤즈의 역할을 맡거나 자신의 예술을 포기할 생각을 한 번도 해본 적이 없었다.

앙드레는 불만에 차서 이 모자(母子)를 그가 돌보아야만 하는 '세상 물정 모르는 아이들'로 불렀고, 다른 여인들을 찾아다녔다. 질투심에 격분한 발라동은 끔찍한 장면을 연출했다. 모리스는 점점 더 절제하지 않고 술을 마셨다. 돈은 물이 새듯이 없어졌고, 논쟁은 때때로 서로에게 상처를 입히는 싸움으로 번졌다. 1926년 결별은 불가피했다. 앙드레는 코르토 거리에 있는 아틀리에에 머물렀고, 발라동과 모리스는 그들을 잘 돌보아주었던 예술품 중개상 베르넹 쥔느가 아틀리에를 사주어서 쥐노 가 12번지로 이사를 했다. 하지만 세 사람 사이의 관계는 너무나 끈끈해서 정말로 결별하는 것은 거의 불가능했다. 그들은 이후에도 계속해서 시골에서 많은 시간을 함께 보냈고, 1932년에도 발라동은 개와 함께 있는 앙드레의 그림을 그렸다.

발라동의 창작력은 감퇴했다. 그녀의 그림들이 전시되는 횟수도 줄었고 그나마도 잘 팔리지 않았다. 팔린다 해도 전성기 때의 가격에 미치지 못했다. 그녀는 여성 예술가들의 모임인 '현대 여성화가 전시회'에서 전시하는 것을 받아들였고, 1933년부터 죽을 때까지 규칙적으로 작품을 출품했다. 그녀가 재정적으로 어렵지 않았다면 분명 그런 일은 하지 않았을 것이다. 이제껏 그녀는 이러한 그룹에 속하는 것을 거부했다. 그녀는 오직 자신의 예술에 대해서만 자신을 규정했고, 자신이 여성이라는 사실에도 얽매이지 않았다.

어느덧 그녀는 61세가 되었다. 우울한 체념이 이 시기에 그려진 그녀의 초상화를 덮고 있다. 눈 주위는 그늘이 졌고, 입은 고통스럽게 비틀렸으며, 얼굴은 피곤해 보인다. 하지만 언제나 그런 것처럼 내적인 힘이 그녀에게서 분출되고 그녀는 여전히 어김없는 정직성을 가지고 자신을 보여준다. 그녀가 앞에 놓여 있는 거울 속에서 보고 그녀의 초상화에서 당당히 맞서고자 한 것은 자신의 인생에 대한 결산이었다. 자부심을 가지고 그녀는 자신의 작품을 쳐다볼 수 있었다.

나는 위대한 스승들을 가졌다. 나는 그들의 강의와 본보기로부터 나에게 필요한 최상의 것을 끌어냈다. 나는 내 자신을 발견했고, 내 자신을 만들었으며, 내가 말해야 하는 것을 말했다고 믿는다.

영원한 몽마르트르의 자유인

발라동의 그림은 그 사이에 인정받는 예술품이 되어 많은 국가 또는 개인 소유의 박물관에 걸렸다. 250점이 넘는 회화 작품과 비슷한 수의 스케치가 파리에 있는 '국립현대미술박물관'과 같은 프랑스의 가장 저명한 박물관들과 미국의 박물관들 그리고 독일에서는 쾰른의 루트비히 박물관에서 볼 수 있다. 그녀는 만년에 유럽, 미국 그리고 일본에서 열린 많은 프랑스 예술품 전시회에 작품을 출품했고, 많은 개인 전시회와 그녀의 아들 모리스와의 공동 전시회가 종종 그녀를 위해 마련되었다. 그럼에도 그녀는 오늘날에도 여전히 예술가 집단 내에서조차 그녀와 비교할 만한 남성 동료들만큼 알려져 있지 않다. 사람들은 오히려 박물관을 둘러보다가 우연히 고전적 현대 예술에서 독특한 위치를 차지하고 있는 그녀의 작품에 주목하게 된다. 1996년 지아나다 재단은 스위스의 마르티니에서 독일어권에서는 마지막으로 열린 쉬잔 발라동의 대규모 전시회를 마련했는데, 그 목적은 카탈로그에 나와 있는 것처럼 '그녀에게 정당한 자리를 마련해주기 위해서'였다.

이제 그녀는 아틀리에에 칩거하면서 거의 정물화, 특히 오로지 꽃만을 그렸다. 마지막 회화 작품들 중 꽃가지가 담긴 항아리에 그녀는 '젊은이 만세'라고 썼다. 그녀가 살아온 파란만장한 인생에 대한 슬픔에 가득 찬 회고인가, 아니면 예의바른 인사인가? 그녀는 이전에 자신의 주된 테마였던 사람들에 대한 그림을 더 이상 그리지 않았다.

모리스는 신비적인 종교에 빠졌고, 발라동은 모리스에 대해 이해할 수 없을 정도로 낯설어했다. 발라동이 더 이상을 모리스를 돌볼 수 없게 되어 걱정스러워할 때, 모리스는 벨기에의 예술품 수집상의 미망인이었던 뤼시 발로르와 1935년에 결합했다. 이제 뤼시가 모리스의 생명을 손아귀에 쥐고 그의 화가로서의 성공을 자신의 이익이 되도록 조종했다. 물론 이 결혼을 원하고 추진했던 발라동이지만, 그녀는 자신이 버려졌다는 외로움을 느꼈다. 50년이 넘게 아들을 돌보았지만 이제 그녀는 혼자 뒤에 남게 되었다.

그녀는 다시 한 번 또 한 명의 동반자, 즉 그녀의 '타타르 왕자'인 젊은 화가 가지를 발견했다. 그는 사랑이 가득 찬 마음으로 그녀를 걱정했고, 그녀를 자신의 '엄마'로서 존경했다. 그는 그녀가 죽을 때까지 곁에 있었고, 그녀의 만년에 온기를 주었다. 하지만 1935년 당뇨병과 급성 신장염을 앓은 이후로 그녀는 더 이상 거의 그림을 그리지 않았다.

만년에 그녀를 방문한 한 늙은 친구는 그녀의 모습을 보고 놀랐다고 한다.

그녀의 낡은 슬리퍼, 희미한 색의 모닝 가운, 얼굴로 흘러내린 하얀 머리카락, 빛나는 얼굴에서 주름살투성이로 변한 얼굴, 이 모든 것이 그녀를 육체가 이미 시들어버린 노부인으로 만들었다.

그녀는 투쟁에 지쳤고, 그녀의 인생은 지나갔다.

1938년 4월 7일 그녀는 73세의 나이에 뇌졸중으로 죽었다. 그녀의 친구들, 예술품 수집가들, 비평가들 그리고 많은 예술가들이 그녀의 마지막 가는 길을 함께했다. 그들은, 자의식이 있는 거리의 아이이자 매력적인 모델이었고, 독립적인 여성이자 위대한 예술가였던 쉬잔 발라동과 작별을 했다. 그녀의 유해는 그녀가 일생 동안 떠나지 않았던 몽마르트르의 생 캉 묘지에 안장되었다.

그리스티네 폰 뎀 크네제벡

엘레오노라 두제(1858~1924, 배우)

나의 영혼은 평화로 충만하다

나는 무대에서

울고,

소리치고,

미쳐 날뛰었다.

그리고 독살되거나 검에 찔려 죽었다.

나의 귀에는 아직도 연극 대사의 리듬이 울렸는데,

그것은 내 목소리 같지 않았다.

_엘레오노라 두제

19세기 말부터 20세기 초에 연극 무대를 이끈 위대한 배우. 유랑극단을 이끈 집안에서 태어나 어려서부터 연극에 출연했다. 네 살 때 빅토르 위고의 「레미제라블」에서 코제트 역을 맡았으며, 셰익스피어의 「로미오와 줄리엣」에서는 줄리엣 역을 맡았는데, 이를 계기로 '프리마돈나'로 성장하여 관객들을 사로잡는 여배우로 성장했다. 알렉상드르 뒤마의 작품을 극화한 「동백부인」과 에밀 졸라 원작의 「테레즈 라켕」에 출연하여 배우로서의 입지를 다졌다. 가브리엘레 다눈치오와 사랑에 빠졌으나, 오히려 그의 성공은 상처를 안겨주었다. 이후 헨릭 입센의 「인형의 집」 작품에서 노라 역을 맡아 내면의 고통을 잘 표현함으로써 재기에 성공했다. 무성영화가 등장하고부터는 영화에도 출연했으며, 영혼을 연기하는 배우로 기억되었다.

유랑극단 집안에서 태어나다

이 창백하고 열정적인 얼굴, 이 목마른 달변의 입, 오직 잘생긴 남자에서만 볼 수 있는 아름다운 이 이마, 눈물이 그렁그렁한 듯한 속눈썹이 긴 이 눈.

시인인 가브리엘레 다눈치오는 그의 애인 엘레오노라 두제에 대해 이렇게 극적이고 열광적으로 표현했다. 그녀는 특별한 존재였다. 그녀는 세기 전환기에 세계적으로 유명했던 여배우 '두제'였다. 많은 숭배자들과 비판자들 그리고 연인들이 그녀를 안다고 말했지만, 정작 그녀는 다른 사람들 앞에서 자신의 실체를 숨기는 데 능숙했다.

엘레오노라 두제가 배우로서 전성기를 누리던 때는 영화도 없었고, 목소리 녹음은 물론 사진조차도 없었다. 관객들은 그녀가 보여주는 연기의 매력을 경험했고, 그 순간이 지나면 그것은 사라져버렸다. 사람들이 왜 숨을 죽이고 그녀의 말을 경청했는지, 왜 그녀의 연기가 그토록 강력하게 사람들을 사로잡았는지, 그에 대해 말해주는 자료는 더이상 존재하지 않는다. 말의 강세 때문일까, 목소리의 떨림 때문일까, 아니면 그녀의 동작 때문일까? 오늘날 우리가 그녀에게 호감을 느낄지, 아니면 시대에 뒤떨어지거나 부자연스러운 것으로 느낄지는 미지수이다.

엘레오노라 두제는 1858년 10월 3일 이탈리아의 작은 마을인 비제바노의 한 호텔 방에서 태어났다. 그녀가 이곳 롬바르디아 지방에서 태어난 것은 순전히 부모의 직업 때문이었다. 그녀의 부모는 연극단에 소속되어 있었는데, 그 연극단은 시골을 돌아다니면서 마을의 술집에서 공연을 했다. 관객들은 대부분 지치고 때로는 거친 농부들이었다. 엘레오노라의 어머니 안젤리카 카펠라토는 빈첸차 출신인 농부의 딸로 배우인 알렉산드로 빈첸초 두제와 결혼했고, 순식간에 연극단의 중요한 구성원이 되었다. 그녀는 미인이었기 때문에 거의 항상 주연급 연인 역은 그녀에게 돌아갔다.

엘레오노라는 태어난 지 사흘이 되어 롬바르디아 지방의 관습에 따라 일종의 '예수 요람'이라고 할 수 있는 유리벽으로 둘러싸이고 황금 도금이 된 작은 상자에 담겨 세례를 받았다. 이때 두 명의 군인이 아기에게 경례를 했는데, 아마도 성유물을 만난다는 믿음을 가지고 있었던 것 같다. 아버지는 되풀이해서 이 일에 대해 자랑스럽게 말했다.

우리 딸은 언제가 대단한 인물이 될 거야. 사람들이 그 아이 앞에서 이미 경례를 했어.

키가 훤칠하게 큰 엘레오노라의 할아버지 루이지 두제는 유랑극단의 후원자였다. 그는 베네치아의 유명한 변증술(논리적인 말과 사고로서 자신의 주장을 적극적으로 변호하고 논증하는 것-옮긴이) 배우였다. 그는 파두아에 자신의 극장을 세우기까지 했으며, 이탈리아 연극, 즉 '코메디아 델라르테'의 개혁을 위해 헌신했다. 그는 손녀가 태어나기 5년 전에 세상을 떠났다.

두제 가문에서는 배우로서의 역할이 세대에서 세대로 계속해서 이어졌고, 할아버지가 돌아가신 이후에도 엘레오노라 아버지의 주도로 친척간의 연결이 광범위하게 이루어졌다. 루이지 두제 아저씨는 성격배우, 조르지오 아저씨는 희극배우, 엔리코 아저씨는 주연급 젊은 연인 역을 맡았고, 체칠리아 아주머니는 연인 역, 비토리나 아주머니는 주연급 연인 역, 알체스테 아주머니는 성격배우였다.

엘레오노라는 자기 또래의 아이들이 오리 돌보기나 밧줄 꼬기를 배우듯이 그들에게서 무대 연기를 배웠다. 그녀는 이후 자신의 삶에서 끊임없이 전국 각지를 돌아다니는 것을 당연하게 받아들이게 되었다. 그녀는 정규 학교 교육을 전혀 받지 못했다. 그래서 그녀는 아무리 영광을 얻고 인정을 받아도 일생 동안 빈곤의 느낌과 이곳저곳 돌아가며 내맡겨진다는 느낌, 그리고 지식의 결핍이 폭로되어 창피를 당할지도 모른다는 불안감을 떨치지 못했다.

엘레오노라가 처음으로 가족 무대에 선 것은 네 살 때이다. 빅토르 위고의 『레미제라블』을 각색한 프랑스 연극에서 그녀는 코제트 역을 맡았다. 이때부터 그녀에게는 이미 관객 앞에서 연기한다는 것이 지극히 일상적인 일이 되었다. 관객들은 그녀의 생계비를 책임져주는 사람들이다. 그녀는 그들의 마음을 어떻게 사로잡아야 하는지를 알고 있었다. 그렇지 않으면 그들은 다시 찾지 않을 것이다. 그녀는 자신의 역을 잘 해냈고, 다음 해에 벌써 그녀의 이름은 극장 포스터에 올랐다.

엘레오노라는 온순하고 조용한 아이였다. 모든 것이 너무나 어려웠기 때문에 그녀는 더 많은 것을 요구하거나 불만을 토로해서 부모의 마음을 무겁게 하지 않았다.

어린 시절 그녀의 모습을 찍은 몇 장의 사진들 중 하나는 여섯 살쯤 된 엘레오노라가 그녀의 어머니 옆에 서 있는 모습을 보여주고 있는데, 여기에서 그녀의 눈은 진지하다 못해 쌀쌀맞아 보일 정도이다. 미소를 지으려고 애쓰는 대신 사진사의 작업을 불신하는 시선으로 추적하는 듯 보인다. 젊은 어머니는 과장된 포즈로 그녀를 팔로 감싸 안고, 거의 지배자 같은 시선으로 카메라를 쳐다보고 있다. 두 사람의 의상은 서로 맞춘 것 같다. 한쪽은 흰색, 다른 한쪽은 검은색으로 대조를 이룬다. 엘레오노라는 어머니의 품에 갇혀 있지만, 왠지 불만스러워 보인다. 그러나 엘레오노라의 아이다운 딱딱함 뒤에는 자신이 중요하고 재능 있는 인물이라는 확신이 숨어 있는 듯하다.

특별한 존재라는 느낌

이 대가족은 매주 국도를 따라 이동했다. 가능한 한 바람이나 비에 상하지 않도록 아마포로 만든 무대 배경은 말아서 짐 꾸러미 속에 넣었고, 무수히 많은 의상들은 수십 개의 상자와 궤짝 속에 넣었다. 공연이 끝나면 보수에 대한 논의가 오고갈 수밖에 없었는데, 돈이 있는 경우는 드물고 대개는 술집에서 '현물'로 지급되었다. 그런 다음에는 연극단원들과 방문객들이 등잔 불빛 아래서 긴 테이블에 앉아 식사를 했다. 후에 엘레오노라 두제는 이때를 기억하면서 다음과 같이 이야기했다.

나와 어머니는 공연이 끝난 후 들어와서 식탁의 긴 의자에 앉았다. 나는 무대에서 울고, 소리치고, 미쳐 날뛰었다. 그리고 독살되거나 검에 찔려 죽었다. 나의 귀에는 아직도 연극 대사의 리듬이 울렸는데, 그것은 내 목소리 같지 않았다. 접시 위의 식사는 내가 보기에 거칠어 보였고, 돌덩이처럼 무거워 삼키기가 불가능할 것 같았다. 이러한 거부감은 내가 피로감의 가장 깊은 곳에서 느낀 부드럽고 섬세한 어떤 것, 다시 말해 미천한 내 처지와 어울리지 않음에도 내가 느꼈던 고귀함으로부터 나왔다. 그 고귀함이란 자연이 나에게 부여한 선택받은 존재라는 느낌, 남들과 다른 존재라는 느낌이었다.

또 다른 일화에 의하면, 한 번은 엘레오노라가 손님들에게서 인형을 선물로 받았는데 떠날 때가 되자 그녀는 그것을 손님들 방으로 다시 가져다주었다고 한다. 그런데 그 이유가 '최소한 그 인형이 잘 지내기를, 계속해서 옮겨다닐 필요가 없도록 하기 위해서'였다고 한다.

전체적으로 보아 엘레오노라의 어린 시절과 소녀 시절에 대해 말해 줄 수 있는 확실한 증거물은 별로 남아 있지 않다. 하지만 상황을 고려해보건대 이 젊은 여배우가 처음부터 힘들게 시작한 것은 분명하다. 다른 모든 사람도 그렇지만 그녀 역시 20개에서 30개에 이르는 극작품에 어느 정도 정통하여 언제라도 연극에 투입될 수 있어야만 했고, 가벼운 코미디를 원하는 관객의 요구에도 부응할 수 있어야만 했다.

그러다가 그녀의 재능이 사람들의 눈에 띈 것으로 보인다. 왜냐하면 1873년 열다섯 살의 엘레오노라는 벌써 베로나의 원형극장에서 셰익스피어의 「로미오와 줄리엣」 연극에서 줄리엣 역을 맡았기 때문이다. 거기서 그녀는 처음으로 한 가지 연기를 시작했는데, 이후 그녀는 그 방식을 고수하면서 그것으로 명성을 얻게 된다. 즉 그녀는 신체적으로 거의 움직이지 않고, 어떤 물건이든지 소도구를 자주 이용하여 연극적인 효과를 뒷받침하는 방식을 사용했다. 「로미와 줄리엣」에서 사용한 그 소도구는 그녀가 손에 들고 있다가 엄청나게 격렬하면서도 위엄 있고 침착하게 하나씩 떨어뜨리는 하얀 장미이다. 〈레뷔 드 파리〉 신문은 이날 저녁 공연에 대해 다음과 같이 쓰고 있다.

그리고 저기에 그녀가 온다. 줄리엣이! 그녀는 장미를 사기 위해 자신의 얼마 되지 않지만 저축한 돈을 모조리 다 써버렸다. 부드러운 색조의 창백한 장미를 말이다. 그것은 그녀의 부적이며 마술지팡이다. 그것은 그녀에게 확실한 색조를 부여한다.

엘레오노라는 이 작품에서 자신의 연극적 수단을 과감하게 이용하는, 효과를 주는 여배우가 된 듯하다. 후에 그녀의 남자 친구가 된 가브리엘레 다눈치오는 베로나에서 공연한 그녀의 말을 인용하여 다음과 같이 기록했다.

내가 로미오의 시체 위에 주저앉았을 때 어둠 속에서 많은 사람들이 우레와 같은 박수 갈채를 터뜨려 나는 깜짝 놀랐다. 사람들은 횃불을 들고 눈물이 넘치는 나의 얼굴을 비추었다. 그 횃불은 큰 소리로 바스

락거렸고, 송진 냄새가 났다.

1875년에 엘레오노라의 어머니가 세상을 떠났다. 그녀는 오래 전부터 병을 앓아왔다. 사람들이 그 소식을 전했을 때 열일곱 살 먹은 처녀는 마침 순회 공연중이었으므로 장례식에 참석할 수 없었다. 엘레오노라는 검은 크레이프 천으로 만든 띠를 매는 것으로 만족해야만 했다. 돈이 없어 그 이상은 할 수가 없었다. 나중에 사람들이 하는 말에 따르면, 엘레오노라 두제가 이때부터 어머니의 작은 사진을 항상 지니고 다녔다고 한다.

이제 이 젊은 여배우는 독립적이 되고 어른다워져야 한다는 압박을 한층 더 강하게 받았다. 엘레오노라는 돈을 벌어야만 했으므로 출연 가능성을 건실하게 확보하기 위해 끊임없이 노력했다. 1879년 그녀는 나폴리에 있는 피오렌티니 극장에서 '엠마누엘 페차나 극단'의 단원이 되었다. 그리고 마침내 그녀에게 기회가 주어졌다. 그녀는 에밀 졸라의 소설을 원작으로 한 「테레즈 라켕」에서 주인공 역을 맡게 된 것인데, 이것은 그 당시로서는 전혀 새로운 소재였다. 이 여인은 혼인을 파괴하는 여인으로, 애인을 사주하여 남편을 죽이게 하고 결국은 자책감 때문에 자살로 생을 마감하는 인물이다. 에밀 졸라의 글쓰기 방식과 학문적·사회적 실험 속에서 그 인물들을 관찰하는 방식은 문학 역사상 혁명이었다. 그는 이야기를 풀어나가는 과정에서 선과 악에 대한 판단을 배제하고 모든 사회적 신분의 인물들을 등장시키며 그 시대의 비참한 현실에 대해 명확한 시선을 보여준다.

엘레오노라 두제는 테레즈 라켕과 같은 자연주의적인 여인상을 자주 연기하게 되었다. 그녀의 테레즈 역에 대해 한 비평가는 다음과 같이 쓰고 있다.

> 이날 저녁의 승리는 쉽게 잊지 못할 것이다. 나는 그녀가 내 앞에서 검은색의 짧은 원피스를 입고 낮은 창문에 기대고 있는 것을 본다. 혼란스런 심정으로, 정신이 반쯤 나가서, 거짓과 과오와 범죄의 소용돌이 속에서, 불안과 공포 속에서, 거부감과 증오심 속에서 빠져 살고 있는 그녀를⋯⋯. 그때 관객들 사이로 전율이 흐르고 영혼은 이 훌륭한 연기에 완전히 사로잡힌다. 감히 박수를 칠 엄두조차도 내지 못한다.

이것은 대가의 솜씨를 발휘하는 순간이다. 유명한 피아니스트들은 콘서트가 열리는 저녁에 그들의 능숙한 솜씨를 보여주기 위해 예술적으로 완성도가 높은 작품을 연이어 연주한다. 마찬가지로 배우들도 주인공 역을 할 뿐만 아니라 여러 연극 작품의 진수를 뽑아 보여준다. 엘레오노라 두제의 경우에도 질투심 많은 술집 여주인, 사모하는 마음으로 가득 찬 연인, 잔소리하는 엄마, 고전의 여주인공 등의 다양한 역을 연이어 보여주었다. 다섯 벌의 다양한 의상을 입고 열정적으로 커다랗게 소리를 지르기도 하고, 망설임 속에서 속삭이기도 하며, 때로는 천박하게, 때로는 절망적으로 울고 웃으면서 말이다.

프리마돈나로서의 명성

사건이 많았던 이해에 엘레오노라 두제는 서른여덟 살의 마르티노 카피에로와 사랑에 빠진다. 카피에로는 나폴리의 언론인으로 〈코리에 레 델 마티노〉의 편집자였다. 그는 바람둥이로 여자를 유혹하는 재주가 있었다. 그리고 그는 부유하고 교양 있는 사람이었다. 그는 스물한 살의 여성에게 교회와 종교 예술품들을 보여주었고, 그 도시의 주요 인사들에게 그녀를 소개했다. 이 나폴리 남자는 그녀와는 다른 계층에 속했다. 그의 교양은 그녀를 매혹시키고 동시에 그녀를 위태롭게 만들었다.

엘레오노라는 임신을 하게 되었지만, 카피에로는 갑자기 그녀와의 관계를 끊었다. 그녀는 분명 '혼외정사로 생긴' 아이를 수치스럽게 생각하지 않았으며, 또한 그의 곁에 머물려고 했을 것이다. 그러나 카피오레는 자신의 지위를 더럽히는 것을 원치 않았던 것으로 보인다. 그녀는 건강이 허락하는 한 공연을 계속했다. 마침내 그녀는 토스카나의 해변에 있는 마을 마리나 디 피사에서 사내아이를 출산했는데, 그 아이는 매우 허약해서 며칠 후에 죽어버렸다. 그녀는 작은 관을 뒤따라 전통 미사곡 「글로리아」를 부르면서 묘지로 가서 그 아이를 묻었다. 엘레오노라의 아버지는 이 일에 대해 다음과 같이 쓰고 있다.

나폴리의 건달과의 관계는 이제 끝이야……. 내 딸은 거의 죽음 직전까지 갔었어. 그애는 자신의 수호천사에게 감사해야만 한다네. 그녀는 지금 회복중이야. 나는 그애가 비록 상처를 많이 받았지만 건강을 유지할 수 있기를 바란다네.

기진맥진한 상태와 휴식에 대한 동경은 엘레오노라의 일생을 관통하는 핵심적 요소이다. 좋지 않은 일이 있을 때, 혼자 있고 싶을 때,

또는 병이 났을 때 그녀는 뒤로 물러나서 자신의 슬픔을 혼자 삭히곤 했다. 그러나 조금이라도 좋아지는 기미가 보이는 즉시 그녀는 다른 남자를 찾아 나서고 일에 몰두하여 성공을 거두고 인정과 사랑을 받았다.

1881년에 엘레오노라 두제는 처음으로 명망 있는 극단의 지도자였던 체자레 로시의 '조연'을 맡기 위해 고용되었다. 그녀의 연기가 전통적인 방식으로부터의 해방을 선도하는, 완전히 새로운 유형으로 받아들여진 것은 분명하다. 한 친구는 다음과 같이 적고 있다.

> 내가 아는 것은 단지 그녀가 한 번 쳐다보거나 미소지을 때마다, '오'나 '아'라고 말할 때마다, 그리고 말을 쏟아 붓거나 길게 침묵하거나 그 언제든 거역할 수 없는 매력이 그녀에게 있다는 점이다. 변화와 진보는…… 새로운 세대 안에 내재되어 있었는데, 그 세대는 자신에게 속하는 예술가에 대한 자연스런 욕구를 느끼고 있었다. 다시 말해 투쟁, 고통, 동경, 기쁨, 눈물, 좌절 등 간단히 말해 퇴폐적이고, 신경질적이며, 조바심 내며 허둥대는 현 세대의 삶을 불안하게 하는 모든 병적인 상태를 무대 위에서 해소시켜줄 수 있는 예술가에 대한 욕구 말이다. 두제가 바로 이런 예술가였다.

사람들은 이제 존경심에 가득 차서 엘레오노라를 두제라고 불렀고, 그녀는 로시 극단의 '프리마돈나'가 되고 동료들 중 한 명과 특별한 사이로 발전했다. '테발도 켁키'라는 예명을 가진 테발도 마르케티가 바로 그였다. 그녀는 그를 편안히 기댈 수 있는 휴식처로 생각했다. 엘레오노라는 다시 임신을 했고, 두 사람은 1881년 9월에 결혼했다. 스물일곱 살의 이 남자는 건실하고 믿을 만했고, 엘레오노라에게 빠져 있는 만큼 그녀에게 헌신적이었다. 그는 동료로서 그녀가 하는 일의 좋은 점과 힘든 점을 알고 있었다. 그녀는 아버지에게 보낸 편지에서 다음과 같이 쓰고 있다.

나는 멋지게 성공했어요. 테발도가 나보다도 더 많이 그것을 즐기고 있다는 것은 두말할 필요도 없을 거예요.

엘레오노라는 아마도 이때 처음으로 자기편이 되어줄 남자와 함께 믿을 만한 사랑의 보호막 안에서 편안하게 잘 지냈던 것 같다. 비록 그것이 오래 지속되지는 못했지만 말이다.

삶에서 가장 중요한 것은 나의 일이다

임신 상태에서도 몸이 허락하는 한 엘레오노라는 다시 연기를 했다. 직업은 그녀의 삶에서 가장 중요하고 주도적인 역할을 했다. 1882년 1월 7일에 딸 엔리체타가 태어났다. 그녀는 그 아이가 자기처럼 이곳 저곳을 돌아다니며 불안정한 상태로 어린 시절을 보내는 것을 결코 원치 않았다. 그녀는 태어난 지 얼마 되지 않은 딸을 시골에 있는 양부모에게 보냈다. 이후 그녀는 비록 드물지만 공연이 없는 주에는 엔리체타를 찾아갔으며, 휴식이 필요한 경우에는 멋진 장소에서 딸과의 만남을 즐겼다.

멋진 침묵! 귀뚜라미 몇 마리, 나의 창문 옆에는 멋진 포도나무 한 그루, 약간 망가진 곳이 있는 인형 몇 개, 안장과 재갈이 없는 작은 말 한 마리……. 피아노 없이, 속세의 음악 없이, 신문 없이 나의 건강이 좋아진다. 그리고 가슴은 녹아 내리지 않는다. 나는 공연중에 나의 목소리와 대사를 잘라버리는 메마른 불꽃을 더 이상 느끼지 않는다.

엘레오노라는 엔리체타와 멀리 떨어져 있는 동안 자신의 삶인 연극 경력을 착실히 쌓아 나갔다. 그녀의 성공은 관객들에게 생소하기는 하지만 완전히 새로운 연기 방식에 기초하고 있었다. 그녀는 화장을 하지 않았다. 약간 아래쪽을 향해 뻗어 있는 속눈썹을 가진 그녀의 변화무쌍한 얼굴은 놀란 표정, 의문에 찬 표정, 승리자의 표정, 절망적인 표정 등 다양한 모습을 보여줄 수 있다. 그녀는 내용면에서 보면 별로 중요치 않은 그녀의 역을 종종 내면적인 성실함으로 형상화했는데, 바로 그 점이 무대 위에서 억지로 꾸민 듯한 부자연스러움을 없애주면서 사람들을 감동시켰다.

규칙에 따르면, 특정한 상황에서는 목소리를 높여야만 하고 과장되게 행동해야만 한다. 하지만 나는 격렬한 감정을 표현해야만 할 경우, 또는 기쁨이나 고뇌에 사로잡힐 때 자주 침묵한다. 그리고 무대에서 나는 조용히 말한다. 거의 속삭이듯이 말이다.

엘레오노라와 동시대의 다른 여배우들의 차이는 대단히 컸다. 열네 살 연상의 프랑스 여배우 사라 베른하르트는 여주인공으로서 더 많은 자의식을 가지고 있었던 것으로 보인다. 두 사람은 토리노에 있는 카리나노 극장에서 처음으로 만난다. 엘레오노라는 그 사이에 '최고의 프리마돈나'로 성장해 있었다. 그녀는 테발도와 로시 극단과 함께 다른 극장에 가서 공연을 했고, 그 후에 시간을 내어 휴식을 취하고 있었다. 그런데 하필 이곳에서 며칠 동안 베른하르트에게 극장이 임대되었다. 사치스럽고 우아하기로 유명한 여배우 베른하르트의 공연 때마다 대만원을 이루었다. 그녀는 파렴치함과 연극적 비애 사이를 오가는 '귀부인' 역을 맡은 것으로 알려져 있었다. 엘레오노라의 친구이자 전기작가인 올가 레스네빅 시뇨렐리는 엘레오노라가 한편으로는 감탄하면서 한편으로는 두려워한 이 경쟁자에 대해 다음과 같이 쓰고 있다.

> 큰 소리로 그녀의 도착을 알리자마자 그 유명한 여배우가 산더미 같은 트렁크와 고양이, 개, 작은 야생 동물, 원숭이들이 든 우리들과 함께 등장한다. 엘레오노라 두제는 넋이 빠져 말 한마디, 동작 하나, 눈 깜박임 하나까지도 놓치지 않고 주시한다. 그녀는 격렬하게 박수를 치고 기쁨에 겨워 제정신이 아니다. '마침내 우리의 직업을 사랑하고, 대중들에게 아름다움에 대한 존경심을 품게 하고, 예술 앞에서 고개를 숙이지 않을 수 없게 하는 어떤 사람이 나타났다.'

사라 베른하르트의 원정 공연은 엘레오노라에게 분발을 촉구했다. 베른하르트의 연기는 그녀에게 강한 인상을 심어주는 동시에 자극을 주었다. 두 사람이 서로 만나는 것을 원치 않았다는 사실이 특이하지만 이해할 만하기도 하다. 그들은 무대에서 서로에게 배우거나 감탄한다. 그러나 두 사람은 사적으로 만나지 않았다.

이후 경쟁자인 사라 베른하르트가 연기하는 공연을 관람한 것은 엘레오노라에게 중요한 결실을 가져다주었다. 그녀는 프랑스의 살롱극을 발견하고 그중 가장 유명한 작품을 알게 되었는데, 알렉상드르 뒤마의 「동백부인」(「춘희」로 알려져 있음)이 바로 그것이다. 연인을 위해 자신을 희생하는 병든 창녀의 이야기는 그레타 가르보 주연의 영화로 만들어져 세계적으로 유명해진다. 그 극작품은 19세기 후반의 인기 있는 문학적 모티브들을 하나로 결합시키고 있다. 몸을 파는 아름다운 여인, 그녀의 몸을 사지만 결국에는 그녀를 사랑하게 되는 귀족, 진실의 발견을 방해하는 음모(그녀의 애인은 그녀가 자신을 배신했다고 오해하고 그녀는 그것을 감수한다), 그리고 마지막으로는 폐병에 걸린 여인의 죽음이 그것이다. 여자는 아름답고 창백하게 고통스러운 죽음을 맞이하고 남자는 홀로 남겨져 운다. 여주인공은 또한 몸이 좋지 않거나 생리 기간 중이거나 그와 동침을 하고 싶지 않을 때에는 이 작품에서 대단히 중요한 역할을 하는 이 흰색의 꽃, 즉 동백꽃을 늘 자신의 애인에게 보여준다. 이 얼마나 멋진 거부이며, 마지막 세기를 위한 '말로는 표현할 수 없는' 오묘한 연관성, 고통스러우면서도 흥분시키는 관계에 대한 암시인가!

사라 베른하르트의 장기라 할 수 있는 「동백부인」을 연기하기로 결정하면서 엘레오노라 두제는 이제까지는 그녀를 알지 못했던 연극비평의 주목을 받게 된다. 1883년 1월 10일에 토리노에서 열린 첫 번째 공연부터 성공이었다. 이탈리아 관객들은 그녀를 베른하르트와 대등하게 받아들였고, 다음과 같은 신문 기사가 실렸다.

그녀의 동백부인은 민중의 아이다. 순진하고, 솔직하고 향수로 가득 차 있으며 뻔뻔스러움이라고는 조금도 찾아볼 수 없다. 애인이 그녀를 책망할 때 그녀는 '아르만도!'라고 세 번 말하는 것으로 대답하는

데, 이 말을 다시는 들을 수 없다. 그 말은 세대에 관계없이 모든 관객들의 마음을 뒤흔들어 놓는다.

그리고 나중에 베를린의 비평가 알프레드 케르는 약간은 존경심이 결여된 태도로 다음과 같이 쓰고 있다.

두제의 경우에는 영원이 살랑거리며 지나가는 소리가 들리고, 베른하르트의 경우에는 무대의 세트가 흔들거리는 소리가 난다.

엘레오노라 두제는 직업적으로 그녀가 부모님에게서 보고 배운 길을 갔다. 그녀는 1886년에 동료이자 애인이었던 플라비오 안도와 함께 자신의 극단을 조직했다. 그녀는 남아메리카 순회 공연중에 플라비오 안도를 알게 되었고, 그 때문에 남편인 테발도 첵키와 이혼했다. 할아버지와 아버지처럼 그녀는 단장 겸 기획자이며 재정담당자이자 주연배우로서 극단을 이끌게 되었다. 그밖에도 그녀는 임대 계약을 맺고 하루하루의 수입을 관리했다. 관객들을 끌어들이는 것은 바로 그녀의 이름이었다. 그녀는 의상을 마련하고 희곡을 개작하기도 했다. 지속적으로 발생한 그녀의 건강상의 문제 때문에 공연이 취소될 때에도 배우들의 출연료는 지불해야만 했다. 그런 일이 있을 때 그녀는 많은 경우, 간단히 다음 날에 두 배의 관람료를 받았다.

엘레오노라는 자신의 극단에 어울리는 이름을 찾기 위해 오랫동안 고심했다. 그녀는 극단의 대표인 자신의 이름을 따서 명칭을 붙이는 관례를 '리비히의 이름을 딴 고기 농축액 통조림'처럼 느꼈다. 비록 공연에 명성을 가져다주는 것은 그녀 자신이었음에도 그녀는 건실

「동백부인」에서 마르그리트 역을 맡은 엘레오노라 두제, 1883년

한 기업을 이끌고 싶었기 때문에 극단의 이름을 '로마시 협회'로 결정했다.

오늘날에는 연극 연출이라는 이름으로 이미 오래 전에 하나의 독자적인 직업이 된 일이지만, 그 당시에는 어느 정도는 드러나지 않고 다른 일과 함께 이루어졌다. 누가 어디에서 등장하고 퇴장할 것인지, 언제 어떤 노래가 삽입될 것인지, 소도구들과 이동 가능한 무대 장치를 어떻게 배치할 것인지, 이 모든 것을 극단의 지도자가 결정했다. 두 번 또는 세 번의 공연이 있은 후에는 공연 장소가 바뀌었다. 무대의 규모도 다양했다. 때로는 제대로 된 극장이 가능했지만, 때로는 분장실이나 막도 없는 강연회장을 무대로 사용했다.

엘레오노라는 공연 전날 저녁에 극단 외부 사람은 누구도 맞아들이지 않았다. 전보나 편지도 개봉하지 않고 기껏해야 극단 단원들에게 알리는 간단한 메모를 적는 정도였다.

> 골도니가 비단 양말이 필요하다는 것을 유념해줄 것을 요청합니다. 레이스 달린 소매, 정중한 인사, 오페라 글라스도 필요합니다. 이 모든 것들은 전체의 목소리에 영향을 줄 것입니다. 장면 전체의 견고한 짜임새에 주의해주십시오. 대사와 제스처에 우아함이 있도록 해주십시오.

엘레오노라는 확고하게 기반을 다진 극장 경영인이 되었다. 그리고 비록 그녀의 분장실에 세워 둔 옷걸이에는 나무 벌레가 갉아먹은 자국이 있고, 세 개의 의자에는 다리가 7개 반밖에 없고, 벽지는 좁은 줄무늬나 찢어진 채로 너덜거리는 상태였다는 사실이 오늘날까지도 전해지고 있지만, 그것은 바로 이런 것들이 그녀에게는 전혀 중요하지 않았다는 사실을 말해줄 뿐이다. 어쨌든 그녀는 수년간 충분한 돈을 벌었다. 그녀 자신은 눈에 띄지 않지만 고급스럽게 옷을 입을 줄 알았다.

1888년에 그녀는 밀라노에서 공연이 끝난 후 4년 전에 인사를 나눈 적이 있는 아리고 보이토를 만난다. 보이토는 밀라노의 유명인사 중의 한 명이었다. 그는 오페라 작곡가이자 작가였으며, 연극비평가로도 활동했다. 새로운 사랑이 시작되었다. 두 사람은 헤어질 때마다 불타는 듯한 사랑의 편지를 주고받으며 각자의 일을 더 열심히 잘 하자고 서로에게 맹세했다. 1918년 보이토가 죽을 때까지, 엘레오노라에게 다른 연인이 생겼더라도 두 사람은 긴밀한 관계를 유지한다. 그들은 미술관과 교회를 함께 다녔고, 새 희곡도 함께 읽었다. 엘레오노라는 외국어를 배웠고 최소한 하루에 두세 시간은 반드시 연기 이외에 무엇인가를 배우는 데 투자했다. 보이토는 시민적 교양에 대한 엘레오노라의 갈망을 채워주었다.

종종 기진맥진할 정도로 지친 여배우는 처음으로 이 남자와 함께 베네치아의 한적한 곳에 있는 궁전풍의 저택으로 은퇴하여 자신의 딸과 함께 셋이서 사는 것을 꿈꾸기도 했다. 평온한 생활에 대한 이러한 동경, 베네치아에 대한 동경, 휴식에 대한 욕구는 계속해서 엘레오노라를 사로잡은 요소였다. 나중에 그녀는 이러한 꿈 중 많은 부분을 실현하지만 전원 속에서의 삶은 실망스럽게 중단되었다.

'로마시 협회' 극단을 이끌며

극장의 여사장이자 주연 여배우인 그녀는 서른한 살의 나이로 대규모의 해외 순회공연 계약을 맺고 1889년 알렉산드리아, 카이로, 바르셀로나, 마드리드에서 공연을 했다. 그녀는 헨릭 입센이라는 새로운 작가를 선택했다. 이 노르웨이 작가는 그의 희곡에서 시민 가정에서의 삶의 기만, 자신의 아름다운 집에 감금된 여인의 삶, 남성의 우월적 지위에 대한 독재적인 요구 등을 다루었다. 그리하여 입센은 엘레오노라 두제의 시각을 바꾸어주었다. 그녀는 그의 작품에 매료되어 이제는 더 이상 프랑스의 살롱극을 즐겨 공연하지 않을 것이라고 생각했다. 그녀의 눈에는 살롱극들이 깊이가 부족하고 군더더기가 많은데다 속이 비어 보였다.

1891년 11월부터 1892년 2월까지 엘레오노라는 러시아에서 순회공연을 했다. 그 당시 아직 젊은 작가였던 안톤 체호프은 상트페테르부르크에 있는 극장의 관람석에서 그녀에게 매혹되었다.

나는 이탈리아어를 한마디도 모른다. 그러나 그녀의 연기가 너무나 훌륭하여 마치 그녀의 말을 모두 다 이해하는 것처럼 느껴졌다. 이제껏 이런 경험을 한 적이 없다. 두제를 보았을 때 나는 우리가 러시아 극장에서 지루해하는 이유를 분명히 알게 되었다.

엘레오노라는 이미 오래 전부터 베네치아에 정착해서 외부 활동을 하지 않던 아버지가 세상을 떠났다는 소식을 이국땅 러시아에서 들었다. 수입이 좋아진 이후 그녀는 아버지에게 정기적으로 돈을 보내고 있었다. 그는 딸아이를 몹시 자랑스러워했다. 그녀는 또다시 부모의 장례식에 참석하지 못한 채 마음속으로 작별을 고해야만 했다.

1892년 초 봄에 그녀는 다시 공연을 위해 오스트리아로 여행을 갔다. 국경에서 세관 수속을 하는 동안, 그 당시 유명한 스타였던 요제프 카인츠와 예니 그로스가 소속된 빈의 어느 연극단은 거기에 쭈그리고 앉아 있던 키 작은 동료와 우연히 마주쳤다. "저 불쌍한 여자는 밤에 잠을 잘 못 잔 게 확실해. 저 여자는 분명히 두제야"하고 사람들은 소곤거렸다. 이날 오스트리아 사람들의 눈에 엘레오노라는 오락을 좋아하고 이곳저곳을 돌아다니는 하찮은 민족의 '전형적 이탈리아인'으로 보였다.

하지만 바로 며칠 후에 연극을 좋아하는 빈 사람들은 그녀에게 무릎을 꿇었다. 그녀는 아름다운 비더마이어 시대의 오래된 건물로, 주로 빈의 민중극이 공연되는 칼 극장의 무대에 등장했다. 엘레오노라는 다시 한 번 「동백부인」을 공연했다. 공연 첫날에는 관객석이 거의 비어 있었지만, 다음 번 공연에는 마지막 좌석까지 모두 매진되었다. 공연은 가히 폭발적인 성공을 거두었고, 하루 수입이 8백 크로네에서 9천 크로네로 늘었다.

엘레오노라 두제는 너무나 많은 낮과 밤 그리고 여러 해를 낯선 땅에서 보냈다. 그동안 그녀는 삶의 가장 극적인 여러 상황들, 즉 살인, 질투, 격정, 이성간 그리고 세대간의 전쟁 등을 연기했다. 그녀는 자신이 체류하는 도시들의 이곳저곳을 돌아다니면서 언어조차도 전혀 모르는 도시를 경험을 통해 알게 되었다. 극장 밖에서 그녀는 혼자이고 항상 과도한 피로나 건강상의 문제와 싸워야만 했다. 여행중에 그녀는 토리노에 있는 장교의 딸들을 위한 기숙학교에서 교육을 받고 있는 딸에게 매일 편지를 썼다.

이제 그녀의 연기는 원숙해졌고, 이에 대한 경탄이 쏟아졌다. 베를린과 빈 신문의 문예란을 담당했던 알프레드 케르나 헤르만 바르와 같은 대단한 비평가들도 그녀에게 찬사를 보냈다. 그렇지만 그 찬사들은 대개 외국 신문에 실렸기 때문에 그녀가 직접 읽을 수는 없었고, 단지 그 내용을 짐작만 할 수 있을 뿐이었다. 그녀는 공연이 있을 때마다 그날 저녁을 준비해야만 했고, 자기 자신에게 정신을 집중하면서 에너지를 모아야만 했다. 관객들은 그녀가 연기로 보여주는 인물에게 기꺼이 빠지고자 했다. 그러나 그러한 교감을 위해 그녀는 엄청난 힘을 집중하여 노력해야만 했다.

알프레드 케르는 훗날 『연극 속의 세상』이라는 책에서 엘레오노라 두제에 대한 기억에 흠뻑 젖는다.

그녀는 수백 년 만에 한 명 나올 수 있는 그런 사람이다. 그녀는 홀로 고고히 빛을 발하며 타들어간다.

헤르만 바르는 1892년 말에 베를린에서 원정 공연을 본 후 그녀에 대해 다음과 같이 묘사한다.

코는 상처 입은 피에로의 코처럼 작고 뭉툭하다. 뺨은 개성 없이 축 늘어져 있다. 오직 달콤하고 부르튼 입 주위에서만 말할 수 없는 비애가 기묘한 선을 이루며 퍼져 있다. 그것은 질풍 같은 욕망, 용기 있는 희망, 그리고 고통스런 체험을 이야기한다. 그때 그녀는 추하기도 하

다. 그녀는 위대하거나 하찮은 존재이다. 그녀는 젊기도 하고 늙기도
했다.

그 모든 성공을 이루었음에도 엘레오노라 두제는 결코 승리를 과시
하거나 자기 확신에 가득 찬 여인의 모습이 아니다. 그녀를 보는 그
어떤 사람도 19세기 여성해방 논쟁을 떠올리지 않는다. 비록 그녀 자
신은 마음껏 여행을 하고 자유롭게 연애를 하며 구애받지 않고 사회
생활을 하는 등 '해방적'으로 살았지만, 그녀는 고뇌와 사랑에 방황하
는 여인을 연기했고, 그것은 구시대의 여인상에 부합했다. 그녀가 보
여주는 무대의 인물들은 두려워하고 고통받으며 죽어간다. 고통은 여
인의 미덕으로 남성들의 권위를 해치지 않으면서 그들의 공감을 불러
일으킨다.

나의 베네치아, 나의 다눈치오

엘레오노라는 서른일곱 살의 나이에 드디어 오랫동안 품어왔던 꿈
을 마침내 성취하게 된다.

나는 오랫동안 일했다. 내 청춘을 바쳐 일했다. 이제 나는 휴식을 즐
기고 싶다. 이제껏 내가 번 것으로 나는 살 수 있다. 그것으로 충분하
다. 가을은 조용하고 공기는 깨끗하다. 나의 영혼은 평화로 충만하다.

그녀는 많이 알려지긴 했지만 너무나 매혹적인 도시인 베네치아의

대운하 옆에 집을 하나 빌렸다. 그녀를 모델로 그림을 그리는 러시아의 화가 알렉산드로스 볼코프도 그곳에 저택을 구입했다. 지붕 아래에, 뾰족한 활 모양의 높은 창문을 통해 보이는 곳에 엘레오노라의 집이 있었다.

그녀가 양모 담요를 덮고 의자에서 잠자고 있는 모습을 찍은 사진이 한 장 있다. 흰색으로 칠한 방은 벽에 걸린 성모 마리아 그림과 마룻바닥에 깔린 두 장의 카페트 외에는 별다른 장식품이 없이 소박했다. 커다란 집 자체는 베네치아의 보석과 같이 아름다운 집이다. 운하 쪽으로 흰색의 테두리가 있는 창문이 연이어 있고, 대문 앞에는 당연히 그 집에 딸린 배 선착장이 있다.

물위로 사람들이 다니는 베네치아는 소음이라고는 없는 조용한 도시다. 낡은 집들은 쇠락했지만, 안전한 피난처를 보장해주었다. 엘레오노라는 묘지가 있는 섬으로 가는 것을 좋아했다. 그곳은 더욱더 조용했고, 실측백나무 위로 고요하고 푸른 하늘이 둘러싸고 있었다. 그곳에서 그녀는 아무에게도 방해받지 않고 비록 이 세상 사람은 아니지만 사랑하는 이들을 생각하면서 시간을 보낼 수 있었다. 그녀는 아리고 보이토에게 보낸 편지에서 "극장에 가야만 했기 때문에 일몰을 보지 못한 날이 얼마나 많았던가"라고 쓴 바 있다.

엘레오노라는 극장에서의 삶을 익히 알았고, 혼란과 사랑과 동경과 고통으로 가득 찬 자신의 삶도 알고 있었지만, 그 시대의 정상적인 시민들의 삶은 알지 못했다. 바로 그 때문에 그들의 삶이 그녀를 매혹시켰다. 그녀는 종종 이웃에 있는 오래된 밧줄 공장 앞에 서서 일하는 사람을 보면서 시간을 보내곤 했다.

대마를 삶을 때 나오는 질식할 듯한 증기가, 회색의 수염 같기도 하고 뒤엉킨 거미줄 같기도 한 것으로 뒤덮인 쇠막대기를 통해 뿜어져 나왔다. 그리고 마치 시골의 목사관처럼 풀로 뒤덮여 있는 여기 캄피엘로 델라 코마레의 끝에는 두 개의 사각형 모양 기둥 사이로 정원의 울타리가 열려 있었다. 해안 호수의 다리 위를 지나가는 기차의 기적소리, 밧줄 만드는 사람들의 노래, 오르간 울리는 소리가 들려왔다.

엘레오노라는 베니치아를 사랑했다. 그리고 아마도 그 때문에 여기에서 멋쟁이이자 시인인 가브리엘레 다눈치오와의 사랑이 시작되었는지도 모른다. 그것은 위대하지만 복잡하고, 많은 친구들이 불신의 눈으로 바라본 그런 사랑이었다.

다눈치오는 마리아 그리비나 크릴라스 디 라마카 공주와 그들 사이에 난 딸과 함께 베네치아에서 살고 있었다. 언론인으로도 활동한 그 시인은 공개 석상에서 조명을 받는 것을 즐겼다. 그는 사람들에게 인상적으로 보일 줄 알았고 멋쟁이에다 달변이었다.

엘레오노라는 한 여자 친구에게 다눈치오와의 연애의 시작을 다음과 같이 설명했다.

나는 밤을 꼬박 새고 이리저리 헤매고 다녔다. 나는 곤돌라에서 내리는 순간 갑자기 그가 내 눈앞에 서 있는 것을 보았다. 우리는 예술에 대해 이야기했다. 오늘날 극장에서의 예술의 비참함에 대해서! 우리는 공동의 과제에 대해 말하지 않았다. 그러나 말은 하지 않아도 우리 사이에는 하나의 연대가 형성되었다.

다눈치오는 과대망상이라고 말할 수는 없지만 어쨌든 믿을 수 없을 정도로 자의식이 강했다. 아마도 이 점이 엘레오노라의 마음에 든 것 같다. 그녀는 언제나 자신이 별 볼일 없는 존재라는 느낌과 싸웠는데, 그 느낌은 물질적으로 불안정했던 출생과 부족한 교양에서 비롯되었다. 그는 그녀와 마찬가지로 부유하긴 했지만 속물근성으로 가득 차 있고 대단한 설득력이 있는 인물이었다. 그는 그녀를 '무대에서와 마찬가지로 자신의 침대에서 모두에게 속하는 동시에 아무에게도 속하지 않는 방랑하는 여배우'로 양식화했다. 이런 표현은 창녀에게나 적합한 묘사로 보이는 내용이다. 더군다나 이 만남이 이루어질 때 그녀의 나이는 서른여덟 살이었고, 그의 나이는 서른세 살이었다. 다눈치오는 오늘날의 관점에서 보면 전혀 중요하지 않은 이러한 나이 차이를 불쾌감을 줄 정도로 이용했다. 그는 되풀이해서 '늙어가는 애인', '시들어버린 육체', '청춘의 마지막 흔적을 잃어버린 것에 대한 그녀의 절망'에 대해 말했다. 그녀에 대한 이러한 멸시와 함께 그는 배우로서의 재능에 대한 칭찬(카산드라, 메데아, 맥베스 부인, 이피게니)을 교묘한 방식으로 결합했다.

엘레오노라와 다눈치오의 관계는 종속과 복종의 관계였다. 이후 1904년 두 사람이 결별할 때까지 수년간 그녀는 주로 다눈치오의 작품들만 공연했고, 그것에 대해 그에게 대가를 지불했다. 비록 관객이 없어 극장이 텅 비더라도 그에게 돈을 보내주었다. 그녀는 오직 값비싼 옷만을 맞추고 진짜 고대 유적 조각들을 장식품으로 사들였다. 그녀는 그에게 빠져 거의 정신이 나갈 정도였다.

이렇게 해서 엘레오노라는 내용적으로 사디즘적인 측면을 가지고 있는 극작품들의 여주인공으로 등장하게 되었다. 1899년 그의 작품

「라 지오콜라」에서 그녀는 조각가의 부인으로 등장해 조각상이 떨어지면서 손을 잃은 인물 역을 맡았다. 아름다운 손이 엘레오노라의 결정적인 표현 수단이었는데, 하필이면 그녀는 두 손을 의상 속에 감추고 목소리와 얼굴만으로 연기를 해야 했다. 관객석의 많은 사람들은 화가 났고, '그들의' 엘레오노라를 염려했다.

엘레오노라는 또한 근친상간의 희생자로 결국에는 익사당해 죽는 「죽은 도시」의 눈먼 안나 역을 맡았다. 그런데 다눈치오는 그녀 몰래 그녀의 경쟁 상대인 사라 베른하르트에게 초연의 주연을 맡을 것을 제안하기도 했다. 한편 엘레오노라는 시인 다눈치오에게 도움을 주려 했고, 자신의 재능을 바쳐 그에게 봉사하려 했다. 아마도 그녀는 처음으로 높은 수준에 도달해 있는 자신의 예술적 재능을 사랑과 연결시킬 수 있다는 느낌을 가졌는지도 모른다.

두 사람은 1894년에서 1904년까지 함께 사는 동시에 떨어져 살았다. 그들은 피렌체 근교에 마주 보고 있는 두 채의 집을 샀다. 엘레오노라의 집은 소박하고 검소하게 꾸며졌고, 다눈치오의 집은 돈을 많이 들여 번드레하지만 약간은 천박하게 꾸며졌다. 그들은 보란 듯이 공개적으로 사귀는 공공연한 연인으로서 서로의 일에서 상호보완적인 역할을 했다. 그는 그녀를 위해 글을 쓰고 그녀는 그를 위해 연기를 했다.

세기 전환기에 다눈치오는 『불꽃』이라는 책을 출판하면서 스캔들을 불러일으켰다. 그것은 엘레오노라와의 연애를 소재로 한 소설이었다. 여기에서 그는 그녀의 육체와 습관에 대해 당시로서는 대단히 내밀한 세부 사항에 이르기까지 자세히 묘사했다. 사람들은 일반적으로 이 책이 엘레오노라에게는 굴욕적인 책이라고 느꼈다.

『불꽃』의 출간으로 친구들과 가족들은 그녀에게 그와 결별하라고 충고했다. 하지만 그녀는 다음과 같이 쓰고 있다.

나는 그 소설을 알고 있다. 나는 그 책을 출간하는 데 동의했다. 왜냐하면 이탈리아 문학에 걸작을 제공하는 것이 문제될 경우 나의 고통은 그것이 어디에 존재하든 중요치 않기 때문이다. 게다가 나는 마흔 살이고, 나는 그를 사랑하고 있다.

그러나 빈의 〈프라이엔 프레세〉와의 인터뷰에서 그녀는 마음의 상처를 드러낸다.

모든 사랑의 수수께끼를 푸는 최상의 해결책은 일찍 죽는 것이다. 그것이 최상이다. 여인은 늙어서는 안 되고 여배우는 물러날 때를 놓치지 말아야 한다.

그에 대한 마음의 상처에도 그녀는 계속해서 격정적인 작품들을 공연하고 관객이 반밖에 차지 않는데도 이전처럼 그에게 돈을 보냈다. 병이 나서 로마의 호텔에 누워 있느라 공연이 수주간 취소되었던 1903년 봄에조차도 그녀는 다눈치오에게 계속해서 작품 사용료를 지불했다. 그런데 사실상 그녀는 서서히 빚에 시달리고 있었다.

걱정이 다시 나를 사로잡는다. 나는 어떻게 해결할지 모르겠다.

일 년 후 마침 밀라노에서 처음으로 공연한 다눈치오의 작품「호리

엘레오노라 두제, 1900년경

오의 딸」이 공연되어 순식간에 성공을 거두었다. 그러나 다눈치오는 주인공 역을 다른 여배우에게 주었다. 폭발적으로 이루어진 그의 문학적 성공에 그녀가 차지할 자리는 더 이상 없었다. 그의 성공을 위해 그녀가 그렇게 오랫동안 일해 왔고, 배우로서의 신뢰성까지 걸었음에도 말이다. 그러나 이제 그것으로 충분했다. 마침내 그녀는 그에게서 벗어날 수 있었다.

엘레오노라는 다른 작품들을 찾았다. 새로운 도전이 필요했다. 하지만 부채를 갚기 위해 끊임없이 일하지 않을 수 없었다. 그녀는 입센의 작품 「인형의 집」에서 주인공 노라 역을 맡아 1904년 빈과 부다페스트에서 공연했다. 이어 독일에서 순회공연을 하고 노르웨이 공연을 위해 계약을 체결했다. 이것은 새로운 출발이자 예전에 그녀가 거두었던 성공으로 되돌아가는 것이기도 했다. 〈베를리너 타게스블라트〉는 한 설문조사에서 그녀의 이름을 현 시대의 가장 중요한 여성 네 명 중 한 명으로 손꼽았다. 동료이자 경쟁자인 사라 베른하르트 바로 다음으로 거명된 것이었다. 사람들은 그녀를 원했다. 그녀는 힘이 있었고, 혼자 난관을 극복했다.

그녀의 딸 엔리체타는 드레스덴 대학에서 수학을 공부했다. 엘레오노라는 엔리체타가 이 유명한 어머니의 딸이라는 사실이 공개적으로 밝혀지지 않도록 극도로 주의했다. 엔리체타의 친구가 엔리체타에게 두제의 원정 공연을 보러 가자고 졸랐을 때 엔리체타는 단호하게 거절하면서 자기 어머니가 극장에 가는 것을 허락하지 않았다고 고백한 바 있다. 엔리체타는 대학 공부를 마치고 런던에서 영국의 학자와 결혼하여 엄격한 가톨릭 신앙 안에서 살았다. 그녀는 편지로 어머니와 가톨릭 신앙에 대해 의견을 주고받았다. 그녀의 아이들은 훗날 도미니쿠스 수도회에 입단해서 성직자가 되어 수녀와 수도사로서 교회에 봉사했다.

다음 해에도 엘레오노라는 자신이 좋아하는 「바다의 여인」과 같은 입센의 작품들을 가지고 연중 내내 순회공연을 다녔다. 이 작품에서 그녀는 일생 동안 헛되이 자신을 구해줄 연인을 기다리는 어부의 아내 역을 맡았다.

1907년 엘레오노라는 남미 대륙을 가로지르는 대규모의 원정 공연에 바로 이어서 러시아로 갔다. 그녀는 이때 여러 해 동안 먹고살 수 있을 정도의 많은 돈을 벌었다. 이후 그녀는 줄곧 은퇴를 저울질했다. 1909년 연기 경력의 정점에서 이제 쉰 살이 된 그녀는 빈에서 돌연 은퇴를 선언했다. 하지만 이러한 결정이 무조건적으로 지켜진 것은 아니었다. 그러나 그녀는 이후 12년 동안 쉬게 되는데, 이 기간 중에 그녀는 딸과 손자, 손녀를 방문하며 그들과의 우정을 챙기고 자신의 관심사에 전념했다.

20세기 여성작가이자 이탈리아의 여성시인인 시빌라 알레라모의 연인이었던 리나 폴레티와 같은 젊은 여성들은 그녀에게 열광했다. 이 성공적인 여배우는 그들에게 위대한 모범상이었다. 엘레오노라는 리나에게 어머니와도 같은 자상한 친구 관계를 맺는데, 리나에게서 격렬한 구애를 받기도 했다.

엘레오노라, 당신을 사랑합니다. 엘레오노라, 당신을 신뢰합니다. 나의 영혼.

한편 더 이상 연기를 하지 않게 된 이후에는 이탈리아에서 격렬하게 진행된 정치적 여성 논쟁에 출연자로 초대되기도 했다. 1912년의 여성 의회에서 그녀는 다른 사람에게 자신의 인사말을 대신 읽게 했는데, 거기에서 그녀는 여성들에게 개방되어야 할 중요한 직업 분야에 대해 언급했다. 이 견해는 이탈리아 페미니스트들의 견해와는 상당한 거리가 있었다. 그녀는 전통적인 여성의 역할을 비판하지 않았다. 비록 그녀 자신은 스스로 일을 하여 생계를 해결하고 '통상적' 여성의 삶을 살지 않았지만, 자신을 예술가로서 관례적인 '올바른' 규칙에서 벗어난 하나의 예외로 보았다.

엘레오노라는 남성들과의 격정적이고 '공공연한' 연애관계를 더 이상 맺지 않았다. 그러나 젊고 집요한 숭배자가 나타났다. 그 남자의 이름은 라이너 마리아 릴케였다. 이탈리아를 특히 좋아하는 독일 출신의 이 후기 낭만파 시인은 수년 전부터 그녀와의 만남을 꿈꾸었다. 그들은 마침내 1912년 베네치아에서 만나 서로를 알게 되었으며, 정신적이고 진심 어린 우정이 시작되었다. 한 시에서 릴케는 그녀를 다음과 같이 묘사한다.

포기하는 얼굴에서
그녀의 엄청난 고통 중에 그 어떤 것도 떨어지지 않느니
그녀는 비극을 통해 천천히
아름답지만 시든 얼굴을 지니고 있다.

엘레오노라는 그녀의 경험을 전수하겠다는 소망으로 가득 차 있었다. 그녀는 로마에 집을 한 채 사서 젊은 여배우들을 위한 도서관으로

개조했다. 그녀 자신은 결코 편안히 책을 읽을 수 없었다. 그래서 그녀는 자신이 항상 원했던 것처럼 젊은 여성들도 교양을 쌓고 싶어한다고 믿었다.

노동자들은 이미 자신들의 집을 가지고 있다. 빈번히 그리고 관습적으로 검소하고 옹색한 장소에 머무르도록 강요받으면서 제대로 쉬지도 못하는 우리의 예술가들이 집을 갖지 못할 이유가 무엇인가?

1914년 5월부터 1915년 1월까지 작지만 예쁜 집이 개방되어 방문객들을 기다렸지만 헛된 일이었다. 여배우들은 다른 것을 마음에 두고 있었다. 그들은 배역을 얻으려 했고, 무대에 서기를 원했다. 여배우들의 후원자를 자처했던 그녀는 그 집의 문을 다시 닫아야만 했다.

엘레오노라는 여성 무용가 이사도라 던컨과 아주 중요한 우정을 나누게 되었다. 엘레오노라는 던컨의 두 아이가 교통사고로 목숨을 잃었을 때 그녀를 위로해주었다. 이 이탈리아 여인은 언제든지 아이들 이야기를 들어주었다. 이사도라 던컨은 나중에 그녀의 비망록에서 다음과 같이 적고 있다.

그녀는 결코 나에게 나의 고통을 잊으라고 충고하지 않는다. 그녀는 나와 함께 아픔을 나눈다.

무성영화에 출연하다

이제 그녀는 여유를 즐기고 회상을 하고 자연을 체험하면서 시간을 보냈다. 이 여배우는 스스로 선택한 휴식기간 동안 편지를 쓰고 재산을 관리했으며, 새로운 취미를 발견했다. 즉 그녀는 영화관의 단골 고객이 되었다. 무성영화는 경악, 분노, 우려, 사랑 등 모든 것을 얼굴로 표현해야만 하는 표현 예술가들을 보여준다. 행동의 의미는 말없이 전달되어야만 했다. 비록 중간중간 문자를 끼워넣어 보여주기는 했지만 말이다. 관객들에게 낯선 언어로 자신을 표현해야만 했던 엘레오노라는 이러한 새로운 표현 매체가 세계적 관객을 상대로 할 수 있다는 가능성을 보았다. 무성영화는 어떤 언어로도 이해될 수 있었다.

1916년 영화에 직접 출연해달라는 요청을 받았을 때 그녀는 감격하며 받아들였다. 영화의 제목은 '재'를 뜻하는 「세네레」로, 이 영화에서 그녀는 은퇴한 창녀 역을 맡았다. 자신의 아이가 좋은 교육을 받도록 남에게 넘겨주었다가 이제 성인이 되어서 다시 만나는 여인이다. 아들은 자신의 출생에 대해 전혀 알지 못하고 당연히 '그런 여인들'을 경멸한다. 그녀는 시민 신분으로 결혼하려는 아들이 창피한 일을 당하지 않도록 자살한다.

엘레오노라는 새로운 매체를 즐겼다. 그녀는 자신이 연기할 때 분위기가 제대로 날 수 있도록 영화 촬영을 할 때 첼로 음악을 배경에 깔 것을 요구했고, 촬영시 제대로 된 빛을 이용하기 위해 새벽녘에 일어나는 것도 마다하지 않았다. 그녀는 영화의 편집에도 공부하는 자세로 참여했다. 회백색의 머리카락을 짧게 자르고 짙은 색의 숄을 걸친 채 편집 일을 열심히 배우는 모습을 찍은 사진이 있는데, 그 사진에서 그녀는 환한 미소를 짓고 있다.

당연히 그녀는 이 새로운 영화 예술에 대한 또 다른 계획을 구상했다. 그녀는 자신이 즐겨 공연했던 입센의 작품 「바다의 여인」을 영화로 만들고 싶었지만, 비용이 너무 많이 드는 관계로 영화를 찍으려는 계획을 포기해야만 했다. 그녀는 다음과 같은 슬픈 글을 쓰고 있다.

어릿광대는 땅에 넘어졌다. 실에 매달려 있다. 그리고 나는 더 이상 나 여기에 있다고 말할 수 없다.

1915년부터 이탈리아는 제1차 세계대전에 참여하여 전쟁을 치르고 있었다. 엘레오노라는 그녀가 할 수 있는 한 돈과 옷과 음식으로 사람들을 도우려 했다. 그녀는 생면부지의 군인들에게 위문편지를 쓰는 것, 소포를 꾸려 보내는 것, 남편을 잃은 젊은 부인들에게 돈을 주는 것을 애국적인 관점이나 인간적 관점에서 당연한 일로 생각했다.

이 얼마나 혹독한 추위인가. 하느님 맙소사. 잠자리가 있고 저녁이면 집으로 온다는 것이 얼마나 부끄러운지……. 어떤 주소로 보내면 내가 확실히 품질이 좋은 담요나 그밖의 어떤 것을 보낼 수 있는지 말씀해주십시오.

영화 출연과 더불어 그녀에게 연기에 대한 의욕이 다시 살아났다. 엘레오노라는 연기를 직업적으로, 무대 위에서 다시 한 번 알고자 했다. 게다가 그 사이에 저축해둔 돈이 바닥이 나버렸다. 한 인터뷰에서 그녀는 다음과 같이 말했다.

> 그들이 나를 원하면 나는 자랑스럽고 행복할 것이다. 그렇지 않다면
> 나는 조용히 물러날 것이다. 그러나 속임수, 분칠하는 행위, 그리고
> 거짓말만은 하지 않았으면 좋겠다.

1921년 5월에 엘레오노라는 예순두 살의 나이에 배우로서의 마지
막 경력을 쌓기 시작한다. 새로운 성공은 믿을 수 없을 정도였다. 그녀
가 등장하는 곳 어디에서나 꽃다발 세례가 이어졌고, 젊은 사람들은
토리노에서 '그들의 두제'를 직접 호텔로 모셔가기 위해 마차의 말고
삐를 쥐었다.

1923년 가을에 그녀는 시카고, 필라델피아, 아바나, 샌프란시스코
에서 공연하기 위해 다시 한 번 배를 타고 긴 여행을 시작했다. 이제는
수확의 시간이었다. '두제'는 살아 있는 신화였다.

> 사람들은 잿빛 머리카락에 화장을 하지 않은 창백한 이 여배우가 어
> 떤 역할이라도 다 소화할 수 있다고 믿었다. 그녀가 너무 늙어 어울리
> 지 않는 역할까지도 말이다.

그녀의 충실한 친구이며 열렬한 팬이자 신랄한 비평가였던 알프레
드 케르는 다음과 같이 확언한다.

> 그것은 존재하지 않았고 다시 오지 않는다. 최소한 영사기라도 붙잡
> 고 대충이라도 건져라. 이것은 하나의 꼭대기이다. 남쪽 나라 이탈리

아의 마지막 아름다움이 이루어낸 기적이다.

자신의 연기에 부족함이 없는지, 자신의 의사를 전달할 수 있는지, 자신이 충분히 잘하고 있는지 등 그녀가 지속적으로 지녔던 이 모든 의문점들에 대해 그녀가 고되게 여행을 하면서 보낸 이 마지막 몇 년 동안 관객들은 감사하는 마음이 담긴 열렬한 환호로 대답했다. 그녀는 딸에게 다음과 같이 편지를 썼다.

너의 엄마는 일하고 배의 항해를 계속하기 위해 최선을 다해 모든 것을 한다. 정말로 엄청난 성공이다. 아마도 신은 언젠가 너에게 이 이야기를 해줄 기회를 내게 줄 것이다.

그러나 그들은 다시 만나지 못했다. 1924년 4월 초 그녀는 폭우를 맞고 이전에도 자주 걸렸던 감기에 걸렸다. 그러나 이번에는 감기가 심각한 폐렴으로 발전했다. 이탈리아에서 데리고 온 하녀의 간호를 받으면서 그녀는 피츠버그의 '세늘리 호텔'에서 2주 동안 누워 있었다. 신문들은 매일 그녀의 건강 상태에 대해 보고했다. 그녀는 고열에 시달렸고, 되풀이해서 고향으로 돌아가는 얘기를 하면서 의식이 희미해졌다.

엘레오노라 두제는 4월 21일 순회 공연중에 호텔 방에서 죽음을 맞이했다. 그녀는 순회 공연중에 이탈리아의 한 시골 여관에서 태어났는데, 그녀의 마지막 또한 이렇게 맞아떨어지다니!

피츠버그와 뉴욕에서는 엘레오노라의 장례 미사에 참여하기 위해 사람들이 장사진을 쳤다. 한 이탈리아 배가 그녀의 유해를 유럽으로 모셔갔다. 고향에서도 이 위대한 여성 예술가를 기리기 위해 곳곳에서 미사가 열렸다.

　1924년 5월 13일 엘레오노라 두제는 그녀의 소망대로 오솔로의 한 작은 묘지에 안장되었다.

자비네 추르뮐

마리 비그만(1886~1973, 무용가)

나는 내면에서 느끼는 대로
춤을 춘다

나는 독일을 사랑해.

나는 아주 독일적이야.

나의 나라,

나의 언어,

나의 감정,

나의 사고,

나의 춤.

_마리 비그만

독일 현대 무용가. 리듬교육의 창안자인 자크달크로즈와 자연주의적 자유 무용을 이끈 루돌프 폰 라반에게서 사사받았다. 전통적인 발레와 다른 새롭고 창조적인 무용을 개척함으로써 독일과 유럽뿐만 아니라, 미국에도 큰 영향을 끼쳤다. 1920년 드레스덴에서 처음 무용학교를 개설했으며, 1931년 뉴욕에 분교를 개설하기도 했다. 그녀는 여성의 육체적 느낌을 중시하여 '표현 춤'을 창안했는데, 여성들만을 제자로 받아들여 양성했다. 처녀작 「마녀의 춤」(1914)을 비롯하여 대표작 「봄의 제전」(1957) 등 100편이 넘는 작품을 창작했다. 제2차 세계대전 중에는 나치에 쫓겨 고국을 떠났으나, 1949년 서베를린으로 돌아와 1953년 독일연방공화국 훈공 십자장을 수여받았다. 저서에 『춤의 언어』(1963)가 있다.

독립적이고 독자적인 삶을 갈망하다

무용 공연이 있는 날 저녁에 가장 나쁜 것은 무대 강박증이다. 무대 위에 등장하는 것, 즉 넓은 공간에서 번쩍번쩍 빛나는 스포트라이트에 완전히 혼자 내맡겨지는 것에 대한 이 제어할 수 없는 두려움이 바로 그것이다. 포기하고 싶다는 것 외에는 아무 생각도 나지 않을 정도로 머리는 텅 비어 있다. 위는 오그라드는 것 같고 팔다리는 납처럼 무거우며 모든 신경섬유가 내적 흥분 때문에 끊어지는 듯하다. 식은땀이 피부 위로 흘러내리는 동안 근육은 떨린다. 그러면 무대 위의 커튼이 열리고 긴장은 정점에 도달한다. 그러나 두려움 때문에 파괴되는 대신 매번 같은 기적이 반복된다. 말하자면 첫 번째 춤동작이 시작되면서 긴장은 거짓말처럼 사라진다.

무대 위에 등장하기 전, 즉 삶과 죽음 사이의 순간에 찾아오는 공황 상태는 첫 번째 공연부터 마지막 공연까지 거의 50년 동안 마리 비그만을 따라다녔다.

춤을 추면서 고통스러워할 수 있다는 것은 나에게 무한한 행복이 되었다.

그녀가 이 문장을 자신의 일기책에 적었을 때는 막 표현 무용의 선구자로서 가장 저명한 독일 무용가가 되었을 때였다.

마리 비그만은 1886년 11월 13일 하노버에서 태어났으며, 그녀의 인생행로를 예감한 사람은 아무도 없었다. 그녀의 세례명은 '마리 아말리에 카를리네 조피 비크만(Wiegmann)'이었다. 그러나 어린 시절부터 그녀는 영국식 이름인 마리(Marry)로 바꾸었고, 나중에 무대에 서게 되었을 때 성까지도 영국식인 비그만(Wigman)으로 줄였다.

비그만 가족은 이른바 부유한 시민 계층이었다. 비그만의 아버지와 그의 두 형제들은 평범한 수공업자 출신에서 부유한 상인으로 성장했다. 그들은 공동으로 재봉틀 기계와 자전거를 거래하는 사업체를 운영했는데, 비그만의 어머니도 때때로 그 사업을 도왔다. 비그만과 그녀의 세 살 아래 남동생인 하인리히와 여덟 살 응석받이 엘리자베트는 하녀가 돌보아주고 있었다. 집과 가게는 같은 건물에 있어서 아이들은 많은 시간을 부모와 함께 있었다. 그들은 여러 개의 창고가 딸린 가게와 뒤뜰에 있는 자전거 수리 공장을 커다란 놀이터로 여겼다. 비그만은 끊임없이 새로운 놀이를 생각해냈고, 이국땅과 그곳의 사람들에 대한 이야기를 꾸며냈으며, 기발한 착상과 독창성에 있어서 형제들보다 훨씬 뛰어났다. 또한 분명히 모험심도 그녀에게서 감지될 수 있었다.

비그만이 아홉 살이 되었을 때 사랑하는 아버지가 세상을 떠났다. 어머니는 아버지의 쌍둥이 형제와 반 년 만에 재혼을 했기 때문에 비그만과 그녀의 형제들은 갑작스럽고 고통스러운 파괴를 아주 잘 견디어냈다. 아버지의 쌍둥이 형제는 이전부터 같은 집에 살고 있었기 때문에 아이들이 아무 근심 없이 살 수 있는 가정생활은 계속되었다.

비그만은 '여자중학교'에 다니면서 신분에 맞게 미래 주부로서의 자질을 갖추기 위해 뜨개질을 배웠고, 노래와 피아노 수업을 받았다. 노래 부르기는 재미있었으나 피아노는 별다른 흥미를 주지 못했다. 자전거를 타거나 가정이라는 경계선 너머의 삶에 대해 알고 싶은 갈증을 푸는 일을 한다면 그것이 더 그녀 마음에 들었을 것이다. 그녀는 자신의 남동생이 누리는 자유를 부러워했다. 그녀에게는 금지된 모든 것이 그에게는 허용되었다. 심지어 그는 자유롭게 가까운 강에서 수영을 하거나 친구들과 함께 산보를 할 수도 있었다. 소녀들에게 그런 일은 생각조차 할 수 없는 일이었다. 그녀에게는 일요일에 부모님과 함께 소풍을 가거나 산보를 가는 것, 그리고 방학중에 발트 해나 하르츠 지방으로 휴가 여행을 가는 일만이 허용되었다.

그녀는 열다섯 살 때 영국으로 어학연수를 받으러 혼자 여행을 하는 일을 허락받았다. 영어를 배우는 것은 그녀의 취향에 맞는 재미있는 일이었다. 게다가 학교는 오래된 시골 저택 안에 위치해 있었다. 즉각 비그만은 잊혀진 지하 감옥 안에 틀림없이 유령이나 해골이 있을 거라고 추측했고, 그것을 찾아다녔지만 성과는 없었다. 다음 해에 그녀는 프랑스어를 배우기 위해 제네바 호숫가에 있는 로잔으로 가게 되었다. 그곳에서의 생활은 영국에서의 생활보다 약간 무미건조하고 엄격했기 때문에 환상의 날개를 펼칠 수 없었다.

비그만의 남동생은 고등학교 졸업시험을 마치고 대학에 다닐 예정이었다. 비그만 역시 여학생 김나지움(인문계 중고등학교 – 옮긴이)에 가고 싶어했다. 그러나 비그만의 새아버지는 허락하지 않았다. 그는 "내 생각에 파란 양말은 가족에 포함되지 않는다"라고 말하면서 더 이상의 논쟁을 허용하지 않았다. 그로서는, 여자가 어울리는 남자와 결혼해서 아이들을 양육하는 것 이외의 다른 삶의 방식을 발전시킨다는 것은 생각할 수도 없는 일이었다. 이 시기에 찍은 그녀의 사진은 자의식에 가득 찬 성장기의 소녀를 보여준다. 그녀의 단단한 체구와 넓적한 얼굴과 커다란 입은 시대의 취향과는 맞지 않았지만, 붉은 갈색의 곱슬머리와 크고 반짝이는 눈은 시선을 끌기에 충분했다.

어느 날 비그만은 어머니처럼 밤낮으로 가정을 돌보면서 살아야 한다는 것에 생각이 미치자 참을 수가 없었다. 그녀는 무엇인가 다른 것을 원했다. 그러나 그녀 자신도 그것이 무엇인지는 알지 못했다. 규칙적인 직업 활동을 한다는 것은 그녀와 같은 신분에 있는 여성들에게는 고려의 대상이 되지 못했다. 비그만은 독립적이고 독자적인 삶을 갈망했다. 그러나 그것은 세기 전환기의 젊은 여성에게는 엄청난 도전이었다.

열여덟 번째 생일에 비그만의 먼 친척이 그녀에게 청혼을 했다. 비그만은 피할 수 없는 상황에 빠진 것 같아 보였다. 그러나 갑자기 그녀가 심각한 육체적 위기에 빠졌고, 마침내 그녀의 어머니는 약혼 해지에 동의했다. 몇 년 후에도 같은 일이 반복되었다. 그녀는 다시 청혼을 받았고, 또다시 절망 속으로 곤두박질쳤으며, 그래서 파혼이 이루어졌다. 사회적 관습과 전통적 여인의 역할에 자신을 종속시키려는 시도가 두 번이나 좌절된 후에 마리 비그만은 스스로의 힘으로 미래를 개척해야만 한다는 것을 깨달았다.

자유를 향한 욕구

그녀가 앞으로 무엇을 해야 할지 결정하지 못하고 있던 시기에 그녀는 자신의 삶을 근본적으로 변화시킬 어떤 체험을 되풀이하게 된다. 때때로 그녀는 자신의 방에 틀어박혀 마음껏 울곤 했는데, 이때마다 그녀는 방 안을 가로질러 원을 그리면서 돌고 팔을 들었다가 떨어뜨리고 몸을 이리저리 흔들었다. 그 슬픔으로부터 춤이 생겨난 것이다. 이러한 느낌은 그녀를 평생 사로잡고 놓아주지 않았다.

> 나는 무엇인가를 원한다. 나는 원컨대 오로지 내 몸을 움직이게 하고 그 움직임이 계속되게 하는 그 무엇을 하고 싶다. 나는 울었다. 나는 나에게 분명함을 달라고 나의 창조주에게 간청했다. 나는 무엇을 해야 할지 몰랐다. 나는 껍질을 깨고 나와야만 했다. 더 이상은 할 수 없었다.

비그만의 부모는 걱정스럽게 바라보았지만, 그녀는 자유에 대한 자신의 욕구를 따르고자 했다. 그것을 향한 첫 걸음이란 경제적 독립이며, 경제적 독립은 오직 직업 교육을 통해서만 얻어질 수 있다는 것을 그녀는 알고 있었다. 그녀는 아버지의 유산 가운데 자기 몫을 받아서 1910년 여름, 스물세 살의 나이에 체조 교사 교육을 받기 위해 드레스덴 근교에 있는 헬러라우로 갔다.

작센 왕조의 수도 주변에 있는 헬러라우는 평범한 농촌 마을이 아닌 영국의 공원 도시를 본따 계획적으로 설계된 도시였다. 공원 도시들은 수많은 가족 구성원들이 좁은 공간에서 복닥거리며 비참하게 살아가는 영국 산업 도시 노동자들의 초라한 거주지에 대한 반발로 생겨났다. 공원 도시 건축가들은 노동자들에게 충분한 공간이 있고 대문 앞에 나가면 많은 빛과 자연을 접할 수 있는 인간적인 집을 그들의 공장 주변에 제공하고자 했다. 더 나아가 헬러라우에서는 여가 선용으로 예술을 활용하는 것도 계획에 포함되었다.

1910년 가을에 헬러라우에서는 스위스의 음악 교육자 에밀 자크달크로즈가 '리듬 체조 교육기관'을 열었는데, 마리 비그만은 그의 첫 제자들 중 한 명으로 등록했다. 음악교사로서 자크달크로즈는, 악기를 연주하는 모든 사람은 자신의 몸을 율동적으로 움직이는 것을 배울 때 훨씬 더 쉽게 음악 작품의 내용을 재현할 수 있다고 확신했다. 그래서 그는 각각의 음이 특정한 육체적 동작과 연결되는 하나의 체계를 발전시켰다. 어떤 사람이 연속적으로 이어지는 음표를 따라 이러한 육체적 동작을 행한다면, 그는 음악적 리듬을 문자 그대로 자기 것으로 만드는 것을 배우게 된다는 것이다.

그러나 헬러라우 리듬 체조 교육기관에서 가장 중요한 것은 예술에 관심이 있는 모든 유럽인들의 중심지가 된 그 도시와 학교의 전체적인 분위기였다. 자크달크로즈는 자신의 육체에서 율동적인 조화를 감지하고 예술의 아름다움에 몰두하는 사람들은 일상생활에서도 조화롭게 행동하고, 고대 그리스의 모범에 따라 육체와 영혼과 정신의 일치 속에서 살기를 원한다고 확신했다.

마리 비그만은 미친 듯이 공부에 몰두했다. 노래 및 피아노 수업에 참가하고 청음, 리듬론 및 선율학, 음악이론, 문화사 및 예술사, 그리고 그 외의 과목들을 수강했다. 또한 여가시간에는 고전 예술의 대가들의 작품이 소장되어 있는 드레스덴의 박물관들을 방문했다. 또한 거칠고 자유분방하게 현재의 모습을 표현하고 스스로를 '표현주의자'라고 부른 현대 예술가들의 전시회를 호기심에 차서 찾아다녔다.

얼마 지나지 않아 그녀는 자크달크로즈 학교 교육에서는 오직 음악 부분만이 흥미롭다는 사실을 깨달았다.

음악성과 음악적·율동적 교육과 관련된 모든 것은 나에게 전혀 흥미롭지 않았다. 나에게 흥미로웠던 것은 '자 이제 당신의 몸으로 그것을 한 번 말해보세요'라는 말을 들었을 때뿐이었다. 그것은 놀라운 말이었다.

그녀는 교육에 오래 묶여 있으면 있을수록 동작에의 충동을 음악적인 음표 체계로 훈육하는 것에 대한 거부감이 점점 더 강해지리라는 것을 느꼈다. 그녀는 자신의 내면에서 느끼는 대로 움직이고 싶었다. 그러나 그녀는 춤에 대한 소망을 오직 자그마한 옥탑 셋방에서만 마음껏 펼칠 수 있었다. 그곳에서 그녀는 자신의 육체를 물 흐르는 대로 움직이게 했다. 부드럽게 흔들다가 갑자기 황홀경에 빠져 뛰어오르거나 미친 듯이 빙빙 돌았다. 완전히 순간의 기분에 따라서 하고 싶은 대로 움직였다. 리듬을 결정한 것은 오직 그녀의 육체였고, 다른 어떤 것도 관여하지 않았다. 그녀는 자크달크로즈 학교에서의 수업을 포기하고 싶었지만, 직업 교육을 마치고 싶어서 이를 악물었다.

1912년 여름, 그녀는 갈망하던 교사 자격증을 손에 쥐었다. 그러나 그동안에 그녀는 자신이 오직 춤에만 흥미를 느낀다는 사실을 분명히 깨달았다. 그렇다고 해서 그녀가 극장에서 볼 수 있는 것과 같은 고전 발레를 염두에 둔 것은 아니다. 망사로 된 짧은 치마를 입고 공주나 동화의 요정 역을 맡아 발끝으로 서서 무대 위를 미끄러지듯이 움직이는 발레리나가 되는 것은 생각하지 않았다. 그녀는 그것에 흥미가 없었다. 또한 1903년 이후 미국의 무용가 이사도라 던컨이 센세이션을 일으킨 '현대무용'도 그녀의 관심을 끌지 못했다. 이사도라 던컨은 고전 발레에 대해 선전포고를 하고서 그리스풍의 의상을 입고 무대에 등장해서 맨발로 춤을 추었다. 그것만으로도 세기의 전환기를 겪고 있는 관객들에게 센세이션을 일으키기에 충분했다. 이사도라 던컨은 오직 자연스런 육체적 동작만을 지향하는 춤을 선언했다. 하지만 이러한 스타일조차도 마리 비그만이 보기에는 너무나 음악의 통제하에 놓여 있었다. 아니, 그녀는 완전히 다른 것을 원했다. 그러나 그녀가 어떤 길을 개척할 수 있을까?

라반에게 매혹되다

비그만은 약간의 돈을 벌기 위해 때때로 드레스덴의 표현주의 화가 에밀 놀데의 모델이 되었는데, 그는 그녀에게 한 가지 조언을 해주었다. 그를 통해 그녀는 뮌헨에서 무용 학교를 운영하고 있던 루돌프 폰 라반이라는 사람에게 관심을 갖게 되었다. 여름 동안에 라반은 뮌헨 무용학교 학생들과 함께 스위스의 티티노 지방의 어느 곳에 머물렀는데, 그곳은 마조레 호수가 있는 작은 어촌 아스코나 위쪽에 있는 집단 거주지인 몽베리타였다. 그곳에는 지극히 다양한 혈통과 삶의 목표를 가진 사람들이 모여 살았는데, 사회의 통제에서 완전히 벗어나 대도시로부터 아주 멀리 떨어져서 자연에 부응하는 삶을 영위하는 것이 그들의 목적이었다. 그들은 스스로를 '삶의 개혁자'로 불렀고, 직접 야채와 곡식을 재배하고 직접 짠 양모로 옷을 지어 입었으며, 인류의 개선을 위한 예술적·철학적·정치적 이념에 헌신했다. 작가인 헤르만 헤세, 에리히 뮈잠, 화가인 알렉세이 폰 야블렌스키 그리고 여성 소설가인 프란치스카 폰 레벤틀로프와 같은 예술가들은 몽베리타의 특별한 분위기를 직접 접해보고 집단 거주지의 삶에 참가하기 위해 여름에 이곳으로 왔다.

루돌프 폰 라반의 학교에서 사람들은 매일 체조를 하고 춤을 추었으며, 신선한 공기 속에서 많은 운동을 했다. 1913년 여름의 어느 날, 비그만은 아스코나 위쪽에 있는 산에 올랐을 때 라반을 만났다.

초원이 끝나는 다른 편에 짧은 바지와 흰 셔츠를 입고 한 손에는 북을 쥔 한 남자가 서 있었다. 몇 명의 소녀들과 한 명의 난쟁이가 거기에서 운동을 하고 있었다. 나는 매혹되어서 꼼짝 않고 서 있었다. 라반이 돌아보면서 말했다. '당신은 무엇을 원하십니까?' '저도 함께 하고 싶습니다.' '원한다면 할 수 없죠. 덤불 뒤에서 옷을 벗고 이리로 오십시오.' 나는 그렇게 했다. 마치 집에 온 것처럼 편안했다.

오랫동안 찾아 헤맨 끝에 마리 비그만은 그녀가 소망하는 목적지에 도달했다. 그녀는 춤을 배웠다. 그녀는 나무로 지은 작은 오두막을 숙소로 삼았다. 초원에는 공동 샤워대가 서 있었다. 샤워대는 빗물로 채워진 물통이 나무들 사이에 걸려 있고, 사람들이 그 밑에 서서 끈으로 마개를 열어서 사용한다. 몽베리타에서의 삶은 '자연친화적'이었다.

루돌프 라반의 학교에는 체계나 질서가 없었다. 그의 수업은 산 위의 초원이나 마조레 호숫가에서 이루어졌다. 학생들은 후들거리는 천으로 만든 폭넓은 옷을 입거나 아니면 완전히 벌거벗은 채로 그에게 이끌려 움직인다. 라반은 학생들이 전적으로 스스로의 자연스러운 운동 가능성과 내적인 리듬에 이끌려 몸을 움직이기를 원한다. 비그만은 처음으로 육체의 자유를 경험했다. 춤은 내면적인 움직임을 외적으로 표현하는 도구가 된다.

이 시기에 마리가 그녀의 감정을 표출하기 위해 찾아낸 것은 결코 부드럽고 균형 잡힌 형태가 아니었다. 그것들은 격렬하고 거의 폭력적이며 비틀어지고 일그러져 있었다. 1914년 2월 라반의 학교에서 공연한 그녀의 첫 번째 자작 안무 제목은 「마녀의 춤」이었다. 당시의 사진을 보면 그녀는 망토같이 헐렁한 윗옷과 배기 바지(근세 초기에 착용하던 무릎 밑에서 묶은 헐렁한 바지)를 입고 있고, 헝클어진 긴 머리카락은 모자 밑으로 비어져 나와 있다. 그녀는 맨발로 솟구쳐 오르고 맨다리를 내놓고 팔을 넓게 벌리면서 무대 위를 뛰어다녔다. 그녀의 동작은 그녀가 자기 자신과 치르고 있었던 전투를 표현했다.

비그만은 분명 올바른 길을 가고 있었지만, 그럼에도 행복하지 않았다. 그녀는 스스로를 피투성이의 초보자로 느껴 종종 좌절감에 빠졌다. 그리고 불행하게도 루돌프 폰 라반과 사랑에 빠졌는데, 라반은 비그만에게는 관심이 없었다. 비록 라반보다 더 뛰어나지는 않다 하더라도 비그만은 그에 못지않은 최고의 재능과 지성이나 창의성을 지닌 무용가였기 때문에 그는 자신의 예술적 야망을 위한 파트너로서만 그녀

를 인정했다. 한편으로는 직업적인 면에서 인정받는 것을 자랑스러워
했지만, 다른 한편으로는 여성으로서 그에게 매력적이고 싶었다. 그녀
는 사랑과 애정 표현에 대한 그녀의 동경을 표현주의 시의 문체로 일
기장에 적었다.

> 바로 이 순간에 내 존재의 가닥가닥이
>
> 너를 향해 전율한다……
>
> 고통에 이끌려 나는 여기저기에 적는다.
>
> 왜 너는 나에게 오지 않는가?
>
> 내 거친 욕망 때문에
>
> 바닥에 쓰러져서
>
> 나는 너에게 소리친다.
>
> 헛되지 않게 너는 나의 사지 안에서
>
> 불타 올라야 한다.
>
> 이글이글 타오르는 불꽃!
>
> 나는 네가 그 일을 하도록 강요한다.
>
> 나는 나 자신에게도 그 일을
>
> 계율로 승격시킨다.
>
> 나는 춤을 춘다.

　확실한 관계 속에 완전하게 보호받기를 바라는 그녀의 소망은 이루
어지지 않았다. 그녀는 춤 속에서 영혼의 고통을 극복했다. 그러나 예
술가로서 확고한 지위를 확보하려는 그녀의 의지는 점점 더 강해졌다.
그녀는 라반과 함께 '자유 무용'의 발전을 위해 열심히 노력했다. '자

유 무용'이라는 이름은 라반이 자신의 무용 이론에 붙인 명칭이다. 그 녀는 춤을 추고 라반은 그것을 그림으로 그렸으며, 그것으로부터 인간 육체의 자연스런 비율을 기초로 하는 춤동작의 가능성을 하나의 시스 템으로 만들어나갔다. 그렇게 해서 그들이 미래에 어떤 일들을 중점적 으로 할 것인가에 대한 비전이 확실해졌다. 루돌프 폰 라반은 새로운 춤의 이론가가 되고, 마리 비그만은 무용가가 되었다.

춤추는 별은 혼돈 속에서 잉태된다

1914년 여름 제1차 세계대전이 발발했을 때 그들은 마침 몽베리타 에 있었다. 라반은 뮌헨에 있는 학교 문을 닫고 비그만과 함께 스위스 에 머물렀다. 그 이후로 그들은 산에서 여름을 보냈고 겨울은 취리히 에서 보냈다. 라반은 취리히에서 아틀리에를 임대하여 다시 학교를 열 었다. 비그만은 기획 일을 맡아 여유가 있어 학비를 낼 수 있는 학생들 이 오도록 열심히 홍보활동을 하면서 생계 문제를 해결했다.

취리히는 전쟁 기간 동안에 아방가르드 예술의 중심지가 되었다. 화 가, 조각가, 작가, 배우 그리고 음악가들이 그룹을 지어 이곳에 모여들 었다. 트리스탄 차라, 후고 발, 에미 헤닝스, 한스 아르프와 그밖의 많 은 사람들이 여기에 포함된다. 라반과 그의 제자인 여성 무용가들은 이들과 교류했는데, 비그만을 포함하여 나중에 화가가 된 조피 퇴버가 있었다. 이러한 운동은 '다다(DADA)'라는 이름으로 불렸다. 그 말의 본래 의미는 아무도 알지 못한다. '다다'는 시민적 질서를 뒤흔들고 새 로운 것, 미지의 것을 감행하려 했다. '다다'는 또한 모든 위계질서를 거부하며 오랫동안 전승된 전통에 대해 선전포고를 했다. 작가들은 새로운 단어와 문장을 만들고 문법이나 논리에 거의 구애받지 않았다. 화가들은 자신들의 그림에 신문이나 천 조각을 덧붙여 비평가들을 놀라게 했다. 그들이 그렇게 하는 이유는, 모든 재료는 비록 그것이 세속적인 일상 세계에 속하는 것이라 할지라도 그들에 의해 예술적 가치가 있는 것으로 간주될 수 있기 때문이다. 라반은 이러한 과격한 구상들과 친숙해질 수 있었는데, 그는 '자유 무용' 역시 옛 규칙에 얽매이지 않는다고 보았기 때문이다.

비그만 역시 신속하게 다다 그룹에 편입되었고, 예술가들의 모임에서 자신이 안무한 춤을 공연했다. 한 번은 철학자 프리드리히 니체의 『차라투스트라는 이렇게 말했다』에 나오는 구절들을 직접 낭독하면서 춤을 춘 적도 있었다. 니체는 "춤추는 별을 잉태하기 위해서는 자신 속에 여전히 혼돈을 지니고 있어야만 한다"고 말했고, 비그만은 자신 안에서 이러한 혼돈을 너무나 생생하게 느꼈다.

비그만은 스위스에서 지내는 이 몇 년 동안 철학적인 문제들과 씨름했다. 특히 환생에 대한 생각이 그녀를 사로잡았고, 그녀는 삶을 계속되는 순환으로 보았다. 인간은 그 순환 속에 매여 있고, 거기에 어떠한 영향을 미칠 수 없다는 것이다. 그녀는 기독교적인 모범에 따른 전지전능한 신의 존재를 믿지 않았으며, 삶을 규정하는 어떤 힘이 있다고 확신했다. 그녀가 보기에 '운명'이라는 말이 거기에 적합한 표현이었다. 그녀는 춤을 자신의 운명으로 여기고 사제가 신에게 봉사하듯 자신은 춤에 봉사하고자 했다.

이러한 봉사는 쉽지 않았다. 무용실에 서서 육체의 리듬을 자발적 운동으로 바꾸는 것과, 이러한 운동을 예술적 질을 고려하여 검토하고 관객들 앞에서 제시될 수 있도록 갈고 다듬는 일은 서로 다른 일이다. 하나의 춤을 창조하는 일은 어려운 일이고 자신의 창조력과의 끊임없는 대결을 의미한다. 그러나 하나의 예술 작품을 완성하는 일은 보람 있는 일이다.

모든 것, 특히 자기 자신에 회의를 느끼고 절망한다. 하지만 결국 해낸다. 왜냐하면 거기에는 멈추지 않고 몰아붙이는 힘이 있기 때문이다. 그리고 어떠한 휴식도 허용하지 않는 목소리가 있기 때문이다. '너는 해야만 한다. 너는 해야만 한다. 너도 그렇게 하고 싶지 않니? 이러한 재촉과 이러한 투쟁이 너의 가장 큰 영광이 아닌가? 너의 최고의 욕망이 아닌가?

비그만은 취리히에서 몇 년을 보낸 뒤 마침내 라반에게서 독립하게 되었다. 그에 대한 그녀의 열정이 식은 것이다. 그녀가 아직은 그의 학교에서 함께 일하긴 했지만, 이제 그녀 스스로도 아틀리에를 빌리고 제자를 두었다. 서른 살이 된 1916년에 그녀는 처음으로 라반 학교의 이름이 아니라 자신의 이름을 내걸고 무용의 밤 공연을 한다. 비평가들은 찬사를 보내고 '다다' 그룹의 친구들은 열광했다. 이러한 반응에 힘입어 비그만은 자신의 예술을 전 세계에 보여주고 싶은 욕구를 강하게 가지게 된다.

제1차 세계대전은 유럽의 정치적·사회적 구질서를 붕괴시켰다. 1918년 11월 독일에서는 공화국이 선포되었다. 그러나 정치적 권력을 얻기 위해 격렬한 거리 투쟁이 오랫동안 계속된다. 1919년 가을 마리 비그만은 독일로 순회공연을 떠났다. 그동안 그녀는 새로운 춤을 알리는 사람으로서의 사명감으로 무장해 있었다. 처음에 한 공연만이 유일한 실패였다. 관객들은 그녀의 공연에 이해할 수 없다는 반응을 보였다. '무용의 밤'이라는 제목에서 그들은 아마도 발레 공연을 생각했을 것이다. 그러나 프로그램에는 발레 작품 대신에「황홀한 춤」,「우상숭배」,「그림자」,「사원의 춤」등이 나와 있었다. 마리 비그만은 쉬운 오락물과 기분 좋게 우아한 것을 보여주지 않았다. 대신 그녀의 춤에는 격동, 투쟁, 고통, 죽음이 있었다. 그녀가 사는 시대가 그러하듯이 말이다. 첫 공연의 실패는 그녀를 거의 절망 상태에 빠뜨렸다. 그녀는 독일에 새로운 춤을 도입하려고 했다. 그러나 아무도 그것을 이해하지 못했다. 그러나 그녀는 포기하지 않았다. 그녀는 강철 같은 의지로 싸움을 계속했고 승리를 거두었다. 드레스덴에서 그녀의 공연은 폭발적인 반응과 함께 열광적 박수갈채가 이어졌다.

일 년 후에 비그만은 경찰이 그녀의 비자를 더 이상 연장해주지 않아서 취리히를 완전히 떠나야만 했다. 그래서 그녀는 드레스덴으로 이주했다. 베르테 트륌피와 함께 드레스덴으로 오는데, 이때 그녀는 집을 사기에 충분할 정도의 재력을 지니고 있었다. 두 사람은 무용학교를 세우는 일에 정열적으로 매달렸다.

칠을 하는 것이 맨 먼저 해야 했던 일이었다. 그 당시 우리는 표현주의 시대에 살고 있었기 때문에 색에 대한 나의 욕구를 충족시키는 것은 당연한 일이었다. 그래서 집 안에 있는 연습실은 완전히 새빨간색이었다. 바닥만 빼고 벽, 천장, 문이 모두 새빨간색이었다. 사람들은 놀라 뒤로 물러났다. 연습실은 빨간색이었고, 나의 침실은 황금색이었다. 금색과 검은색.

계단에 있는 공간은 파란색으로 칠해져 있었고, 위아래 모든 것이 파랗게 칠해졌다. 베르테 트림프의 방은 사방이 풀빛 초록색으로 빛이 났으며, 정원에 있는 헛간 하나를 훈련실로 개조했다. 겨울에는 물이 끓고 있는 난롯가에서 몸을 데우며 비그만은 항상 라반 학교의 아틀리에를 회상했다. 언젠가 그녀는 그곳에서 춤에 몰입한 나머지 석탄 상자에 몸을 부딪치면서 앞니가 세 개나 부러졌었다.

첫 제자들이 드디어 나타났다. 비그만은 이들을 환영했는데, 그 이유는 그녀가 자기 스타일의 춤을 다른 사람들에게 전수하는 것에 목말라 있었기 때문이 아니라 학비가 중요한 생계 수단이었기 때문이다. 학교는 빠른 성장과 조직정비가 필요했다. 비그만은 무용실보다는 책상에 앉아 더 많은 시간을 보냈다. 그때 마침 여동생인 엘리자베트가 살림을 떠맡겠다고 나섰다.

비그만이 시민적인 삶을 버린 이후에도 하노버에 있는 가족과의 관계는 우호적으로 유지되었다. 그녀의 어머니는 처음에는 화를 냈지만, 이후에는 그녀의 예술적 욕구를 이해하는 태도를 보여주었다. 동생들도 그동안 그녀를 자랑스럽게 여기게 되었다. 남동생 하인리히는 전쟁터에서 상이군인이 되어 돌아왔고, 이제 인생의 계획을 새롭게 구상해야만 했다. 엘리자베트는 하루 종일 집에서 지냈는데, 그녀 또한 결혼은 하지 않으려 했다.

엘리자베트가 비그만의 집에서 집안 살림을 맡은 것은 짧은 시간에 불과했다. 이내 그녀는 집안 일 대신 무용 수업에 참가했다. 그녀는 비록 무용가로서 특별한 재능을 지니고 있지는 않았지만, 아이들과 아마추어들을 가르치는 교사로서 뛰어난 자질을 보여주었다. 비그만은 가사 일을 맡아줄 새로운 사람을 찾아야만 했고, 1923년 아니 헤스를 만났다. 그녀는 예술에 대한 야심이 전혀 없었으며, 그때부터 비그만이 죽을 때까지 50년 동안 그녀를 위해 일상을 책임지게 된다.

제1차 세계대전 이후의 정치적·경제적으로 혼돈스러운 와중에서 비그만은 학교 건설에 전력을 다했다. 1921년 그녀는 재능이 가장 뛰어난 여학생들을 뽑아 작은 무용단을 결성하고 무용단을 위해 「삶의 일곱 가지 춤」(1921), 「무용극의 장면들」(1925), 「축제」(1928) 등과 같은 집단 무용 작품을 안무한다. 그런데 이 무용단에 참가한 거의 모든 무용가들이 나중에 스스로 안무가 또는 무용가로 명성을 얻고 자신의 학교를 열게 된다. 그레트 팔루카는 드레스덴에, 이본네 게오르기는 하노버에, 코리 해르통은 로테르담에, 하냐 홀름은 뉴욕에 학교를 열었다.

마리 비그만의 무용 스타일에 감동을 받고 이끌린 사람들은 특히 여성들이었다. 물론 남학생들도 그녀를 찾아왔는데, 그들 중에 하랄트 크로이츠베르크와 막스 테르피스와 같은 이들도 있었다. 그들은 나중에 성공을 거두기도 했지만, 그녀는 자신의 무용단에는 오직 여자들만 받아들였다. 그 이유는 간단했다. 그녀는 자신의 육체적 느낌을 재료로 안무를 했다. 따라서 그것은 여성적이었다. 이러한 감정의 표현을 담은 이 새로운 춤에 '표현 춤'이라는 이름을 붙여주었다.

마리 비그만의 무용 예술의 중심에는 자신의 개성에 대한 집중이 자리하고 있다. 그녀에게 중요했던 것은 내면적으로 움직이는 것을 인식하는 것과, 자신의 강점과 약점 및 욕구와 소망을 인식하는 것이었다. 그녀에게는 그것이 춤을 통한 모든 표현의 전제 조건이었다. 그것을 통해 그녀는 당시의 많은 여성들의 욕구를 충족시켰다. 마리 비그만은 다음과 같이 썼다.

나는 오늘날의 모든 젊은 여성들에게는 순수한 움직임에서 느끼는 강렬하고 건강한 기쁨이 살아 있다고 믿는다. 나는 또한 모든 젊은 여성들에게는 세상 및 환경과 대결하기 전에 먼저 자기 자신을 찾는 정당한 이기심이 있다고 믿는다. 자기 자신을 찾는 것, 자기 자신을 느끼는 것, 자기 자신을 체험하는 것.

그것은 이제까지 코르셋으로 조여지고 긴 옷으로 가려진 자신의 육체를 의식하게 되는 것을 의미했다. 그것이 맨손체조든, 기계체조든, 산보나 운동이든, 아니면 춤이든 육체적으로 스스로를 마음껏 발산하는 것은 1920년대에 가장 인기 있는 여가놀이가 되었다.

루돌프 폰 라반도 그것에 기여했다. 마리 비그만과 마찬가지로 그는 1920년 스위스에서 독일로 돌아왔다. 처음에는 슈투트가르트에서 학교를 열었고, 나중에는 함부르크에서 학교를 열었다. 그는 자신의 동작이론을 심화시키기 위해 애쓰는 한편, 특별히 대규모의 무용단을 만들어 아마추어들과 함께 집단 무용 작업에 헌신했다. 이러한 작업에서 그는 대단한 성공을 거두었고, 많은 추종자들이 생겨났다. 그렇게 해서 마리 비그만과 루돌프 폰 라반은 독일 무용계의 정점에 서 있었다. 물론 두 사람은 서로 치열하게 경쟁하는 관계였기에 사람들은 무용계가 '비그만파'와 '라반파'의 두 '진영'으로 나누어져 있다고 말하기도 했다. 개인적으로도 그들은 더 이상 서로 접촉을 하지 않았다.

마리 비그만은 학교가 조용해지고 자기 차신에게만 전적으로 집중

할 수 있는 시간인 저녁에 춤 프로그램을 만드는 일을 즐겨했다. 무용 연습실에 혼자 서서 그녀는 자신의 감정을 느꼈다. 그리고 그녀가 이전에 하노버에서 눈물을 흘리면서 몸을 움직이기 시작했던 것과 마찬가지로 지금 역시 그녀의 내면적 체험으로부터 동작이 시작되었다. 마리 비그만이 관심이 있었던 것은 특히 심리의 어두운 면이었다. 즉 불안, 절망, 투쟁, 그리고 특히 그녀가 일생 동안 네 번이나 춤의 주제로 다룬 마녀와 같은 무시무시한 것이 바로 그것들이었다. 그녀의 대표작이 된 1926년의 「마녀의 춤」 제2번이 생겨난 과정에 대해 그녀는 다음과 같이 쓰고 있다.

> 때때로 나는 밤중에 아무도 모르게 연습실로 가서는 리듬이 있는 황홀경에 빠져들었다. 어느 날 밤 완전히 기진맥진하여 방으로 돌아왔을 때 나의 시선이 거울과 마주쳤다. 거울 속에 비친 것은 미친 사람의 모습이었다. 거칠면서 난잡했고, 거부감을 주면서도 한편 매혹적이었다. 머리카락은 산발이었고 눈은 움푹 꺼져 있는데다 잠옷은 한쪽으로 밀려 있고, 몸은 거의 망가져 보였다. 거기에 그것, 즉 마녀가 있었다. 땅에 뿌리를 박고 있는 존재, 거침없이 충동적으로 행동하는 존재, 채워지지 않는 삶의 욕구에 사로잡힌 존재, 짐승이면서 동시에 계집인 존재. 나는 내 자신이 두려웠다. 다시 말해 이제껏 이처럼 완전히 벌거벗은 상태를 보여준 적이 없는 나의 이러한 면이 노출된 것이 섬뜩했다.

그녀가 만든 춤에는 '악마적'이라고 부른 춤들이 있는가 하면, 다른 한편으로는 자신의 내면을 향하는 부드러운 춤들도 있다. 「장엄한

마리 비그만, 「칼의 노래」(1922) 장면에서

형상」, 「희생」, 「비탄」과 같은 제목의 춤들이 그런 춤들인데, 이 춤들은 고통과 비애를 말하고 있다. 조용히 자신의 내면에 침잠하는 춤과 격렬하게 저항하는 춤이라는 양극단 사이에 가볍고 편안한 춤들도 있었는데, 그 춤들은 오히려 순간의 기분에서 생겨났다. 종종 음악에서, 또는 자연의 체험에서 영감을 얻은 것들이었다. 마리 비그만은 인생의 모든 면, 즉 슬픈 면, 거친 면, 행복한 면을 모두 다 춤으로 표현했다.

이러한 레퍼토리를 가지고 그녀는 일 년에 두 번 독일 전역과 스위스, 오스트리아, 이탈리아, 체코슬로바키아, 헝가리, 라트비아, 에소토니아, 네덜란드, 스칸디나비아 3국 등의 외국을 돌며 순회공연을 했다. 마리 비그만은 이론의 여지없이 유럽의 가장 저명한 여성 예술가로 꼽혔다. 때때로 그녀는 한 시즌에 70회의 공연을 하기도 했다. 그것은 여러 달을 여행하며 보낸다는 것을 의미한다. 트렁크를 끌면서 여러 시간 기차를 타고 매일 밤 다른 호텔 방에서 묵었으며, 잠들기 전에는 다음 날 아침 다시 깨끗한 스타킹을 신기 위해서 재빨리 세면대에서 비단 스타킹을 빨았다. 레스토랑에서의 식사는 좋을 때도 있었지만, 나쁠 때도 있었다. 무대도 다양했다. 때때로 나무 바닥에서 떨어져 나온 조각이 맨발에 박히기도 했고, 때로는 바닥이 너무 차서 다리가 파랗게 질리기도 했다. 그리고 그녀는 드러내놓고 말할 수 없었지만, 항상 무대 공포증에 시달렸다. 하지만 박수갈채가 시작되자마자 이 모든 것이 잊혀졌다. 그러고 나면 그녀는 자신이 무엇을 위해서 사는지 알았다. 그녀는 춤을 위해서 그리고 그녀에게 꽃 세례를 퍼붓고 사인을 받으려하는 관객들을 위해서 살았다. 그녀는 명성을 마음껏 즐겼다. 그리고 그녀는 많은 불편함 속에서도 열정적으로 여행을 계속했다. 아무리 스케줄이 빡빡해도 그녀는 자신이 방문하는 도시의 명승지를 방문하는 것을 놓치지 않았는데, 특히 교회에 매료되었다.

순회공연을 끝내고 드레스덴으로 돌아오면, 그녀는 즉각 다시 학교 관리와 수업에 신경에 써야만 했다. 1927년에 학교는 14명의 정규 직원을 가진 소기업으로 확장되었다. 그럼에도 마리 비그만은 부자가 되지 못했다. 그녀가 무용의 밤 공연으로 버는 돈은 대부분 학교를 유지하기 위한 돈으로 흘러나갔다. 그녀는 학교를 개축해서 세 개의 새 무용실이 들어갈 공간을 만들었고, 자신이 거주하는 집에 지붕이 있는 정원을 만들었다. 그녀는 집에 있는 것을 좋아했고, 일이 많음에도 매일 주변에서 일어나는 여러 가지 소동을 사랑했다. 그녀에게 개인적인 생활을 즐길 시간은 부족했다. 그러나 그녀는 일기를 쓰고, 소설을 읽고, 때로는 연극이나 영화를 보러 가는 것을 즐겼다. 그녀는 특히 친구들을 집으로 초대해서 그들과 함께 맛있는 식사를 하고 와인을 마시며 신과 세상에 대한 토론을 하고 마음을 터놓고 웃는 것을 가장 좋아했다. 무용을 할 때 그녀는 유감없이 열정을 쏟아 붓지만, 일상생활 역시 유머 감각이 풍부하고 인생을 즐기며 에너지가 넘치는 사람이었다.

또한 그녀가 사랑을 위해 할애할 시간은 별로 없었다. 그녀는 몇 년 전부터 스위스에 살고 있는 한 중년 의사와 친하게 지냈는데, 두 사람은 주말에 가끔씩 만났다. 휴가 때, 즉 부활절 때나 여름철에만 그들은 더 오래 함께 있을 수 있었다. 그럴 때 그들은 스위스를 통해 이탈리아로 자동차 여행을 하거나 보덴 호숫가에 있는 그의 부모 집에서 지내면서 수영을 하러 갔다. 아니면 비그만이 등산을 좋아했기 때문에 그들은 가까운 알프스 산으로 소풍을 갔다. 이런 여행을 할 때 가끔씩 새

춤을 위한 아이디어가 떠올랐다. 그리고 그녀는 나중에 그 아이디어를 드레스덴의 무용실에서 작품으로 완성했다.

나치 치하에서의 생존

미국 순회공연은 마리 비그만의 경력에서 화려한 정점을 이룬다. 1930년 12월 28일, 그녀는 처음으로 미국 무대에 섰다.

내가 싸워야만 한다는 것, 내가 정복해야만 하며 그렇지 않으면 나는 즉각, 그리고 영원히 잊혀져버릴 것이라는 것은 분명했다. 거울에 비친 얼굴은 내 자신의 얼굴로 보이지 않고 굳어버린 가면처럼 보인다. 화장을 하는 손이 떨린다. 대상들이 눈앞에서 어른거리고 오한에 떨리듯이 이가 맞부딪친다. 그리고 광포한 고통과도 같이 '좋다, 이제 한 번 해보자'는 의식이 내 몸을 관통한다.

그것은 완전한 승리였다. 미국은 그녀에게 무릎을 꿇었다. 42회의 공연이 있었고, 총 7만 2천 명의 관객이 공연을 보러 왔다. 그녀는 출연료를 받아 지금까지 한 번도 누려본 적이 없는 사치를 부렸다. 즉 그녀가 밍크코트를 하나 산 것이다. 첫 번째 순회공연에 이어 다음 해에는 규모가 더 큰 두 번째 공연이 이어졌다. 마리 비그만은 거의 6개월에 걸쳐 미국을 가로질러 동해안과 서해안 사이에 있는 거의 모든 주에서 공연을 했다. 그녀의 무용의 밤 공연은 사회적인 사건이었다. 자신의 평판에 신경을 쓰는 사람들은 모두 그녀의 공연에 모습을 드러냈다. 마를레네 디트리히, 클라크 케이블, 알베르트 아인슈타인이 특별석에 앉아 관람했다. 그레타 가르보는 비그만을 할리우드로 초대하여 파티를 열었다.

1930년 여행에서 돌아온 후에 마리 비그만이 안무한 솔로 프로그램은 그녀의 경력에서 가장 성공적인 시기를 일단락 짓는다. 그녀는 자신의 이력에서 정점에 서 있었고, 마흔네 살이라는 나이가 되었으며, 인생의 딱 반을 살았다. 그녀는 자신이 감히 꿈꾸었던 것보다 많은 것을 이루었다. 그녀는 그 시대의 이상적 여성상을 대표했다. 그녀는 직업적으로 자립했으며, 경제적으로 독립했으며, 무엇보다도 성적으로 자유로웠다.

개인적으로도 중요한 계기가 생겼다. 중년 의사와의 수년에 걸친 사랑은 1928년에 끝이 났다. 다른 남자가 그녀의 인생에 들어왔고, 그녀는 그를 진심으로 깊이 사랑했다. 한스 벤케르트는 처음에는 드레스덴, 그리고 나중에는 베를린 지멘스 공장의 공장장이었다. 그는 추진력 있고 열정적이며 성공적인 경영자였다. 비그만은 그를 자신의 문제를 함께 의논할 수 있고 편히 기대어 쉴 수 있는 파트너로 생각했다. 그녀는 자신이 지난 몇 해 동안 탈진 상태에 있다고 느꼈고, 벤케르트는 그녀에게 편안히 기댈 수 있는 어깨를 제공했다. 그들은 각각 생활을 하면서 주말에만 만났다. 그러나 휴가 때나 일하는 중에 가능하면 언제나 서로를 위해 시간을 내곤 했다.

1932년에서 1933년에 걸친 겨울에 마리 비그만은 이번에는 자신의 무용단과 함께 세 번째 미국 순회공연에 나선다. 그런데 그녀가 1933년 3월에 드레스덴으로 돌아왔을 때 국가사회주자들이 권력을 장악하고 있었다.

마리 비그만은 정치에 관심이 없었다. 지금 어떤 정당이 베를린을 통치하는지는 그녀에게 아무 상관이 없었다. 그녀의 정치적 태도는 시민적·민족적이었다. 그렇다고 사회주의자들을 위해 무용의 밤 공연을 하지 않는 것은 아니었다. 그녀는 동시대의 많은 예술가들과 마찬가지로 자신을 비정치적인 인물로 규정지었다. 그녀는 예술을 정치적 일상의 바깥에서 이루어지는 어떤 것으로 여겼다. 그러나 국가사회주의자들은 생각이 달랐다. 그들은 예술가들도 그들의 선전술에 끌어들이고자 했다.

'제3제국'에서의 마리 비그만의 태도는 기회주의와 확신이 뒤섞인 것이었다. 자신의 학교가 위태롭게 될지도 모른다는 걱정 때문에 그녀는 처음부터 어용 무용단체에서 참가했다. 그러나 국가사회주의 정당에 가입하지는 않았다. 그녀의 자부심도 이러한 참여를 결정하는 데 무관하지 않았다. 그녀는 자신을 독일 무용계에서 가장 중요한 무용가로 생각했는데, 그것은 사실이기도 했다. 그녀는 국가사회주의 권력자들로부터 자신의 지위를 인정받아 지난 15년간 쌓아온 영향력을 잃지 않으려 했다. 나치가 그녀의 라이벌인 루돌프 폰 라반에게 명예로운 공직을 주었기 때문에 더더욱 그랬다. 그녀는 불행한 심정으로 일기장에 다음과 같이 적었다.

나는 여자이다. 독립적이고 창조적인 여자이다. 우리는 창조적인 능력을 타고난 몇 안 되는 여자들을 본능적으로 짓밟으려는 경향을 가지고 있을 수밖에 없는 남성들의 국가를 가지고 있다.

마리 비그만, 1936년

나치가 보기에 마리 비그만은 썩 마음에 들지 않았다. 그녀의 '악령적' 춤은 그들이 깨끗하고 단정한 '독일적 무용'이라는 개념하에서 생각했던 것과 정확히 일치하는 것은 아니었다. 그들은 오히려 젊고 즐겁고 편안한 느낌을 주며 정신적 심연을 탐구하지 않는 여성 무용가를 더 원했다. 비그만은 그녀의 일기에서 스스로에게 묻는다.

밝고 만족하고, 아름답고, 기분 좋은 것, 그것이 독일적인 것인가? 비극적이고 극적이고 무겁고 어두운 것, 그것은 독일적이 아닌가? 나는 이렇게 뒤죽박죽인 혼란에 적응이 되지 않는다. 나는 독일적이고 내가 이 나라에 묶여 있음을 알며 이 나라를 사랑한다. 이 나라는 나의 고향이다.

비록 나치가 민족적인 춤과 발레를 선호하기는 했지만, 그들은 마리 비그만을 처음부터 간단히 배제시키고 싶지 않았다. 왜냐하면 그녀의 인기가 선전에 유용할 수 있었기 때문이다. 나치가 권력을 장악한 후 많은 저명한 예술가들이 독일을 떠나자 그러한 필요성이 더욱 커졌다. 그래서 마리 비그만은 1934년과 1935년에 그녀의 무용단과 함께 '독일 무용축제'에 초대되었다. 일 년 후에 그녀는 심지어 올림픽 경기의 보조프로그램을 위한 안무를 맡아달라는 주문까지 받는다. 마리 비그만은 전 세계에서 온 운동선수들과 마찬가지로 1936년 올림픽의 정치적 차원과는 무관했다. 그녀는 나치의 권력 행사에는 눈을 감았고, 오로지 그녀의 조국과 독일적 무용 예술을 품위 있게 대변하는 임무만을 생각했다. 개막식이 열린 날 저녁에 올림픽 스타디움에서 열린 대규모 축제에서 그녀는, 60명으로 구성된 무용단이 「무기의 춤」을 보여준 후에 여덟 명의 여성 무용가들과 함께 「죽은 자의 비탄」을 공연했다.

전쟁과 죽음을 다룬 이 춤들이 몇 년 후에 얼마나 생생한 현실이 될 것인지를 예감한 사람은 오직 정치적으로 세심한 주의력을 가진 관찰자들뿐이었다. 마리 비그만은 그들에 포함되지 않았다. 반대로 그녀는 독일의 행복한 미래에 대한 미사여구를 믿었다. 아마도 그녀의 연인인 한스 벤케르트가 나치 이념의 열렬한 추종자가 되었고, 그녀의 정치적 무지와 두드러진 허영심이 그에 대한 무조건적인 애정과 치명적으로 결합되었기 때문에 이러한 선전이 더더욱 쉽게 그녀에게 먹혀들었을 것이다. 그녀는 적극적으로 나치의 범죄에 가담하지는 않았지만, 침묵을 통해 나치가 권력을 확대하고 살인적인 테러 정권을 구축하는 데 기여한 많은 독일인과 마찬가지로 '동반자'가 되었다. 그녀가 마음만 먹었다면 자신이 위험에 빠지지 않고 불의와 권력 남용에 대항할 수 있었을지도 모르는 이 결정적인 몇 해 동안 그렇게 하지 않았다는 사실, 그녀가 자신의 인기를 거짓말과 증오와 인종주의에 대항하는 무기로 이용하지 않았다는 사실이 그녀가 역사 앞에 지은 죄이다.

1936년 이후 나치가 자신들의 권력을 공고히 하면 할수록 마리 비그만은 점점 더 쓸모가 없어졌다. 올림픽 경기가 끝난 후 그녀의 학교는 더 이상 지원을 받지 못했고, 그녀는 재정적으로 파탄 상태에 이르렀다. 이제야 비로소 그녀는 1937년 영국으로 망명한 루돌프 폰 라반과 마찬가지로 무용에 대한 그녀의 생각과 권력자들의 생각과는 아무런 공통점이 없다는 사실을 깨달았다. 그녀는 망명을 생각한다.

본이나 코블렌츠로 가자! 아니야 외국으로 가자! 미국으로 갈까? 이런 생각을 더 이상 하면 안 돼. 내면적으로 용납이 안 되고 외부적으로도 안 돼. 나는 독일을 사랑해. 나는 아주 독일적이야. 나의 나라, 나의 언어, 나의 감정, 나의 사고, 나의 춤.

마리 비그만은 자신의 전문 분야로 되돌아갔다. 그녀는 새로운 솔로 프로그램을 만들어서 1937년에서 1938년 사이의 겨울에 순회공연을 떠났는데, 51세의 그녀는 이 새 프로그램 내용에 걸맞게 「가을의 춤들」이라는 제목을 붙였다. 또한 그 전 해에 어머니가 돌아가신 것도 아직 그녀에게 영향을 미치고 있었다. 그녀는 돌아가신 어머니를 회상하면서 「비탄」이라는 제목의 춤을 안무했다.

그녀는 매년 자신의 레퍼토리를 바꾸었고 대도시뿐만 아니라 한적한 소도시에서도 공연을 했다. 그녀는 자율적인 개인의 춤인 '표현춤'이 몰락해서는 안 된다는 소신을 굽히지 않았다. 그러나 그녀는 때때로 회의에 빠지기도 했다.

은퇴를 결정해야만 하는 순간이 왔는가? 나는 제때에 결론을 내릴 수 있는 힘이 있다고 종종 자랑해왔다. 때가 되었는가? 나는 그렇게 할 수 없다, 나는 그것을 원치 않는다, 나는 그렇게 하면 안 된다, 나는 그렇게 하지 않을 것이다.

몇 년 후에 그녀는 그렇게 하긴 하지만, 그것은 정치적이고 개인적인 이유 때문이었다.

1939년 제2차 세계대전이 시작되었고 일상생활은 새롭고 끔찍한 차원으로 변했다. 한동안은 여전히 춤이 주변을 에워싸고 있는 공포로부터의 피난처가 되었다. 그러나 순회공연은 점점 더 어려워졌고, 폭격이 시작되면서 점점 더 위험해졌다. 게다가 학교에 소속된 교사 중에 나치의 노선에 충성을 다하는 몇몇 교사들이 그녀를 모략하기 시작했다. 그리고 그녀는 자기 집에서 지내는 것이 더 이상 편치 않게 느껴졌다. 그러나 이 모든 것도 마리 비그만의 강력한 소명의식을 흔들어 놓지는 못했다.

그런데 1941년 그녀를 인간적으로 거의 파괴시킨 사건이 일어났다. 그녀는 이 시기에 한스 벤케르트의 도덕적 후원에 특히 많이 의지하고 있었는데, 어느 날 그녀가 그를 방문하고자 했을 때 그의 가정부는 그가 더 이상 그녀를 보고 싶어하지 않는다는 말을 전했다. 그 가정부는 그가 몇 주 후에 다른 여자와 결혼하기로 예정되어 있다는 말도 덧붙였다. 그녀는 일기책에 자신의 절망감을 적었다.

말할 수 없이 고통스러웠다. 쏟아진 눈물이 온몸에서 불처럼 타올랐다.

그녀는 맹목적으로 신뢰했던 연인에게서 받은 마음의 상처를 평생 극복하지 못했다. 그녀는 이후 다시는 새로운 남자가 자신에게 가까이 다가오는 것을 용납하지 않았다.

이처럼 무기력한 상태에 빠져 있던 시기에 그녀는 나치가 그녀의 무용을 '퇴폐적'이라고 선언하려 한다는 경고를 받았다. 이제 마리 비그만은 투쟁을 포기한다. 그녀는 학교를 팔았고, 1942년 4월에 드레스덴에서 고별 공연을 했다. 그러나 그녀는 불행 속에서도 행운을 얻었다. 한 친구의 중재로 라이프치히 음악전문대학의 무용 분과에서 교사직을 제의받았고, 그 일 덕분에 생계 문제를 해결할 수 있었다.

라이프치히는 전쟁 기간 동안에 대규모 폭격의 목표가 되었다. 마리 비그만은 여느 사람들과 함께 수없이 많은 밤을 방공호에서 보냈다. 그동안에 심하게 훼손되었지만, 아직은 따뜻한 첫 미국 공연에서 산 모피코트를 뒤집어쓰고서 말이다. 그녀가 살던 건물은 폭격으로 훼손되었지만, 그녀가 지내던 공간은 피해를 입지 않았다. 그녀는 매일 점점 더 심하게 파괴되는 도시를 통과해서 수업을 하기 위해 대학으로 갔다. 그 대학도 1944년 초에 야간공습으로 파괴되었다.

아직도 어둠 속에서 나는 연기 때문에 검게 된 눈 속을 뚫고 힘들게 나아가다가 익숙한 집 앞에 잠시 서 있다. 그 집이 이 세상의 것이 아닌 것처럼 으스스하게, 그러면서 굉장히 아름답게 불타 사라지는 것을 보았다. 지하실에는 미국 공연 때 가지고 갔던 옷걸이식 의상 트렁크가 있었는데, 거기에는 1922년에서 1942년까지 내가 솔로 공연을 할 때 입은 무용복들이 들어 있었다. 다시 한 조각의 삶이 사라져버렸다.

가을에 학교가 폐쇄되고 여학생들이 '전면적인 전쟁 수행'을 위해 군수 공장으로 보내졌을 때(마지막 남은 남학생들은 이미 오래 전에 전선에 투입되었다), 마리 비그만은 집의 거실을 깨끗하게 치우고 거기서 수업을 계속했다. 여학생들은 공장 근무를 마치면 일상생활에서는 공포에 밀려 사라져버린 아름다움을 춤 속에서 찾기 위해 이곳으로 왔다.

1945년 2월에 우박처럼 쏟아지는 폭탄 때문에 마리 비그만이 예술가로서 활동하기 시작한 이후 22년간 일했던 드레스덴이 불탔다. 이

전에 그녀가 운영했던 학교도 크게 훼손되었고, 무용실은 완전히 파괴되었다. 다시금 그녀는 자신의 과거의 일부를 고통스럽게 잃었다.

마리 비그만은 전쟁 막바지 몇 달 동안 거의 방공호에 앉아서 기아와 추위와 죽음의 공포에 시달리면서 보냈다. 마침내 미군이 라이프치히로 진군해 들어와서 5월 8일에 종전을 선포했다. 이 시기에 쓰여진 마리 비그만의 일기책은 친구들과 특히 이전의 학생들의 생존을 걱정하는 물음들로 가득 채워져 있다. 그녀는 누군가가 살아남았다는 것을 알게 될 때마다 항상 정확하게 기록했다.

시대의 궁핍으로부터

6월에 미군이 라이프치히에서 퇴각하고 붉은 군대가 뒤따라 들어왔다. 마리 비그만은 러시아어를 배우기 시작했다. 그리고 그녀의 삶과 투쟁에의 의지가 되살아났다. 60세에 가까워진 나이에도 그녀는 자신이 독일의 무용 문화를 다시 일으켜세워야 한다고 확신했다. 그래서 그녀는 자신의 거실에서 새롭게 수업을 시작했다. 전후의 첫 3년간은 혹독했다. 먹을 것이 거의 없었고, 겨울에는 땔감도 없었다. 얼음 같은 추위가 온몸을 파고들었다. 비그만은 몸이 야위었고, 만성 기관지염을 앓았다. 아니 헤스는 빵을 구하거나 암시장에서 혹시 베이컨 한 조각이라도 얻을 수 있지 않을까 하고 계속해서 여기저기 돌아다녔다. 미국의 구호 조직 케어(CARE)가 보낸 첫 번째 구호물자가 미국으로부터 도착했을 때 비그만은 행복에 겨워 여학생들을 만찬에 초대했다. 그 속에는 버터, 설탕, 밀가루, 초콜릿이 들어 있었다.

1946년 마리 비그만은 전후 처음으로 열리는 무용의 밤 공연을 위해 연습을 했다. 그녀는 도피, 비애, 감금, 다시 말해 그녀의 현재를 구성하고 있는 것들을 다루는 장면들에 대해 「시대의 궁핍으로부터」라는 제목을 붙였다.

1948년 연합국들이 독일의 분할을 계획하고 있다는 것이 분명해지자 마리 비그만은 한 라디오 연설에서 정치가들에게 다음과 같이 격정적으로 호소했다.

나는 나의 조국을 말로 표현할 수 있는 것보다 더 많이 사랑합니다. 25년간 나는 독일의 이곳저곳을 여행했지요. 몇 주간 또는 몇 달간 순회공연을 하면서 동서남북을 돌아다닙니다. 나는 크고 작은 도시들을 모두 다 알고 있습니다. 그 도시들의 거리와 광장, 집과 동상들의 특색 있는 형상에 친숙해졌듯이 살아서 고동치는 그 도시들의 리듬에도 친숙해졌습니다. 독일의 풍경들, 그것의 우울함과 명랑함, 그것의 풍요로움과 빈곤함, 그것의 퉁명스러움과 사랑스러움은 마치 나의 일부분인 것처럼 나에게 친숙합니다. 다른 무엇보다도 더 사랑스러운 이 나라는 우리를 파괴하지 않습니다!

몇 달 후에 단행된 화폐 개혁으로 분할은 돌이킬 수 없게 되었다. 일 년 후에 독일 연방공화국과 독일 민주주의공화국이 설립되었다.

마리 비그만이 자신의 사설 학교가 1949년 5월부터 국유화될 것이라는 것을 알게 되었을 때 그녀는 아니 헤스와 함께 베를린으로 옮겼다. 베를린의 서쪽에 있는 미군 점령 지역에서 그녀는 온전한 집을 하나 발견해서 '마리 비그만 스튜디오'를 열었다. 이제 그녀 인생의 마지막 장이 시작된 것이다.

베를린은 비록 파괴되었지만, 맥박처럼 고동치는 활력이 넘치고 있었다. 사람들은 인생을 새롭게 시작했고, 전쟁이 남긴 상처에 적응하려고 노력했다. 두 개의 독일국가가 설립된 이후 베를린에는 특별한 지위가 설정되었다. 그 도시는 서쪽과 동쪽으로 분할되었지만, 도시의 중앙을 가로지르는 경계선은 여전히 사람이 통행할 수 있게 개방되어 있었다. 그래서 동독 지역에서도 계속해서 여학생들이 마리 비그만을 찾아왔다.

1953년, 자신이 안무한 무용 공연에서 그녀는 66세의 나이로 마지막으로 무대에 올랐다. 공연이 끝난 후 그녀는 일기책에 다음과 같이 적었다.

잊었다고 믿었던 무대 공포증이 돌연 나를 엄습하는 것이 좋았다. 커튼이 움직이는 소리를 다시 듣고, 어두운 관객석과 무대의 천장을 몰래 주시하는 시선이 있다. 스포트라이트의 날카로운 불빛이 나에게 쏟아지자 눈 한 번 깜박이지 않는다. 무대여!

1950년대와 1960년대에 마리 비그만은 자신의 학교를 지키기 위해 싸워야 했다. '표현 춤'은 더 이상 최신의 춤이 아니었다. 사람들은 오히려 외국으로 자주 공연을 다닌 영국, 미국 그리고 소련의 발레단에 더 열광했다. 베를린에 있는 마리 비그만 스튜디오와 에센에 있는 폴크방(프레이야 여신의 궁전) 학교는 점점 더 과거 속에 묻혀가는, 개성을 강하게 드러내는 무용예술의 고독한 섬이 되었다. 사람들이 발레에 열광하는 와중에도 마리 비그만은 이고르 스트라빈스키의 음악 「봄의 제전」에 붙인 안무로 최대의 성공을 거두었다. 이것은 그녀가 독자적으로 안무하여 무대 위에 올린 마지막 작품이다. 그녀는 자신의 스튜디오에서 수업을 하는 이외에 이곳저곳을 바쁘게 다녔다. 그녀는 초빙 수업과 강연도 하고 회의에도 참가했으며, 라디오 대담에도 나가고 책 『춤의 언어』도 집필했다.

1961년 8월 13일, 장벽 건설과 함께 베를린에서는 동서를 연결하는 교통이 끊어졌다. 마리 비그만은 하루아침에 학생의 절반 이상을 잃고 가장 큰 위기에 봉착했다. 옛 친구들과 이전 학생들의 재정적인 도움을 받아 그녀는 겨우 자신의 일을 계속해 나갈 수 있었다. 81세가 된 1967년, 그녀는 자신의 학교를 최종적으로 포기하고 한 편지에서 다음과 같이 쓴다.

어제 아침에 나는 마지막 수업을 하면서 이별이 눈물바다의 장례식이 되지 않게 신경을 썼다. 집안 전체에서 울려퍼지는 젊은이들의 크고 밝고 웃음소리를 다시 한 번 들을 수 있어서 좋았다. 그리고 우리는 샌드위치와 샴페인을 놓고 다함께 즐거운 시간을 보냈다. 내일이면 집을 비우는 일이 시작된다. 나의 삶의 모든 시기와 관련된 사진들, 논문들, 강연원고들, 춤에 관한 메모들, 비평서들, 팸플릿들, 인쇄물들로 가득 차 있는 트렁크들. 끔찍하다. 나는 내 자신의 과거와도 같은 이것들을 붙잡을 수 없다.

그녀는 '은퇴'한 후에도 지루함을 느낄 새가 없었다. 거의 매일 답장을 써야 할 편지가 왔고, 신문에 글을 기고하고 이전의 학생들을 종종 방문했다. 그동안에 남부 독일에서 연금생활자로 살고 있던 여동생 엘리자베트와 에센에 사는 남동생 하인리히가 가족을 데리고 가끔 그녀를 찾아 베를린으로 왔다. 여름 휴가철에 마리 비그만은 여러 차례 몽베리타로 여행을 갔다. 지금은 그곳 산 위에 요양소가 딸려 있는 호텔이 서 있다. 그리고 예전에 어촌이었던 아스코나는 고급 휴양지가 되었다. 그러나 그녀가 무용가로서의 거친 자기 모색을 시작한 초원과 해변은 아직도 여전히 그대로이다.

1971년 85회 생일에 그녀는 다시 한 번 많은 친구들을 초대해서 파티를 열었다. 그 후에 그녀의 기력이 쇠하기 시작했다. 그녀는 생애의 마지막 한 해를 그녀의 베를린 집에서 아니 헤스의 보살핌을 받으면서 보냈고, 1973년 9월 18일 87세에 세상을 떠났다.

비록 고전 발레가 예술가들의 관심의 전면에 놓여 있었지만, 마리 비그만의 작업은 그녀가 죽은 후에도 잊혀지지 않았다. 마리 비그만과 루돌프 폰 라반이 독일에서 기초를 마련한 현대 무용이 이후 새로운 세대의 무용가들의 예술 발전에 기초가 되었다는 사실은 1970년대 초에 이미 밝혀졌다. 그리하여 19세기의 고전적 동화 발레 대신 자신의 체험에 맞는 표현 형식을 찾는 젊은 안무가들이 다시 등장했다. 그 중에서 오늘날 특히 유명한 피나 바우쉬가 그 맨 앞자리에 서 있다. 그녀의 성공은 대중들로 하여금 다시금 '표현 춤'의 역사를 돌이켜보게 했고, 그와 함께 '표현 춤'의 가장 위대한 무용가인 마리 비그만의 필생의 작품을 돌이켜보게 했다.

헤드비히 밀러

지젤 프로인트(1908~2000, 사진작가)

나는 세상을 알고 싶다

사진이 지닌 인간적 특징으로는
보는 사람을 감동시킨다는 것이다.
사진작가가 자신을 포기하면 할수록
기록사진의 가치는 더 커진다.
유일하게 가치 있는 것은 모델이다.

_지젤 프로인트

유럽 최고의 사진작가이자 프랑스 여권운동가.

베를린의 부유한 유대인 가정 출신이다. 나치 정권 출범에 대항해 싸운 학생운동가로 1933년 독일을 탈출해 프랑스로 왔다. 소르본대학에서 사회학 박사과정을 밟던 중 사진작가의 길로 들어섰으며, 장 폴 사르트르, 시몬 드 보부아르, 폴 발레리, 앙드레 지드, 장 콕토 등 프랑스 지식인과 예술인들의 모습을 주로 찍어 명성을 얻었다. 전쟁의 혼란을 피해 남미 대륙으로 건너온 그녀는 아르헨티나, 칠레, 페루, 볼리비아, 브라질, 에쿠아도르, 우루과이, 멕시코 등을 돌아다니며 보도사진을 찍어 미국 잡지들에 보냈다.

1963년 파리 국립도서관에서 열린 인물사진 전시회를 통해 사진작가로 세계적인 인정을 받았다. 1974년에는 『사진과 사회』라는 책을 출간했다. 트렌치 코트 차림에 담배를 입에 물고 있는 앙드레 말로의 모습을 담은 '인간의 운명', 제임스 조이스의 일상을 담은 흑백사진 컬렉션 '조이스와의 사흘'은 그녀의 대표작이다.

자유를 추구한 사진작가

지젤 프로인트 자신의 의견에 따른다면, 그녀는 이 책에 나와서는 안 된다. 그녀의 직업이 무엇인지를 묻는 질문에 가장 유명한 여성 사진작가 중의 한 명인 그녀는 오늘날까지 자신을 사진 저널리스트라 대답한다.

일생 동안 나는 예술가로 여겨지는 것을 거부했다.

그녀는 사진이란 일차적으로는 자료기록이며, 사진작가란 자료기록 예술가라고 생각한다. 그러나 그녀는 다음과 같이 인정한다.

내가 예외로 간주하는 몇 안 되는 경우에 사진작가들은 기록의 의미를 넘어서서 자신의 생각과 체험 중의 일부를 전달해주는 사진들을

얻어낼 수 있다. 그러면 그것들은 인류 전체의 기억 속에 살아남는 드
문 예외들이 된다.

그녀는 이런 사진들은 예술이 된다고 인정한다. 그런 관점에서 지젤
프로인트는 자신의 일을 매우 엄격하게 평가한다. 그녀는 자신의 사진
중 단 한 작품에서만 위에서 언급한 수준의 질을 지니고 있다고 보는
데, 그것은 영국의 작가 버지니아 울프의 유명한 프로필 사진이다.

나는 그 사진에서 내가 특별한 모습을 포착했다고 생각한다. 그것은
분명 나에게 허락된 것 중 최고의 사진이다.

그러나 지젤 프로인트를 제외한 다른 사람들은 그녀의 예술적 업적
에 대해 평가할 때 그렇게 엄격한 잣대를 들이대지 않는다. 예술사가
인 한스 푸트니스는 그녀를 일컬어 '의지에 반하는 여성 예술가'라 불
렀고, 그녀의 친구이자 전설적인 파리의 서점업자인 아드리엔 모니에
는 1939년에 이미 다음과 같이 썼다.

지젤 프로인트는 나다르에 근접하는 재능을 지니고 있다.

지젤 프로인트는 프랑스 사진 예술의 선구자인 나다르를 예술가로
서 경탄해 마지않았다.
또 다른 유명한 사진작가인 미국인 로버트 매플소르프가 1984년에
자신의 동료인 지젤 프로인트를 찍은 인물사진이 있다. 그 사진은 파
리에 사는 그녀의 집에서 찍은 것이다. 매플소르프가 파리에 사는 당

시 76세인 지젤 프로인트를 방문했을 때 그는 붙박이 책장 앞에서 의자에 앉아 있는 그녀의 사진을 찍었다. 그녀의 갈색머리는 곱게 다듬어져 있었고, 흰머리라고는 한 가닥도 보이지 않았다. 그녀는 꼿꼿하고 자신 있게 카메라를 쳐다보고 있다. 그녀는 짙은 색의 터틀넥 스웨터를 입고 남자 손목시계를 차고 있으며, 작은 꽃 모양의 목걸이와 귀걸이를 하고 있다. 그녀의 오른쪽 어깨 옆으로는 이미 언급한 버지니아 울프의 사진, 즉 그녀에게 전형적인 우울한 표정을 눈에 담고 있는 사진이 놓여 있다. 지젤 프로인트는 그 사진과는 대조적이다. 그녀는 총명하고, 비판적이며, 회의적이다. 그리고 손을 턱에 괴고 있다. 그녀는 마치 매플소르프가 자신의 일을 잘 하도록 감시하는 것 같다. 아드리엔 모니에가 이미 수십 년 전에 그렇게 묘사했고, 지금 매플소르프가 찍은 사진에서도 잘 나타나듯이 지극히 '자부심 강한 사진작가'이다.

어떤 사람, 어떤 인생이든 자기 자신만의 얼굴을 가지고 있다.

지젤 프로인트의 이 말은 그녀의 일의 특성을 잘 나타내며 당연히 그녀 자신에게도 적용된다. 여섯 살의 지젤이 그녀의 사촌들, 그리고 할아버지 빌헬름 드레제와 함께 할아버지의 70세 생일날 찍은 어린 시절의 멋진 사진에서, 이미 그녀가 자신의 삶을 살아가면서 잃지 않았던 자부심과 강건함이 엿보인다. 모든 아이들이 어른처럼 변장을 하고 있으며, 지젤은 앞쪽에 서 있다. 그녀는 조끼와 함께 양복을 입고 있고, 가발을 쓰고 있으며, 콧수염을 붙이고 있다. 오른손은 자연스럽게 바지 주머니에 넣고 왼손에는 할아버지의 담배 하나를 들고 있다.

그녀는 똑바로 당당하게 카메라를 주시하고 있다. 그녀의 얼굴은 부끄러움 없이 호기심으로 가득하다. 그런데 그녀는 다른 아이들처럼 웃고 있지 않다. 애교부리는 표정도 없다. 또한 후에 성장한 그녀를 새삼 놀라게 하는 것이 여섯 살 난 지젤의 얼굴에 나타난다.

어린아이의 얼굴은 그 아이가 인생에서 얼마나 많은 것을 받아들일 준비가 되어 있는지 보여준다.

지젤 프로인트는 1908년 12월 19일 기젤라 프로인트라는 이름으로 베를린 쇠네베르크에서 태어났다. 그녀는 상류 시민계층의 유대인 집안에서 성장했지만, 종교가 중요하지는 않았던 것 같다. 그녀는 자신이 '완전히 무신론적으로' 교육을 받았다고 기억하고 있다.

우리는 다른 사람들처럼 크리스마스를 즐겼다.

아버지인 율리우스 프로인트는 사업가였다. 그는 회화에 관심이 있었고 해가 갈수록 상당한 그림들을 수집했다. 그는 후에 나치가 정권을 잡기 전에 그 그림들을 스위스로 빼돌릴 수 있었다. 그 그림들은 그가 죽은 후인 1942년 스위스에서 경매되어 지젤 프로인트의 어머니인 클라라가 영국에서 안전하게 살아갈 수 있도록 해주었다. 아버지의 예술에 대한 사랑은 당시에는 아직 기젤라라고 불렸던 어린 지젤에게도 일찌감치 영향을 미쳤다. 아버지의 그림에 대한 열정적인 관심을 통해 그녀는 어린 시절부터 구성과 색상에 대한 감수성을 발전시켰다. 율리우스 프로인트는 두 살 난 딸에게 첫 카메라를 선물했는데, 포이크트

랜더 제품이었다. 그것은 '무언가 창조적인 것을 하려는 욕구'에 잘 맞았고, 그녀는 즐겁게 새 장난감을 시험해보았다.

그녀의 아버지가 수집한 미술품 중 가장 유명한 것은 카스파르 다비드 프리드리히의 「뤼겐 섬의 백악암」이었고, 지젤 프로인트가 처음으로 찍은 사진들 중의 하나는 이 그림의 특징을 강하게 풍기고 있다. 장엄한 산의 경치 속에 한 외로운 방랑자가 카메라 쪽으로 등을 돌리고 앉아서 전망을 바라보고 있다. 이미 당시에 그녀는 사진 찍기의 원칙을 인식하고 있었고, 몇 년이 지난 후에는 말로 표현할 수 있었다.

테크닉은 그리 중요하지 않다. 눈이 사진을 결정한다.

그녀와 아버지의 관계는 그렇게 좋았지만, 어머니와의 관계는 평생 동안 차가웠다. 그녀의 어머니는 포옹이나 입맞춤이 비위생적이라는 견해를 가지고 있었고, 그것은 지젤에게 어머니로부터 사랑받지 못한다는 느낌을 가지게 했다.

다행히 나는 아버지의 사랑을 받았다.

또한 세 살 반이 많은 그녀의 오빠 한스와 그녀는 서로를 가장 잘 이해했다. 그녀의 기억 속에 두 사람은 요컨대 '황금의 어린 시절' 동안 가장 중요한 관계를 지닌 사이였는데, 여섯 살배기 소녀를 일 년 동안 침대에 묶어놓은 소아마비도 둘의 이러한 관계를 깨뜨리지 못했다. 그러나 그 어린 시절이 후에 지젤 프로인트가 한 장소가 너무 협소하게 느껴질 때마다 미련 없이 떠나게 만든 자유에의 욕구를 불러일으켰으리라는 것은 상당히 있음직한 일이다. 그녀는 병든 아이로서 느꼈던 '막을 수 없는 막막함과 두려움'을 다시는 느끼고 싶지 않았다.

나는 자유로워지려고 했다.
나는 내 자유를 빼앗기지 않았다.

이와 같은 말들이 그녀의 삶을 주도하는 모티브가 되었다. 그러한 생각은 유복한 부모들에 의해 우선적으로 뒷받침이 되었다.

지젤 프로인트는 소녀 적에 벌써 유럽을 두루 여행했고, 영어를 유창하게 구사하도록 배웠으며, 원하는 취미는 어떤 것이든 즐길 수 있었다. 상당히 오랫동안 어느 곳에 묶이게 되는 위험이 생기면 그녀는 그 즉시 적극적으로 되었다. 부모님이 수프 끓이기나 아기 기저귀 채우기 같은 일을 배우도록 하기 위해 그녀를 가정관리 학교에 보내려 했을 때 그녀는 그 학교에 가는 대신 스스로 서민 출신 소녀들을 위한 베를린 김나지움에 등록했는데, 그곳에서는 학비를 낼 필요가 없었다. 그녀에게는 '아비투어 시험을 치르지 않고는 특정 문들이 열리지 않을 것'임이 분명했다.

내 생각에 아비투어 시험 합격 증명서는 내가 원했던 것을 배우기 위한 허가증이었다.

그녀는 집을 떠나 아버지와의 단절을 감행했다. 그런데 그녀에게 아비투어 시험이 허용되지 않을 뻔했다. 그녀가 바지를 입고 시험을 보러 나타났기 때문이다. 당시 자신의 평판에 신경을 쓰는 젊은 처녀들은 바지를 입지 않았다.

그런데도 그녀의 아버지는 고집스런 딸을 자랑스러워했고, 학교를 졸업하는 기념으로 라이카 카메라를 선물했다. 이것이 지젤 프로인트의 두 번째 카메라였다. 라이카 카메라는 포이크트랜더 카메라 보다 더 가볍고 작아서 목에 매달고 다닐 수 있었으며, 무엇보다도 삼각대에 놓을 필요가 없는 엄청난 장점을 지니고 있었다. 이것은 고정적으로 설정된 사진에서 빠른, 눈치채지 못할 정도로 재빨리 찍을 수 있는 사진술로의 어마어마한 질적 향상을 가져왔다. 또한 36장을 찍을 수 있는 새로운 필름이 나온 것도 여기에 기여했다.

카메라를 통해 세상을 보다

지젤 프로인트는 이 즈음에는 아직 자신의 취미가 직업이 되리라는 생각을 하지 않았다. 그녀는 자신의 시선을 끄는 대상을 재미로, 그리고 표현하고자 하는 욕구에서 사진을 찍었지만 직업적인 야망은 없었다. 1929년 그녀는 당시의 남자 친구인 호르스트 샤데와 함께 베를린을 떠났다. 먼저 프라이부르크에서, 그리고 다음에는 프랑크푸르트 암 마인에서 유명한 사회학자인 칼 만하임 밑에서 대학 공부를 하기 위해서였다. 그녀는 이 학업을 저널리스트가 되기 위한 직업 교육으로 생각했다.

저널리스트라는 직업은 내게 있어 자유의 진수였다.

당시 지젤 프로인트는 일련의 자화상 사진을 찍기 시작했다. 열아홉 살 여대생에게 한 장의 사진이 특히 인상적으로 와닿았다. 그녀는 자신이 일생 동안 지녀야 했던 검사하는 듯한 시선으로 카메라를 똑바로 쳐다보고 있다. 이미 어릴 적 할아버지와 함께 찍은 사진에서와 마찬가지로 미소라고는 조금도 짓지 않고 있다. 그녀의 얼굴 위로 한 남자의 그림자 프로필이 보이는데, 그것은 '나의 첫 위대한 사랑' 호르스트 샤데이다. 이들의 관계는 5년간 지속되었고, 파리에서 비로소 깨어진다.

그녀의 기억 속에는 이 즈음에 그녀 인생의 두 번째 핵심어가 떠오른다. 그것은 바로 호기심이다.

세상 전체를 알고 싶어하는 나의 호기심은 한이 없었다.

그럴 때 카메라가 그녀를 도와주었다. 본보기나 훈련도 없이 젊은 여대생은 마치 저널리스트의 작업도구처럼 자신의 카메라를 사용했다. 인상주의적인 분위기를 지닌 모습들을 포착하거나 학업 동료와 교수들을 대상으로 초점이 흔들린, 정확하지 않은 사진을 찍었을 뿐만 아니라 기록으로 남기기 위한 사진도 점점 더 많아졌다.

지젤 프로인트는 좌익 학생 그룹의 일원으로서 독일의 발전 과정을 염려하면서 지켜보았다. 그녀는 모든 정치적인 사건의 현장에 있었고, 거리의 분위기를 사진으로 찍기 시작했다. 프랑크푸르트에서 일어난 좌파의 5월 1일 시위 현장을 찍은 그녀의 사진은 유명해졌다. 우파 학우회와 국가사회주의자들의 반대 행진이 그에 맞서 있고, 중간에는 엄

청난 수의 경찰이 투입되어 있다. 일촉즉발의 광경이며 재빨리 찍을
수 있는 카메라를 멘 호기심 많은 여대생이 그 속에 있다. 그녀는 마치
다음에 일어날 사건들을 예감하는 것 같았다.

1932년 5월 1일 내가 사진 찍었던 사람들 중 많은 이들은 나치당의
일원이 되었거나 강제 수용소에서 죽었다.

지젤 프로인트는 좌익 학생들이 난타당해 피 흘리는 뒷모습을 사진
으로 찍었다. 그녀는 자신의 카메라를 통해 세상을 보았고, 비인간적
인 잔혹성과 파괴의 물결이 밀려오는 것을 파악했으며, 그 물결에 대
해 그녀는 자신의 사진들로써 경고를 하려고 노력했다. 그것이 더 이
상 가능하지 않았을 때까지라도 말이다.
지젤 프로인트가 목숨을 구한 것은 우연이었다. 그녀는 길에서 아는
사람을 만났는데, 그녀가 아직도 거기에 있다는 사실에 놀라면서 그녀
의 주위 사람들 모두가 체포되었다는 이야기를 해주었다. 그녀는 주의
하라는 그의 충고를 진지하게 받아들여 작은 트렁크에 꼭 필요한 것들
만 챙겨서 기차를 타고 프랑스로 출발했다.
기젤라 프로인트에서 지젤 프로인트로 이름이 바뀐 것도 그날 밤이
었다. 동시에 그녀의 독일어 이름이 그녀의 목숨을 구한 것도 그날 밤
이었다. 이 사진예술가는 종종 그 일을 이야기한다.

나는 나치 친위대가 기차의 객실마다 뒤지고 나오면서 문을 닫는 소
리를 들었다. 그들이 객실 안으로 들어왔다.
"증명서! 어디로 가나요?"

"나는 여대생이고 프랑스를 주제로 박사논문을 쓰고 있습니다. 나는 3개월만 있을 겁니다."

"아하, 카메라군, 열어봐요."

그들은 아무것도 찾지 못했다. 지젤 프로인트는 침착하게 필름 하나를 화장실에 버리고 부상당한 시위자들의 사진이 찍힌 더 중요한 두 번째 필름은 자신의 옷 밑에 숨겼다. 감독관들은 의심스러운 눈길로 그녀의 여권을 살펴보더니 노골적으로 물었다.

"당신 유대인이오?"

나는 침착함을 잃지 않고 나의 아버지가 화가 났을 때 하던 단호한 어조로, 그리고 어머니가 항상 보여주었던 자제력을 가지고 응수했다. "내가 유대인이라고요? 당신은 기젤과라는 이름을 가진 유대인을 본 적이 있나요?"

여러 해 동안 지젤 프로인트는 자신의 독일어 성도 정식으로 프랑스어로 번역하여 '프로인트' 대신에 '아미'로 바꾸려고 노력했다(독일어 프로인트와 프랑스어 아미는 둘 다 친구라는 뜻이다 – 옮긴이). 그녀는 프랑스인이 되고자 했고, 독일과는 철저히 단절하려고 애썼다.

파리에서의 망명 생활

파리에서의 생활은 프랑스어를 더듬거리며 겨우 말하는 망명자에게는 간단하지 않았다. 나치 치하의 독일에서는 부모로부터 어떤 도움도 기대할 수 없었다. 왜냐하면 유대인들은 돈을 외국으로 송금해서는 안 되었기 때문이다.

그런데 1930년대 초반의 파리는 관대한 도시였다. 게르트루데 슈타인은 언젠가 "프랑스인들은 자신의 삶을 살고 그래서 또한 상대방에게 상대방 자신의 삶을 허락하기 때문에 그들이 아주 마음에 든다"고 말했다. 이러한 개방성을 지젤 프로인트도 처음부터 느꼈다. 그녀는 독일에서 빠져나온 초기 망명자들에 속했고, 라인 강 저편의 충격적인 정치적 이행 과정을 기록한 사진들을 가지고 왔다. 그것이 그녀에게 좌파 지식인 그룹과의 교류를 열어주었다. 그녀는 예술가와 문필가를 알게 되었고, 소르본 대학 사회학과에 입학하여 「14세기 프랑스의 사진」이라는 제목으로 박사논문을 쓰게 된다.

파리 생활은 돈이 많이 들지 않았다. 이 여대생은 몇 프랑으로 일 주일을 살았고, 그것으로 족했다. 그녀는 아직은 사진 찍기를 직업으로 삼는다는 생각에는 이르지 않았다. 그녀는 학업을 끝내고 저널리스트가 되기를 원했다. 그녀의 한 친구가 인물사진을 찍는 사진관을 열어 어느 정도 돈을 벌겠다는 생각을 가지고 있었다. 지젤 프로인트는 그 사업에 참여했다. 그녀는 자기가 살고 있는 곳의 이웃들 사진을 찍었다. 그러나 처음에는 미미한 성공을 거두었을 뿐이다.

고객들은 내 사진을 끔찍하게 생각했다. 나는 사실주의적인 사진을 신봉했고, 사진에 찍힌 사람들은 이 진실에 대한 사랑을 부당한 요구로 느꼈다. 그러나 나는 최소한의 수정 작업도 고려하지 않았다.

맨 레이 밑에서 보조로 일하면서 공부를 하려는 시도는 실패했다. 당시의 가장 유명한 이 사진작가가 지젤 프로인트의 능력 밖에 있는 터무니없는 금액을 수업료로 요구했기 때문이었다. 그리고 또 다른 유명한 여성 사진작가인 플로렌스 헤니르는 그녀를 제자로 받아들이기를 거부했다.

"당신은 결코 좋은 사진작가가 되지 못할 것입니다. 나에게서 당신은 돈만 허비할 것입니다."

그녀는 퉁명스럽게 말했다.

1935년 3월의 어느 오후에 지젤 프로인트는 로데옹 가(街)에 있는 서점의 서가를 뒤지다가 가게 주인과 대화를 나누게 되었다. 아드리엔 모니에는 당시 파리 지성인들 사이에 이미 전설적인 인물이었다. 그녀는 작가로서의 야망을 지닌 문학애호가로, 자신의 서점에 프랑스 아방가르드 문학 작품을 수집해놓고 있었다. 길 건너편에 있는 미국인 이웃인 실비아 비치와 함께 그녀는 책에 대한 열정과 글을 쓰는 재능을 결합시켰다. 비치는 파리에서 두 번째로 유명한 서점을 운영하고 있었는데 영어 이름인 '셰익스피어&컴퍼니'가 서점의 상호였다. 그 밖에도 그녀는 제임스 조이스 작품의 첫 출판인이었다. 아드리엔 모니에는 그날 오후 억양이 엉망인 이 젊은 독일 아가씨에게 즉흥적으로 끌렸다. 그리고 이 아가씨가 프랑스어보다는 영어에 훨씬 더 능숙하다는 사실을 알고는 실비아 비치를 소개했다. 이렇게 해서 세 사람 사이에 우정이 시작되었는데, 이 우정은 1950년대에 아드리엔 모니에가 자살할 때까지 계속되었고 이 우정 덕분에 지젤 프로인트가 직업적으로 유명해지게 되는 작업의 기회를 잡았다. 그 일은 바로 예술가의 인물사진을 찍는 것이었는데, 처음에는 흑백 사진으로 제작하다가 1938년부터는 컬러 사진으로 제작했다.

아드리엔 모니에는 새 친구가 재정적으로 곤란을 겪고 있음을 알았고 매일 두 서점을 방문하는 유명한, 또는 덜 유명한 작가들을 모두 사진에 담으라고 제안했다. 폴 발레리, 장 콕토, 앙드레 지드 그리고 앙드레 말로 등이 지젤 프로인트의 첫 고객들에 속해 있었다. 그리고 그녀는 그 방면에서 서서히 명성을 얻게 되었다. 작가들은 그녀를 신뢰했고, 계속 그녀를 추천했다. 콜레트, 소른톤 와일더, 비타 색빌 웨스트, 버지니아 울프, 제임스 조이스를 비롯한 많은 이들이 그곳으로 왔다.

나중에 아드리엔 모니에는 사진으로 전시회를 개최할 생각을 했다. 당시에는 아직 컬러 인화지가 만들어지지 않았으므로 그녀는 자신의 서점 벽에 흰 영사막을 걸어놓고 사진을 그 위에 투사시켰다. 그리고 모두가 왔다.

유명한 작가들이 몰려 공간이 부족할 정도였다. 나는 누가 있었는지 더 이상 기억이 나지 않는다. 하지만 내가 아직도 늘 기억하는 것은 의자들이 늘어서 있고 어둠 속에서 영사막이 빛나는 광경, 그리고 너무나 아름다운 색상으로 떠올랐던 친밀한 얼굴들이다. 유명한 작가들 모두와 아직은 미래가 불확실한 신진작가들이 우리 눈앞에서 영사막 위를 지나갔다.

개막의 밤을 이렇게 기억했던 시몬 드 보부아르의 사진도 장 폴 사르트르의 사진과 마찬가지로 그 속에 있었다. 나중에 아드리엔 모니에는 이렇게 얘기했다.

사르트르는 자신의 얼굴을 포함한 이 얼굴들 모두가 지나가는 것을 보고는 고개를 끄덕이며 이렇게 말했다.

"우리 모습이 마치 전쟁에서 돌아온 사람처럼 보이는군."

지젤 프로인트는 여전히 주류를 이루는 사진의 유행에는 따르지 않았고 수정하는 것을 배우지 않았다.

1939년까지 그녀는 80여 명이 넘는 작가들의 사진을 찍었고, 자신은 스스로를 전문가로 생각하지 않았을 테지만 위대한 인물 사진작가에 들게 되었다. 그녀는 몇십 년의 간격을 두고 자의식이 충만한 반어를 사용하여 이 시기에 자신이 한 일을 다음과 같이 평가한다.

사진을 누가 찍었는지 모든 사람이 다 알지는 못하지만, 사진 그 자체는 전 세계적으로 유명해졌다.

가면 뒤의 진실을 찾아서

1938년에 지젤 프로인트의 모습을 찍은 한 장의 사진이 그녀의 파리 생활을 가장 적확하게 재현하고 있는 것으로 보인다. 거리에서 누군가가 그 사진을 찍었다. 그것은 모자를 쓰고 양복을 입은 작가 제임스 조이스가 힘찬 걸음걸이로 인도를 따라 걸어가고 있는 모습이다. 그의 왼쪽에는 그의 책을 출판하는 외젠 졸라스가, 그리고 오른쪽에는 지젤 프로인트가 짙은 색 맞춤의상을 입고 모자를 쓴 채 그들과 함께 가고 있다. 그녀의 걸음걸이는 조이스보다 더 활기차 보인다. 그녀는 오른손에 그녀의 유명한 작은 트렁크를 들고 있다. 그 트렁크는 그녀가 독일에서 올 때 가져온 것으로, 그 당시 그녀는 자신이 가진 것 모두를 그 속에 담아 이 집에서 저 집으로 가지고 다녔다. 목에는 라이카 카메라가 덮개도 없이 매달려 있다. 그녀만이 유일하게 사진 찍는 이를 알아채고 카메라를 똑바로 쳐다보고 있다. 늘 그러하듯 자신 있고 부끄러움 없는 모습이다.

인물사진들은 비록 그녀에게 단숨에 많은 명성을 가져다주었지만, 충분한 돈을 벌게 해주지는 못했다. 우연히 그녀는 사진의 또 다른 줄기인 보도사진이 본질적으로 더 나은 보수를 받는다는 것을 알게 되었다. 1936년 미국의 새로운 잡지인 〈라이프〉 지에서 그녀에게 북잉글랜드 노동자들의 비참한 생활을 사진으로 찍어달라는 주문을 받아들이겠는지 문의해왔다. 새로운 것에 대한 대담성과 열정으로 그녀는 북잉글랜드로 출발했다. 비용을 아끼기 위해 그녀는 지나가는 차에 무임편승하며 여행을 했고, 유스호스텔에서 밤을 보냈다.

그녀는 짧은 전성기 이후 쇠퇴기를 겪는 동안에 상상할 수 없을 정도의 가난에 허덕이는 지역의 노동자들이 겪는 빈곤을, 냉정하면서도 늘 관심을 가지고 있음을 느낄 수 있는 자세로 기록했다. 〈라이프〉는 슬픔에 젖어 여윈 여인들, 누더기를 걸친 아이들, 그리고 굳어 있는 표정의 남자들 사진을 내보냈다.

사진작가로서 나의 제대로 된 첫 작품이다.

그녀는 보도사진을 찍어달라는 새로운 주문을 받았다. 미국의 〈타임〉 지와 프랑스의 잡지로부터였다. 그야말로 눈 깜짝할 사이에 그녀는 두 가지 전문 분야를 가진 직업 사진작가가 되어 있었다.

돈을 벌기 위해서는 보도사진을, 나 자신의 즐거움을 위해서는 인물 사진을 찍었다.

저널리스트가 되겠다는 지젤 프로인트의 원래의 소망은 프랑스에서 이루어질 수 없었다. 그녀는 자신이 제대로 구사할 줄 모르는 언어로 글을 쓸 수는 없었다. 그렇기 때문에 보도사진은 그녀로서는 이상적인 직업이었다. 그래서 그녀는 저널리스트의 호기심과 똑같은 호기심을 자신의 고유한 표현 방식인 사진술과 연결지을 수 있었다. 그러나 그녀는 나중에 자신의 사진에 덧붙이는 글을 영어로 직접 쓰기 시작했다.

나는 동시에 두 가지를 원했고, 그것을 해냈다.

무엇보다도 그녀의 초기 보도사진에는 언제나, 그녀가 예전에 대학생 동아리에서 적극적으로 지녔던 정치적 입장이 감지된다. 그녀의 사회적 참여는 사진작가로서의 작업에 있어 결정적인 특징을 부여했다. 독일에서 그녀는 5월 1일 시위 때 현수막에 쓰여진 다음과 같은 격언을 하나 촬영했다.

사진 찍는 것은 계급투쟁에 있어 하나의 무기이다.

그리고 소르본 대학의 사회학과 대학생으로서 프로인트는 사진을

'민중을 이해하는 데 유용한 놀라운 도구'로 여겼다. 그녀는 '사진을 도구로 세상의 자유에 기여하는' 것이 자신의 임무라고 생각했다.

제2차 세계대전과 거의 모든 대륙에서의 내전이라는 끔찍한 경험을 한 우리에게는 이것이 고지식한 생각으로 보여진다. 그러나 사진이 세상에서 일어나는 사건을 파악하는 데 있어서 가장 중요한 매체였던 1930년대에는 그것이 많은 사진작가들이 지녔던 낙관주의적인 이상주의였다. 지젤 프로인트와 마찬가지로 그들도 다음과 같은 의견을 지니고 있었다.

다른 사람이 모르는 사람이 아니라면 어떻게 사람들이 서로를 죽일 수 있겠는가?

몇 년 지나지 않아서 잔혹한 현실은 이 이상주의가 어리석다는 것을 보여주었다.

그런데 1936년에서 1939년 사이에 지젤 프로인트는 카메라가 지니는 다각적인 관점에 열광적으로 달려들었다. 다른 사진작가들과는 달리 그녀는 테크닉에는 그리 관심을 두지 않았다. 그녀는 사진의 기초를 깨우쳤고, 필요할 때는 정교함도 배웠다. 이러한 거리낌없는 태도로 그녀는 새로운 것이라면 무엇이든 개방적으로 받아들였다. 편집할 때 사진이 흔들리고 선명하지 않아서, 말하자면 기술적으로 불완전한 것을 우려하여 〈라이프〉 같은 잡지에서는 사진작가들에게 작은 휴대용 카메라로 작업하는 것을 금지했음에도 그녀는 거의 라이카 카메라로만 사진을 찍었던 제1세대에 속했다.

지젤 프로인트가 곧바로 실험에 들어간 또 다른 새로운 시도는 컬러 필름이었다.

　　나에게는 절대적인 각성이었다. 섬세하고도 변화무쌍한 붉은색, 초록색, 노란색의 명암을 포착하는 경이로움, 푸른 눈 주위를 둘러싼 흰 피부의 투명함이 나를 열광하게 했다. 사람들이 사물을 빛과 그림자 속에서 보았던 시대는 지나갔다.

　당시에는 컬러 필름이 상당히 비쌌다. 그 때문에 늘 최저생계비로 살았던 그녀는 섣불리 셔터를 누르지 못했으며, 오히려 사물을 더 정확히 보게 되었다. 당시에는 사진의 홍수라는 말이 생소한 단어였다. 사람들은 여전히 사진에 호기심이 많았고, 사진작가들은 사진을 찍는 것에 호기심이 많았다. 보도사진의 위대한 시대였다. 지젤 프로인트는 시대의 징후를 직관적으로 깨달았다. 내용을 강조하고 모든 포즈를 경멸하는 그녀의 입장, 그것은 현대적인 사진술이었고, 당시로서는 방향을 제시해주는 것이었다. 물론 작가 자신은 전혀 그것을 의식하지 못했지만 말이다. 그녀는 모든 위대한 예술가들처럼 사물에 대한 자신의 관점만을 고수했다. 그녀는 사람들, 얼굴들에 매료되었다. 그녀가 보도사진을 찍기는 했지만, 개개인에 대한 이러한 공감, 그 개인의 역사와 얼굴에 대한 관심이 항상 감지된다. 그리고 그녀는 정확한 순간에 대한 직감을 지니고 있었다.

　사진 기술이 발명된 후 즉석에서 생명체를 그대로 찍어내기까지는 오랜 시간이 걸렸다는 사실을 우리가 잊어서는 안 된다. 처음에는 사진의 모델이 되기 위해 사람들은 카메라 앞에 서서 몇 분 동안 꼼짝하지 않고 있어야 했고, 따라서 포즈를 취하는 것은 불가피했다. 지젤 프로인트는 확장된 사진 개념의 선구자에 속했다.

나는 어떤 사진도 강요하지 않으려 했다.

무엇보다도 그녀는 인물사진에서 이러한 원칙을 일찍이 완성했다. 더욱이 그녀는 문학에 아주 관심이 많아서 어느 작가의 사진을 찍게 되면 그 전에 가능한 한 그 작가의 작품을 모두 읽었다. 사진을 찍는 동안 그녀는 책에 대한 질문을 했다. 그리고 모든 사람들은 기꺼이 자신들의 일에 대해 설명하기 마련이므로, 그들은 우쭐해져 이야기를 꺼내고 심지어는 그녀가 있다는 것과 카메라도 잊어버렸다.

우리가 어떻게 스스로를 인지하며, 사진사는 각각의 사람이 스스로에 대해 가지고 있는 이미지에 어떤 영향력을 갖는가?

이 물음은 그녀가 사진작가로 일하기 전 사회학을 전공하는 여대생이었을 때부터 몰두했던 문제이다. 그녀는, 사람들은 카메라 앞에 서면 실제보다 더 예뻐 보이게 하려고 가면을 쓰게 된다는 사실을 재빨리 알아챘다. 그리고 바로 이 지점에서 얼굴에 대한 그녀의 열정이 발동했다. 그녀는 가면 뒤에 있는 진실을 찾았고, 그것을 위해 즐겨 조그만 속임수를 사용했다.

이러한 속임수가 어떤 작용을 했는지 그녀는 미테랑 대통령의 예에서 분명히 보여주었다. 프랑스 대통령인 그는 1981년 모든 공관 사무실에 국가 원수의 공식 사진으로 걸리게 될 사진을 지젤 프로인트에게 찍어달라고 했다. 그가 너무나 포즈에 신경을 많이 썼기 때문에 그 작업은 어려웠고 그녀로서는 화가 날 정도였다.

갑자기 나는 속임수를 썼다.
"저는 당신이 다시 할아버지가 되었다고 들었는데요?"
"그래요."
그가 말했다. 그렇게 해서 나는 사진기에 아주 작은 미소를 담았고,
그 일을 끝냈다.

해방된 여성 1세대

1940년 독일군들이 지젤 프로인트에게 위협이 될 정도로 가까이 밀고 들어왔다. 그들이 파리로 진군하기 3일 전에 이 사진작가는 남부 프랑스로 도망했다. 자전거를 타고, 자신의 유명한 작은 트렁크는 가지지도 못한 채 그녀는 도르도뉴에 있는 작은 마을에서 피난처를 찾았다. 이후 '자유 구역'인 그곳에서 지낸 몇 달 동안은 우선적으로 순전히 살아남는 것이 문제였다. 그녀는 농부들과 함께 들판에서 뼈가 빠지게 일했고, 저녁에는 사재기를 하기 위해 그 지역을 두루 돌아다녔다. 이 시기에 그녀는 아버지의 죽음을 알게 되었는데, 그는 런던에 망명해 있던 중에 죽음을 맞았다. 동생과 어머니에게서 멀리 떨어진 채 그녀는 그 슬픔을 혼자서 정리해야 했다.

그 후 얼마 지나지 않아 몇 년 전에 지젤 프로인트가 사진을 찍어준 아르헨티나의 부호인 빅토리아 오캄포에게서 초대장이 왔다. 오캄포는 프랑스 작가들과의 교제를 중요하게 생각했고, 그들의 이야기를 지

젤 프로인트가 찍은 사진과 함께 당시 유명한 잡지인 〈쉬르〉에 정기적으로 실었다. 그녀는 중개인을 통해 사진작가의 여행 비자를 마련해주고 아르헨티나로 가는 뱃삯을 지불해주었다.

에스파냐의 비발로로 가는 길은 험난했다. 기차는 이민자들로 넘쳐났다. 모든 사람들이 추격해 오는 나치를 피해 달아났다. 그러나 지젤 프로인트는 늘 그렇듯이, 빈곤이나 배고픔에 대한 두려움도 없이 여전히 낙천적이었다.

그런 생각은 내게는 낯설었다. 나는 싸워서 뚫고 나갈 누군가를 믿듯 나 자신을 믿었다.

아르헨티나에 도착했을 때 영향력 있는 빅토리오 오캄포가 지젤을 검역받지 않도록 해주었다. 집에 도착하자 그녀는 자신의 손님을 먼저 욕조에 밀어넣었고, 혹 전염병과 이가 있을까 봐 손님의 옷들을 모두 태웠다. 그때부터 지젤 프로인트는 사치스런 접대를 받았다. 그녀는 아침식사를 침대에서 먹었고, 하루 세 번 스테이크를 대접받았다. 유명한 인물 사진작가로서의 그녀의 명성은 그녀에게 많은 기회를 제공해주었고, 그녀는 당장이라도 아르헨티나 상류층 전담 사진작가로 생계를 이을 수도 있었을 것이다. 그러나 유럽에서의 전쟁과 그곳의 많은 사람들이 처해 있는 어려운 상황을 생각할 때마다 그녀는 부자인 아르헨티나 사람들의 소비적인 생활방식에 점점 더 실망했다. 사회적 부정에 대한 그녀의 감정은 편안한 생활을 오랫동안 허락하지 않았다. 그녀는 곧 다시 길을 떠났고, 말을 타고 푸에고 섬을 횡단했다. 전쟁 기간 동안 내내 그녀는 부에노스아이레스를 자신의 근거지로 삼아 거기에서부터 남미 전체를 돌아다녔다. 칠레, 페루, 볼리비아, 브라질, 에쿠아도르, 우루과이, 이 모든 나라에서 그녀는 미국 잡지들에 실릴 보도사진을 찍었다. 중간중간에 그녀는 프랑스 감독 자크 레미의 조감독으로 일하기도 했고, 그에게서 영화 만들기의 기초를 배웠다. 얼마 지나지 않아 그녀는 에스파냐어를 완벽하게 구사하게 되었고, 아울러 샤를 드골이 창립한 해방 활동단체인 '프랑스 리브르'의 아르헨티나 지부를 조직했다.

1946년 지젤 프로인트는 잠시 파리에 다시 들렀다. 짐 속에는 기부받은 3톤의 식료품, 신발, 담배와 프랑스 친구들이 바라던 타자기용 컬러 리본이 들어 있었다. 그 답례로 남아메리카에 살고 있는 프랑스 기업가와 아르헨티나의 부자들이 대부분인 기부자들은 프랑스 작가들의 책과 자필 편지들을 받았다.

지젤 프로인트 자신은 다시 여행길에 올라 있었다. 그녀는 우선 런던으로 가서 동생과 함께 죽음을 앞둔 어머니를 돌보았다. 장례를 치른 후 그녀는 일 때문에 다시 남아메리카로 갔다. 그녀는 프랑스 외무부의 부탁을 받고 사진을 통한 프랑스 문학 강연을 해야 했는데, 큰 이익이 없는 이 과제를 자신만의 보도사진, 즉 원주민들의 예술, 일상생활, 도시, 경관, 예술가, 농부들에 관한 사진들을 찍기 위한 기회로 이용했다.

그녀는 그동안 남아메리카의 국가들을 훤히 알게 되어 이 지역의 전문가로 여겨지게 될 정도였다. 로버트 카파가 1947년 파리와 뉴욕에서 사진작가 그룹인 '매그넘'을 창립했을 때 그는 지젤 프로인트를 거기에 들어오도록 불렀다.

처음에 그녀는 '매그넘'에서 유일한 여성이었다. 그녀는 이 일을 재미있어했다. 그녀는 남자들과 함께 있는 것을 즐겼는데, 왜냐하면 거리를 두고 로버트 카파의 기분 좋은 호의를 관찰할 수 있었기 때문이다.

카파는 멋있는 청년이었고 모든 여성들이 좋아했다. 그러나 그는 언젠가 나에게 뺨을 맞은 적이 있다. 그가 나에게 키스하려고 했기 때문이다. 그는 그 일로 나를 결코 용서하지 않았다.

'매그넘'의 사진작가들은 전 세계를 나누어서 맡았는데, 지젤 프로인트는 라틴아메리카 담당이었다(어떻게 다른 곳이 될 수 있었겠는가?). 그녀는 작가 그룹을 위한 일을 처음으로 직업적인 네트워크로 연결시켰다. 사진작가들은 정기적으로 세계의 어느 곳에서 만났고, 그들의 일에 대해 이야기하고 서로 영감을 불어넣고 서로를 비평했다. 아웃사이더인 지젤 프로인트는 최고의 국제적 잡지에서 주문을 받는 공인된 대가가 되었다.

전쟁 후에 특히 유럽 사람들은 그들이 갇혔던 감옥에서 빠져나올 필요가 있었다. 그들은 자신들의 벽 밖에 있는 세상을 발견하기를 갈망했다.

그 시기의 가장 도발적인 작업은 에비타 페론에 대한 지젤 프로인트의 보도사진이었다. 1950년에 〈라이프〉 지는 그녀에게 아르헨티나 영부인의 인물사진을 찍어달라는 주문을 했다. 그녀는 미모와 낭비벽으로 유명했지만, 아르헨티나의 빈민들에게도 영향력이 있는, 매우 특이

한 매력을 지닌 것으로도 유명했다. 사치에 물든 이 여인과 지젤 프로인트가 사는 세계는 달랐지만 그럼에도 그녀는 단숨에 에비타 페론의 호감을 얻었다. 아르헨티나의 영부인은 두려움 없이 그리고 자랑스럽게 자신의 옷장과 보석함을 열어 보였고, 로렐라이처럼 자신의 금발머리를 빗었다. 그녀는 전혀 숨김없이 자신의 부와 권력을 카메라 앞에 보여주었다. 지젤 프로인트는 인간적인 면에 쉽게 흔들리지 않는 마음으로 다음과 같이 인식했다.

나는 아주 가까이 그녀 곁으로 다가갔다. 왜냐하면 나는 실로 건강했고, 자의식이 있었지만 미인은 아니었기 때문이다. 따라서 그녀의 눈에는 경쟁심은 없었다.

에비타 페론은 이러한 상황의 정치적 파괴력을 꿰뚫어보지 못했다. 그런데 어쩌면 그녀의 홍보장관은 그것을 보았는지도 모른다. 그가 한밤중에 아주 은밀하게 사진작가에게 전화하여 자신에게 모든 네거티브 필름을 넘기라고 명령했을 때 그녀는 다음 비행기로 너무나도 적절하고 정확한 순간에 그 나라를 떠났다. 이것은 그녀의 인생에서 처음이 아니었다.

나는 항상, 언제 내가 그 자리에서 사라져야 하는지를 알고 있었다.

〈라이프〉 지에 실린 사진들은 부에노스아이레스와 워싱턴 사이의 외교적 위기를 야기했다. 이 잡지는 한동안 아르헨티나에서 발간되지 못했다. 그러나 이 보도는 대담하고 참여적인 사진기자로서 지젤 프로

지젤 프로인트, 멕시코에서 찍은 자화상 사진, 1950년경

인트의 명성을 확고히 해주었다.

1950년의 자화상 사진은 직업적으로 성공한 여성의 이러한 에너지를 정확하게 보여주고 있다. 지젤 프로인트가 42세 때였다. 사진을 찍을 때면 으레 그렇듯이 그녀는 객관적이고 검사하는 듯한 표정으로 카메라를 쳐다보고 있다. 당연히 그녀는 자신의 편안한 작업복인 바지와 블라우스 셔츠를 입고 있다. 거기에 약간은 여성적인 분위기를 내기 위해 블라우스 안으로 목에 무늬가 있는 실크 스카프를 두르고 있으며, 카메라의 셔터 개폐 장치를 잡고 있는 손에는 큰 타원형의 보석 반지가 끼워져 있다.

나는 독일에서 처음으로 해방된 여성 1세대에 속했다.

그녀는 자랑스럽게 말했다. 그녀는 자신의 자유를 잘 이용했고, 방해물을 간단히 무시해버렸다. 그녀가 여성으로서 남성이 독점하고 있던 이러한 분야에서 얼마나 힘들게 싸워야 했는지를 그녀는 결코 문제 삼지 않았다. 물론 그녀가 문제점을 알고 있었음에도 말이다.

여성들은 아이들처럼, 미성년처럼 다루어졌다. 더도 덜도 아니다.

그리고 1989년까지도 '매그넘'의 기념 사진집이 그녀에 대해 한마디 언급도 없이 출간된 사실을 두고 그녀는 '뻔뻔스럽다'고 논평했다. 오랫동안 그녀는 여성들의 앞에 서서 활동적으로 함께 싸우기 위해 살아남는 일에 전력을 다했다. 그녀는 동등한 권리를 간단히 얻었다. 그러나 다른 여성들은 그렇게 쉽게 성공하지 못했다는 것을 그녀는 아주 잘 알고 있었다.

로버트 카파가 1954년 지젤 프로인트에게 '매그넘'의 동업자 관계를 취소한다는 통고를 한 것은 분명 그녀가 여성이었다는 사실과 관계가 있었다. 더욱이 그녀의 좌파적인 정치적 견해가 그의 마음에 들지 않았다. 또한 그 즈음 매카시 의원이 공산주의와 정치적으로 좌파인 시민들에 대해 본격적인 검거 열풍을 불러일으켰던 미국의 시대적 상황 속에서 그는 그녀 때문에 사진작가 그룹이 해를 입게 될까 봐 두려워했다. 그러나 그가 그녀를 이런 식으로 쫓아낼 수 있었던 것은 당연히 '매그넘' 안에서 그녀의 입지가 너무 약했기 때문이다. 프로인트와 그녀의 동료들은 해가 지나면서 여러 방면으로 발전했다. 작가 그룹의 남성들은 점점 더 스스로를 전선에서 지내는 사진작가로 생각했고, 이 세계의 전쟁이 있는 곳이면 어디든 찾아다녔다. 지젤 프로인트의 자극적이지 않은 보도는 그곳에서는 더 이상 개념에 맞지 않았다.

'매그넘'에서 일한 이후로 그녀는 다시는 어떤 그룹에 얽매이지 않았고 독자적으로 일했다.

누구에게도 더 이상 갚아야 할 빚이 없었고, 그것은 나에게 유익한 일이었다.

에비타 페론에 대한 보도를 둘러싼 소용돌이를 겪은 후 지젤 프로인트는 1950년에 2주간의 계약으로 멕시코로 갔다가 2년 동안 머무르게 되었다.

나는 멕시코, 그리고 멕시코 사람들과 사랑에 빠졌다.

지젤 프로인트는 자신의 삶과 관련된 남성들에 대해서는 결코 많은 애기를 하지 않았다. 그녀는 지난날을 회상하면서 젊은 날의 사랑인 호르스트 샤데에 대해서는 솔직히 말했지만, 갈망하던 프랑스 시민권을 얻기 위해 1939년에 결혼한 프랑스인 피에르 블룸에 대해서는 아주 짤막하게만 말하고 있다. 이 결합은 오래 가지 못했고 1946년에 끝났다.

지젤 프로인트는 여행을 하면서 항상 새로운 남성들을 알게 되었고 그들과 함께 한동안 지냈다. 감정이 서로 식어서 다시 자신의 독립성을 가지고 싶어질 때까지.

그것(독립성)이 배우자를 가지는 것을 방해하지는 않는다. 나는 혼자서 산 적이 드물다. 그것이 별로 바람직한 것이 아닌 나이인 지금을 제외하고서 말이다.

멕시코에서 지젤 프로인트는 빠르게 예술가와 지식인 그룹에 편입되었다. 그녀는 종종 유명한 화가인 디에고 리베라와 프리다 칼로 부부와 자리를 함께했다. 그리고 프리다 칼로와는 그녀의 작품을 대상으로 최고의 사진 작품을 몇 점 만들었다. 그러나 멕시코에서 2년을 지낸 후 그녀는 다시 한 번 '떠나야 할 순간이 다시 왔음'을 감지했다.

모든 것은 난센스다

1952년 이 여성 사진작가는 파리로 되돌아왔다. 그동안 그녀는 전

시몬 드 보부아르와 장 폴 사르트르, 파리 1964. 지젤 프로인트의 사진

세계의 잡지에 실릴 사진을 찍었다. 규칙은 한 달에 네 번 보도사진을 싣는 것이었고, 그것으로 최저 생계비는 보장되었다. 그녀는 모든 주제에 대해 개방적이어서 예언자에 대한 이야기, 경관 건축, 루브르 박물관, 파리의 최소규모 의상실 또는 센 강변의 젊은 건달들을 다루었다. 그밖에도 그녀는 프랑스 문학에 대한 강연을 했고, 전시회를 기획했으며, 유네스코를 위해 일했다. 불안정한 방랑시대는 지나갔다. 그녀는 기반을 잡았고, 더 이상 싸울 필요가 없음을 즐겼다. 그럼에도 더 불안정했던 시절을 아쉬워하기도 한다.

멕시코에서 지낸 이후 50년은 나에게 있어 특별한 사건도, 중요한 만남도 없는 시간이었다.

예술가들 및 지식인들과의 교제는 정기적인 것이 되었고, 이제 이 여성 사진작가는 자신이 찍은 인물들보다 더 유명해졌다. 예전의 동료들 중 많은 이들이 출세를 했다. 그중에서 전쟁 전 토론의 파트너였던 앙드레 말로는 1960년대 초반에 샤를 드골 정부의 문화부 장관이 되었다.

1957년 지젤 프로인트는 '내 마음속에 품고 있던 모든 독일인에 대한 격렬한 미움'에 종지부를 찍겠다는 결심을 했다. 친구로 지내던 한 여성 심리학자가 그녀에게 충고를 해주었다.

"네가 그들 앞에 나서야만 네 과거를 극복할 수 있어."

그래서 그녀는 베를린으로 갔다. 그 이후로 그녀는 고심 끝에 히틀러나 그의 추종자 같은 미친 인간들 때문에 한 민족 전체를 저주하는 것은 옳지 않다는 인식을 하게 되었고 다음과 같이 고백했다.

그것을 인식하고 받아들이는 것은 보기보다 그리 쉽지 않았다. 그것을 위해 나는 아주 오랜 시간이 필요했다.

1963년 파리 국립도서관에서의 인물사진 전시회를 통해 사진작가 지젤 프로인트의 예술적 업적이 세계적으로 인정받기 시작했다. 이제 그녀는 단숨에 동료인 브라사이 또는 카르티에 브레송과 나란히 거명되었다. 그녀의 사진 찍는 방법은 젊은 보도 사진작가 세대에게 방향을 제시하는 것으로 간주되었다. 1974년에 『사진과 사회』라는 제목으로 그녀의 개정판 박사학위 논문이 출간되었다. 지젤 프로인트는 위대한 사진 이론가들 사이에 분명히 자리매김 했다.

그녀는 자신이 모범으로 삼았던 베를린의 화가 하인리히 칠레를

지젤 프로인트 1989년

돌이켜본다. 그는 1880년에 이미 자신의 카메라를 가지고 아무런 의도도 없이 거리를 돌아다녔고, 일상의 삶을 나타난 그대로 조명했던 사람이었다. 지젤 프로인트는 하인리히 칠레의 사진들에 대해 다음과 같이 말했다.

> 사진이 지닌 인간적 특징으로는 보는 사람을 감동시킨다는 것이다. 사진작가가 자신을 포기하면 할수록 기록사진의 가치는 더 커진다. 유일하게 가치 있는 것은 모델이다. 작업이 끝나면 좋은 사진작가의 작업성과는 묘사되는 대상의 개성이 잘 드러나게 하는 예민한 도구로서 헌신했다는 것에 존재한다.

지젤 프로인트는 언제나 카메라 앞에 있는 사람이 뒤에 있는 사람보다 더 중요하다고 생각했다. 이러한 겸손한 입장은 결코 모든 사진작가에게 당연한 것은 아니지만 어쨌든 그녀는 오늘날까지 흔들림 없이 이 입장을 고수해왔다. 하지만 그녀는 자신의 확신을 수정하기도 했다. 사진의 도움으로 구태의연한 생각과 선입견을 극복하고 더 나은 세상을 위한 일에 동참하려고 한 젊은 여성 사진작가는 시간이 흐르면서 환상에서 깨어났다. 85세의 할머니에게 이 유토피아는 '선의의 거짓말'로 드러났다.

> 모든 것이 난센스지요, 그렇지 않은가요?

로즈마리 부스
(*지젤 프로인트는 이 책이 출간된 뒤 2000년에 사망함.)

이름가르트 코인(1905~1982, 작가)

두려움을 가진 작가는 작가가 아니다

작가란 글을 쓸 때면

자신의 글 앞에서도,

신과 세계 앞에서도

두려워해서는 안 돼.

두려움을 가진 작가는 작가가 아니야.

완벽한 나라에서는 작가가 필요 없어.

불완전함이 없으면 작가와 시인도 존재하지 않아.

_이름가르트 코인

독일 여성작가. 『길기, 우리 중의 하나』(1931)라는 소설을 발표하여 '유머가 있고', '다른 사람들과는 다르지만, 아주 재능이 있고', '뭔가 기대할 수 있는' 여성작가로 칭찬받았다. 그리고 이 첫 번째 책으로 독일 현대문학에는 별 관심을 보이지 않는 〈뉴욕 타임스〉의 주목을 받기도 했다. 1932년에 발표한 두 번째 소설 『인조견 입은 소녀』는 베스트셀러가 된 책이다. 이 두 작품은 당시의 시대상을 그대로 묘사함으로써 이후 나치 정권으로부터 탄압받게 된다. 그녀의 첫 번째 소설은 반독일적 아스팔트 문학으로 낙인찍혔고, 두 번째 소설은 몰수되어 불태워졌다. 1936년에 독일을 떠난 그녀는 망명생활을 하며 『자정이 지난 후』(1937)를 썼는데, 이 책으로 그녀는 국가사회주의자들의 지배하에서의 일상을 아주 인상적으로 묘사하는 데 성공했다. 하지만 이후 알코올 중독으로 인한 정신착란을 겪기도 하는 등 고통의 삶을 살았다. 1982년 77세의 나이로 세상을 떠났다.

함께 놀아서는 안 되는 소녀

"내 아버지의 단골 술집 모임에서 전화가 왔을 때 아버지는 전화기에 대고 숨을 헐떡거리며 말했다. '예, 아들입니다, 아들이고말고요' 아주 흥분한 목소리였다"라고 '함께 놀아서는 안 되는 소녀'는 불평했다. 더 심한 경우도 있다. "아버지는 늘 아들을 바랐다고 말했다. 부모님은 아들을 원하면서 왜 나를 낳았을까? 나는 딸인데 말이다." 이 이야기의 주인공은 계속해서 자신이 자연 과목을 통해 배웠듯이 여성은 아이를 낳고, 특히 사내아이도 낳는 등 '가치 있는 것을 생산'하는데도 왜 딸보다 아들을 노골적으로 더 좋아하는지를 묻고 있다.

이름가르트 코인은 1905년 2월 6일 베를린 샤를로텐부르크에서 상인인 에두아르트 코인과 엘자 샤를로테의 장녀로 태어났다. 그녀는 5년 후에 남동생인 게르트가 생기면서 귀여움을 독차지하던 자리에서 밀려나게 된다. 70세가 되어서도 이름가르트 코인은 동생의 출현이 자신을 '반항적이고 난폭하게' 만들었다고 기록하고 있다. 그러나 이미 어릴 적에 그녀는 부모님이 딸이 아닌 아들을 기대했다는 사실을 분명히 알았다. 아버지는 당시 딸이 태어난 것에 낙심하여 신문에 공시도 하지 않았다. 점차적으로 그녀는 자신이 중요한 어떤 것을 잃어버렸다는 생각을 하게 되었다. 그녀는 그것을 분명 한 번도 가진 적이 없지만 일생 동안 억지로라도 그것을 얻으려고 애썼다. 그 과정에서 위태로운 일들도 암암리에 일어났을 것이다. 그러나 그러한 상황은 아마도 길게 보면 예상치 못한 에너지를 분출하게 해주었을지도 모른다. 그녀는 이제부터 모든 사람들에게 자신의 자질을 분명히 알게 할 능력이 자신에게 있다는 사실을 보여줄 것이었다. 아마도 이름가르트 코인의 뛰어난 말재주가 지니는 매력은 어린 시절에 느낀 이러한 모욕감에서 유래했을 것이다.

새로 태어난 동생에 대한 한때의 불만은 분명하게 계속 남아 있었다. 어린 시절의 사진에는 머리에 큰 리본을 매고 조금도 웃지 않고 있는 이름가르트가 있다. 그녀는 표정이 밝은 남동생 옆에서 상당히 무심하게 서 있다.

이름가르트 코인은 후에 자신의 책에서 아버지가 무엇 때문에 자기 자신보다 '훌륭한 아들'을 더 갖고 싶어했는지에 대해 그럴싸한 설명을 하고 있다.

왜냐하면 아버지는 나에 대해서 이렇게 생각했기 때문이다.
"저런 버릇없는 딸은 집안의 수치야. 줄곧 무언가 사고를 친다구."

결국은 올챙이, 비누 모양 초콜릿, 말똥 등으로 사고를 치는 성공적

실험들과 모험들이 이어졌는데, 그것은 책 속의 소녀뿐만 아니라 이름가르트 자신도 친구들과 함께 실제로 해보았던 일들이었다. 이런 사건들로 미루어보건대 다음과 같은 결론을 내릴 수 있다. 즉 어린 시절 이름가르트는 환상에 가득 찬 반항적인 아이, 학교 안에서 일어나는 일보다는 학교 밖에서 일어나는 일에 더 흥미를 느끼는 아이었다는 것이다. 훗날 그녀는 "교육학자들과 경찰들은 계속해서 나의 천적이었다"라고 말했다. 그녀는 무언가 지시받는 것을 싫어했다. 그녀는 날카로운 관찰력과 분명하고도 고집스러운 정의감을 가지고 있었고, 어른이 되어서까지도 자신의 문제점을 잘 기억하고 있었다.

계속해서 아이들에게 알아듣기 힘든 말을 해대는 어른들의 말을 이해하는 기술도 문제점에 속했다. 게다가 어른들의 식습관만 하더라도 도대체가 이해하기 힘들었다. 통제하기 힘든 어린 소녀는 곰곰이 생각했다.

나는 당연히 오래 전부터 더 이상 부활절 토끼(어린아이들이 부활절에 달걀을 가지고 온다고 믿는 토끼 – 옮긴이)를 믿지 않고 있다. 하지만 나는 부활절 토끼를 좋아한다. 아버지도 그것을 좋아한다. 그런데 크리스마스 때 아버지는 작은 토끼들을 총으로 쏘아 잡게 하고는 값을 치른다. 어머니는 그것들을 훈제하고 엘리제는 눈을 파낸다. 그들은 토끼를 먹고 나도 그것을 먹는다. 내 동생은 아직 토끼를 먹지 않는다. 나는 왜 그들이 차라리 뚱뚱하고 못된 남자들을 잡아먹지 않는 건지 모르겠다. 그 남자들은 참을 수도 없고 귀엽지도 않으며, 더 손쉽게 구할 수도 있는데 말이다.

어른들은 아이들의 삶을 이해할 수 없을 정도로 어렵게 만든다. 책속의 소녀는 상점에서 가져온 설탕으로 만든 장식 구슬과자를 마을 숲의 나뭇잎에 뿌려놓는다. 왜냐하면 그것들이 어린 새들에게 아주 잘 어울리기 때문이다.

처음에 나의 어머니는 나에게 물었다. 그리고 그녀는 내가 그 장식 구슬과자를 먹었다고 고백하기를 바랐다. 그렇지만 나는 한 술 더 떠 진실을 말했다. 그러자 나의 아버지가 진지하게 나와 얘기했다. 사실을 털어놓으라는 것이었다. 나는 더 이상 아무것도 말하지 않았다. 그러자 두 사람이 함께 나와 얘기를 했다. 그래서 나는 울면서 내가 그 구슬 장식과자를 먹었다고 말했다. 그러자 부모님은 늘 바른대로 말해야 한다고 얘기했다. 그런데 그것은 거짓말이었다. 내가 정말로 거짓말을 하면 오히려 그 말을 믿는다. 왜냐하면 거짓말을 하기 전에 모든 것을 곰곰이 생각해서 더 잘 설명할 수 있기 때문이다. 왜 사람은 거짓말을 하면 안 되는 걸까? 부모님은 답을 주지 않는다. 하지만 부모님 자신들도 거짓말을 한다.

사람들은 그때그때마의 기대에 맞추어 그럴싸한 거짓말을 원한다. 이름가르트 코인 스스로도 이러한 생각을 철저히 고수했다. 결국 어떤 사람에게는 진실인 것이 상대방에게는 때때로 다루기 힘든 문제가 되기도 한다.

이름가르트 코인이 여기서 화자로 등장시키는 소녀는 그녀가 만들어낸 인물이다. 이 소녀는 이름도 없으며, 이름가르트 자신은 그 소녀에게서 거리를 두려는 것처럼 보인다. 그러나 동시에 이 어린 시절 이야기에서 이름가르트의 작품에 나오는 모든 여주인공들은 그들을 만들어낸 작가 자신과 비슷하다는 사실은 너무나 분명하다. 그들의 이웃 사람과 주변에 대한 영악한 관찰과 견해를 볼 때 특히 그러하다. 이 인물들은 실로 문학적으로 독립적인 존재이기도 하지만, 동시에 어느 정도는 작가 자신이다.

자기 자신을 표현하는 재능

이름가르트 코인의 작가로서의 경력을 전기적으로 설명하는 것은 그리 간단치 않다. 그녀는 어느 정도 여유가 있지만, 그럼에도 종종 욕구가 충족되지 않은 채 살아야 하며 때로는 경제적 애로를 극복해야 하는 가정에서 태어났다. 1913년까지 코인 가족은 베를린에서 살았으며, 아버지가 '쾰른 정유공장'의 경영에 참여하면서 쾰른으로 이사했다. 이들이 이사한 집은 오이펜 가(街) 19번지에 있는 정원이 딸린 단독주택이었는데, 베를린에 있는 맨션과는 등급이 다르게 좋은 집으로 살롱까지 있었다. 주부인 엘자 코인은 그 점을 특히 높이 평가했다. 남동생인 게르트는 발코니가 딸린 다락방을 차지했다. 이름가르트의 큰 방은 집의 지하실에 있었고, 정원으로 나가는 출구가 있었다. 여러 해가 지나도록 이 방은 그녀에게 피난처가 되었다. 그래서 어른이 되어 직업을 가지고 결혼을 한 후에도 그녀는 종종 이곳을 찾았다.

제1차 세계대전이 발발했을 때 그녀의 아버지 에두아르트 코인은 이미 너무 나이가 들어 다른 직업을 가질 수가 없었다. 그래서 그는 계속해서 사업에 매진했다. 그렇지만 시대적 상황이 좋지 않았고, 그래서 실용적인 것을 좋아하는 어머니는 새 집의 정원에 꽃을 가꾸는 대신 채소와 감자를 키웠다.

이름가르트는 쾰른에서 처음에 여자고등학교인 리체움에 다녔고, 그 다음에는 또다시 불황을 맞아 힘들게 꾸려가고 있던 아버지 회사에서 여사무원이 되기 위한 교육을 받았다. 딸은 아버지의 소망에 따라 실용적이면서도 직업 교육에 돈이 거의 들지 않는 확실한 직업적 기반을 가져야 했다. 이름가르트는 아버지의 뜻에 순응했다.

그렇지만 나중에 이름가르트 코인은 자신의 의지를 다시 밀고 나갔다. 미래의 삶을 위한 그녀의 생각은 현실적이기보다는 거창했다. 그녀는 여배우, 즉 뭔가 특별한 사람이 되고자 했다. 그녀는 거기에 필요한 예쁜 외모를 가지고 있었으므로 무대에 등장할 수 있었다.

1923년부터 이름가르트는 쾰른에 있는 연극학교에 다녔다. 그리고 열여덟 살 때 그곳에서 시립극장의 작가이자 감독으로, 사방에서 사람들이 모여들 정도로 인기 있는 요하네스 트랄로프를 알게 되었다. 그는 그녀보다 스물세 살이 많았고, 그녀의 연극 경력을 위해서 나이를 더 어리게 조작할 것을 권했다. 처음 계약을 할 때 무대 연감에 나오는 나이를 다르게 하라는 것이었다. 이름가르트는 그렇게 했고, 일생 동안 그것은 변하지 않았다. 트랄로프는 같은 해에 쾰른을 떠났다. 하지만 그들 사이의 연락은 끊어지지 않았다.

그녀와 함께 연극학교를 다닌 평생의 친구인 리아 한스는 이름가르트가 젊었을 때 대단히 매력적이었다고 쓰고 있다.

그녀는 그 시대에 인기 있던 유형, 즉 유별나게 긴 다리를 가진 날씬한, '정신이상자'는 아니었지만, 눈에 띄는 인물이었다. 우리가 어디든 술집에 앉아 있을 때면 젊은 남자들이 지나가면서 쳐다본 사람은 튀는 차림을 한 지빌레 슈미츠가 아닌 이름가르트였다.

이름가르트는 연극이야말로 유명해지기 위한 수단이라고 보았던 것 같다고 리아 한스는 말하고 있다. 그녀는 연극을 아주 진지하게 받아들이지도 않았고, 스스로에게 대단한 재능이 있다고 여기지도 않았다. 그녀는 재치 있고 매력적이며 지적이었다. 즉 중요한 매력 포인트를 지녔다는 것이다. 그러나 그녀는 연극학교에서는 '지독한 게으름뱅이'였다고 한다. 그래서 종종 사람들이 그녀에게 작은 소리로 대사를 알려주어야 했다.

학교를 끝마친 후 두 개의 계약을 이어서 함으로써 배우로서의 생활이 시작되었다. 처음에는 1927년에서 1928년까지 함부르크에 있는 탈리아 극장에서 일을 했다. 리아 한스 역시 함부르크로 와서 계약을 했고, 이름가르트보다 더 많은 배역을 얻었다. 이름가르트는 남는 시간을 카페에서 십자 단어 퍼즐을 풀면서 보내는 것을 좋아했다. 십자 단어 퍼즐은 그녀가 일생 동안 변함없이 열중한 게임이었다. 그러나 점차적으로 '검은색 공책'이 항상 그녀를 따라다니는 친구가 되었다. 친구인 리아에게서 용기를 얻은 그녀는 주위에서 일어나는 일들을 그 노트에 기록했다.

그 다음 정착지로 이름가르트 코인은 1928년부터 1929년까지 그라이프스발트의 시립극장에서 지냈다. 두 극단과 계약을 했지만, 그녀는 그럴싸한 배역을 맡지도 못했고, 바라던 성공도 하지 못했다. 그래서 그녀는 단호하게 아버지의 사무실로 돌아왔고, 동시에 자신의 첫 소설을 쓰기 시작했다.

이름가르트 코인의 상세한 전기를 쓴 가브리엘레 크라이스는 다음과 같이 쓰고 있다.

그녀는 자기 자신을 표현하는 재능이 뛰어나지만, 다른 사람의 삶을 표현하는 데는 성공한 적이 드물다.

무대에 관한 한 이러한 언급은 정확할 수도 있다. 그러나 새롭게 여성작가로서의 이름가르트를 만들어준 매체인 소설에서는 다른 사람의 삶을 뛰어나게 묘사해야만 성공하게 된다.

주목받는 작가의 길

이름가르트 코인의 첫 번째 소설인 『길기, 우리들 중의 하나』는 1931년에 출간되었다. 실제로는 다섯 살이 더 많긴 했지만, 명목상 스물한 살의 젊은 여성으로서는 이목을 끌 만한 성공을 거두었다. 이 책은 첫 해에만 6판을 거듭하여 나왔고, 재빠르게 여러 언어로 번역되었으며, 1932년에는 영화화되었다.

이 소설의 주인공인 길기는 목적 의식이 뚜렷한 젊은 여성이다. 그녀는 전적으로 작가 자신이 겪은 체험을 바탕으로 만들어진 인물로, 첫눈에 보기에도 이름가르트의 아버지가 생각하는 이상적인 딸의 모습이다. 길기는 속기 타자수라는 순수한 직업으로 이미 어느 정도 자리를 잡았다. 하지만 그녀는 더 크게 성공하려고 한다. 성공을 위한 그녀의 모토는 "내가 무슨 일을 하는지 알아야 하고 내 책임하에 할 수 있어야만 한다”는 것이다. 길기는 부모님 몰래 멀리 떨어진 곳에 작은 방 하나를 빌렸고, 안락의자, 사모바르(러시아의 찻주전자 – 옮긴이), 전축, 노란색 비단으로 만든 기모노, 그리고 에리카 타자기로 그 방을 꾸몄다. 그것은 그녀의 비밀스런 천국이었다. 그러나 그녀는 이곳에서 달콤한 삶을 영위한 것이 아니라 ‘사무실에서’ 일이 끝난 후 세 개의 어학 코스를 다니며 언어를 배운다. 길기는 ‘작은 규방 부인이 기지개를 펴는 듯한 몸동작’과 ‘유대인 에세이스트의 이성’을 지닌 예쁜 친구 올가에게 다음과 같이 고백한다.

복수의 임무를 깨끗하게 해결하듯이 자신의 인생을 처리하는 것은 멋진 일이다!

한 남자와의 분명 잘못된 만남이 이 계획에 점점 연루되었다. 길기는 작가 한 명을 알게 되는데, 그는 씀씀이가 헤프고 여행을 많이 한 보헤미안으로, 빠듯해진 자신의 재정 상태에 개의치 않는 사람이었다. 그에 대한 사랑은 그녀의 인생 계획 전체를 서서히 흩뜨려놓았다. 길기는 그것을 깨닫기는 하지만, 그녀가 어떻게 하겠는가? 이름가르트 코인은 이러한 갈등을 고통스럽고도 아름다운 향기가 느껴지게 묘사하고 있으며, 이러한 묘사는 오만한 언어와 함께 이 작가의 등록상표가 된다.

길기는 자신이 사랑하는 작가의 집으로 이사한다. 그런데 시대 상황이 어려워져 그녀는 직업을 잃는다. 그것은 전혀 상관이 없다. 두 사람은 취한 듯이 행복하고 자유분방하게 그날 그날을 살아간다. 그가 사는 방식대로. 그러나 그는 그녀가 사는 대로 살지 않았다. 얼마 후 길

기는 임신한 사실을 알게 된다. 그녀는 아이를, 골칫덩어리를 낙태시
켜버려야 하는가?

이름가르트 코인은 자신의 여주인공에게 사절을 보낸다. 어느 날 행
색이 초라하고 야윈 행상 한 명이 집 문 앞에 서 있다. 그 사람은 예전
에 그녀의 유쾌한 친구였던 한스이다. 길기는 그에게서 마루 닦는 왁
스를 여러 통 사주고는 한스의 아내 헤르타를 찾아가는데, 이미 두 아
이가 있는데다 또 한 아이를 임신중인 가족은 완전히 파산한 궁핍한
상태에 처해 있다. 헤르타는 그녀에게 간곡히 다음과 같이 말한다.

> 자립성과 독립성을 길러요. 그러면 한 남자를 사랑할 수 있고 그 사랑
> 을 당신 곁에 둘 수 있어요. 어느 날 갑자기 나처럼 어찌할 바를 모르
> 고 무방비 상태로 서 있게 되지 않도록 미리미리 대비해요.

이름가르트 코인의 첫 책은 선풍을 일으켰다. 많은 비평가들은 이
소설이 너무 통속적이라 했고, 또 다른 이들은 너무 독일적이지 않다
고 했지만, 대부분의 사람들은 이 책이 너무 재미있다고 생각했다. 사
회민주주의 성향의 잡지 〈포어베르츠〉는 『길기』를 연재소설로 게재했
다. 그리고 모든 신문들은 이 '20세의 문학 신동'에 대한 기사를 사진
과 함께 실었다. 〈여성의 길〉이라는 잡지는 이 작품을 격렬하게 혹평
하기도 했다. 즉 길기는 "그녀를 만들어낸 작가와 마찬가지로 무비판
적이고 무절제한 야심가"라는 것이다. 그러나 한스 팔라다는 이 책을
일컬어 "대단히 용감하고 젊으며 경건하고 정직하며 호감이 가는 책"
이라 했다. 그리고 쿠르트 투콜스키는 〈벨트뷔네〉에서 상당히 거만하
게 다음과 같이 썼다.

유머 감각이 있는 여성작가, 주목하라! 여기에 재주꾼이 하나 있다. 그녀가 일하고 여행하고 열렬한 사랑을 경험한 후에 또다시 평범한 사랑을 한다면, 이 여성은 언젠가 대단한 사람이 될 것이다.

이처럼 화려한 출발을 통해 이름가르트 코인은 갑자기 거액의 돈을 수중에 넣었고, 타고난 사치벽에 빠지게 된다. 그녀는 누트리아(남아메리카에서 서식하는 쥐 계통의 동물 – 옮긴이) 모피코트를 사고 가장 비싼 화장품을 사용했으며, 자동차 운전을 배우고 베를린으로 이사해서 사비니 광장 근처에 방을 얻었다. 젊은 여성작가는 자신의 성공을 즐겼다. 그런데 그녀는 결코 자신에게만 빠져 있지는 않았다고 친구인 리아는 말한다. 반대로 부정적인 비판이 그녀를 어느 정도 자극해주었다. 그럴 경우 한 모금의 와인 아니면 더 좋은 것으로는 한 모금의 샴페인이 도움이 되었다.

예전에 자신을 숭배하던 여성이 작가로서 성공한 것에 마음이 끌린 요하네스 트랄로프는 다시 소식을 보내왔다. 그는 이혼 소송중이었다. 그것이 해결되었다면 자신들이 결혼할 수도 있었으리라고 이름가르트 코인은 말한다.

그녀는 이미 다음 소설에 완전히 몰두해 있었고, 또 다른 검은 노트의 페이지를 항상 연필로 열심히 채워 나갔다. 아무 술집에나 앉아서 글 쓰는 것을 좋아했지만, 문학 엘리트들의 만남의 장소인 로만 카페에서는 절대 그렇게 하지 않았다. 그녀는 막 쓰고 있던 원고에서 문학 엘리트들에게 악의적인 조롱을 하던 참이었다.

문학 엘리트들은 자신들이 게으르다는 사실을 들키지 않기 위해 열심히 커피를 마시고 체스를 두며 잡담을 지껄이고 머리를 굴린다.

그녀는 자신이 그런 부류에 속하지 않는다고 느꼈고, 그들과 거리를 유지했으며, 어떤 문학 서클과도 교류하지 않았다. 그리고 그녀는 틈틈이 오이펜 가(街)에 있는 부모님 집으로 갔다.

1932년 봄에 이름가르트 코인의 두 번째 성공이 모습을 드러냈다. 『인조견 옷을 입은 소녀』가 출간되었는데, 초판으로 5만 부를 펴내면서 금세 베스트셀러가 되었다.

주인공 도리스는 작가와 마찬가지로 신분 상승을 위해, '유명한 사람'이 되기 위해 애쓰는 젊은 여성이다. 그런데 이름가르트 코인은 이 열여덟 살의 여주인공을 위해 이전 작품과는 다른 전략을 마련해놓았다. 즉 도리스는 길기처럼 자신의 능력으로, 즉 비서로서 자신이 하는 일을 통해서만 성공하는 것을 고집하지는 않는다. 어쨌든 그녀의 강점은 거기에 있지 않다. 오히려 남성들의 약점을 정확하게 관찰하는 능력에 그녀의 강점이 있다. 활력이 넘치는 도리스는 남자들을 영악하고 노련하면서도 자세히 관찰한다. 예컨대, 여드름투성이 대표 변호사가 오타를 문제 삼으면 그녀는 다음과 같이 대응한다. "콤마가 빠져 있을 때마다 나는 그에게 육감적인 시선을 보낸다." 그녀는 제대로 된 남자를 찾고 그런 다음 그녀의 예쁜 얼굴, 그녀의 훌륭한 자태를 제대로 보여주기만 하면 된다. 그녀는 스스로의 힘만으로 안정적인 삶을 얻을 수 없고 남성 후견인의 도움이 있어야만 그것이 가능하다고 믿는다. 그렇다고 도리스가 남성을 과대평가하는 것은 아니다.

"남자들이 자신의 형편없는 모습을 그럴싸하게 보이고자 할 때 무슨 말을 하는지 사람들은 알고 있다. 나는…… 그 말들을 믿는 것처럼 행동한다. 남자들에게서 행운을 얻으려 한다면 스스로 멍청해 보여야 한다."

도리스는 세상에 대해서 많이 알고 있지만, 자신이 아직 보조를 맞추기 어려운 곳이 있다는 것도 안다. 그리고 그것 때문에 힘이 든다.

"왜냐하면 살면서 내가 알지 못하는 일들이 항상 일어나고, 늘 가식적으로 행동해야 하며, 때때로 온통 신경을 곤두세워 조심하는 것이 정말 피곤한데다 내가 알지 못하는 단어와 사물들이 있을 때면 늘 부끄러워해야 하기 때문이다."

그런데 돈이 많은 여성들은 훨씬 더 편하게 산다.

"판매원들은 그들이 와서 아무것도 사지 않더라도 흥분해서 어쩔 줄 몰라 하고 그들이 발음을 잘못하면 그것이 자신들이 모르는 단어인 줄 알고 미소로 얼버무린다."

도리스의 밑천은 그녀의 젊은 육체이다. 따라서 가능한 한 그것을 호감이 가도록 보여주고 최고의 시기에 그것을 좋아하는 사람을 찾아야만 한다. 그래서 그녀는 에너지의 대부분을 성적 매력을 돋보이게 하는 데 사용한다. 물론 그녀는 아름다운 장식물로 치장하는 것도 즐긴다. 궁극적으로 최상의 것은 극장의 옷 보관소에 지키는 사람 없이 걸려 있는 모피, 즉 시베리아산 다람쥐 모피이다.

"나는 그 모피에 입맞춤을 할 수도 있었을 것이다. 나는 그토록 그 모피에 애착이 갔다. 그것은 위로와도 같았고, 최고로 성스러워 보였으며, 천국에 있는 것과 같은 안정감을 준다."

그녀는 그 모피를 몰래 훔치고 이 도둑질로 인해 짐도 챙기지 못한 채 여권도 없이 베를린으로 도주할 수밖에 없게 된다.

일인칭 화자인 도리스는 자신이 '평범하지 않은 사람'이라고 믿는다. 그녀의 내부에는 대단한 일이 일어난다. 그녀는 그것을 확인하려 한다.

"나는 영화처럼 글을 쓰려고 한다. 왜냐하면 내 인생이 그렇고 또 계속 그럴 것이기 때문이다. 그리고 나중에 내가 그 글을 읽게 된다면 모든 것이 영화관에 있는 것과 같을 것이다. 나는 스크린에서 나를 본다."

여기서 이름가르트 코인은 자신이 만든 인물인 도리스에게 독특한 문체로 서술하게 만든다. 영상들이 잇따르면서 자신의 삶의 마술을 집요하게 추적한다. 여기에는 꿈이, 저기에는 실망이 있다. 약한 장면도 있고, 강한 장면도 있으며, 강한 대비가 오버랩되기도 한다. 도리스가 집을 떠날 수 없는 눈먼 동거인에게 베를린에 대해 이야기해주는 장면은 특히 아름답다.

"나는 그를 위해 내가 본 것을 모아둔다. 그런 다음 그것을 머릿속에 넣고서 그에게 가지고 간다."

이름가르트 코인은 이 책에서도 역시 언어적으로 자신의 강점을 충분히, 모든 것을 혼합하여 보여준다. 즉 청년들과 대도시의 무례한 은어, 관청에서 쓰는 독일어, 표준 독일어, 사이비 상류사회의 언어 등이 구사되며 시적인 언어도 충분히 볼 수 있다.

반독일적인 경향을 지닌 아스팔트 문학

두 번째 책『인조견 옷을 입은 소녀』은 첫 번째 책의 성공이 우연이었는지 아닌지가 증명되었다. 그것은 명백히 우연이 아니었다. 문학비평은 칭찬으로 가득 찼다. 1932년 7월 29일 〈문학 세계〉에서 한 비평가는 이름가르트 코인의 영리함, 미덕과 유머를 증명하면서 다음과 같이 말하고 있다.

> 이 책의 끝이 그러하듯 희망 없는 체념으로 가득하고 어디로 가야 하고 무엇을 할 것인지를 모르는 지친 실망감이 표현되어 있지만, 이 책은 오히려 해학소설, 하나의 풍자소설이다. 왜냐하면 이 책은 천박하게 유쾌한 것도 아니고 지독히 사회비판적인 것도 아니기 때문이다. 이중적 기반을 지닌 유머가 있는 이 책은 우리 사회에 대한 전형적인 모사(模寫)이다.

그런데 국가사회주의자들은 이름가르트가 이 책으로 독일 여성의 명예를 더럽혔다고 생각했다. 그리고 그후 곧바로 1933년부터 국가사회주의자들이 독일에서 권력을 잡게 되자 이제 문학도 그들의 규칙에 따라야 했다.

이름가르트 코인의 소설은 모두 그 소설들이 쓰여진 시대를 반영하고 있다. 즉 1920년대 후반과 1930년대의 시대 정신, 삶의 활력이 충만하거나 우울한 거리의 모습에서부터 패션, 유행가 멜로디, 빈곤과 대량실업에 이르기까지 실제 사회의 편린들이 그녀의 소설에 나타난다. '정치'는 젊은 여주인공들의 삶에서 이차적인 관심의 대상밖에 안 되지만, 그럼에도 정치적 요소를 느끼고 보고 들을 수 있다.

이름가르트 코인은 자기 주변을 직접적으로, 그리고 정확하게 관찰했다. 그밖에도 그녀는 신문을 무척 열심히 읽었다. 반대로 국가사회주의자들 역시 그녀의 작품을 꼼꼼히 읽었고, 이 작가의 '타락하고 유대적인 문학의 비독일적인 정신'을 문제삼아 처음부터 블랙리스트에 올려놓았다. 이름가르트 코인은 나치의 입장에서 보면 '유해하고 바람직하지 않은 작가들'에 속했고, 이 시기에는 어떤 작가도 스스로 그런 말을 할 수는 없었다. 그녀는 '반독일적인 경향을 지닌 아스팔트 문학'의 작가로 여겨졌다.

이미 1933년이 지나가는 동안에 『인조견 옷을 입은 소녀』는 출판사에서 압류되었다. 『길기』의 경우는 좀더 오래 갔다. 그제야 이 책 속에 숨겨진 위험이 명백해졌음이 분명하다. 나치의 독일 저술진흥청은 1934년 9월에 베를린에 있는 한 대출 도서관에서 『길기』를 없애도록 게슈타포에게 요구했다.

그 책은 우체국 여직원들의 명예를 지극히 무례하게 실추시킨 점 때문에 독일 공무원 제국연대에 소속된 사람들에게 불쾌감을 유발했다. 거기에는 이렇게 나와 있다.
"통로 옆에는 몇몇 창녀들이 씩씩하면서도 무뚝뚝하게, 그리고 기분 나쁘게 서 있었다. 그들이 화장을 하지 않고 아트로핀을 복용하지 않는다면 사람들이 그들을 퇴직한 전화교환원으로 여겼을 수도 있을 것이다."

이 문제와 관련하여 제국저술원장은 1934년 10월에 다음과 같이 말했다.

그 문장은 분명 전화교환원과 거리의 창녀를 비교한 것이 아니라 단순히 창녀들이 거의 전화교환원처럼 무뚝뚝해 보인다는 것을 말하고 있다. 이 표현에서 나는 공무원 계층을 비하하는 것을 전혀 인식할 수 가 없다. 따라서 이 출판물의 압류와 압수 조치를 철회해주기를 요청 한다.

그 모든 것이 소용없었고, 『길기』는 몰수되었다. 이름가르트 코인은 당시로서는 쉽게 하기 힘든 행동을 했다. 그녀는 저항했고, 압류조치 에 대해 베를린 지방법원에 손해배상 청구소송을 냈는데, 그 소송은 기각되었다.

제국저술원은 1933년 11월 1일에 설립되었다. 이름가르트 코인은 나치에 대한 자신의 입장에도 불구하고 그곳에 가입하겠다고 지원했 다. 그것이 그녀로서는 독일에서 계속 출판할 수 있는 유일한 기회였 다. 1934년 말 그녀는 최종적으로 불가 결정을 통보받았다. 그것은 재 정적으로 심각한 영향을 미치는 직업 활동금지 조처였다. 이름가르트 코인은 독일제국에서 살고 있는 독자들을 잃었고, 향후 이곳에서는 자 신의 책을 출판할 가능성이 전혀 없었다.

이름가르트 코인은 온 마음으로 나치를 미워했고, 그것을 조금도 숨 기지 않았다. 그녀는 기분이 내키면 자신의 의견을 솔직하게 말했다. 비록 그로 인해 자신에게 어떤 위험이 닥쳐올는지가 분명한데도 말이 다. 나치의 기준이 그녀의 기준은 아니었다. 친구인 리아 한스는 이 당 시 냉정함을 잃은 듯한 이름가르트에 대해 이렇게 이야기하고 있다.

그녀는 베를린의 타우엔트치엔 거리에 있는 맥주 집에서 사회주의자 들의 인사법에 따라 테이블 위에 팔을 괴고 주먹을 불끈 쥐고는 힘있는 목소리로 '히틀러 만세!'를 외쳤다.

그 전 해에 이름가르트 코인은 자신의 친구들과 함께 요하네스 트랄로프를 자주 만났고, 모젤 강가에서 함께 휴가를 보낸 후 즉흥적으로 결혼했다. 그러나 그들의 관계는 보통 사람들의 결혼과는 달랐다. 트랄로프는 주로 프랑크푸르트에서 살았고, 이름가르트 코인은 쾰른과 베를린을 번갈아 가며 살았다. 그들은 여름 두 달 동안만 모젤 강변에 있는 모젤케른의 한 여관에서 함께 지냈다. 트랄로프는 그녀와는 반대로 나치를 그리 심각하게 받아들이지 않았고, 심지어는 새 권력자들과 화해까지 했다.

이름가르트 코인의 책을 출판한 베를린의 출판업자인 볼프강 크뤼거는 정치적 현실을 오해해서 성공적인 이 여성작가의 다음 원고가 나오기를 희망했다. '배고픈 양육자'가 그가 생각하는 책의 임시 제목이었다. 그런데 그녀는 글을 쓰는 데 어려움이 있었다. 포도주를 마셔야만 그녀는 어느 정도 기분이 고조되었다. 리아 한스는 이름가르트 코인이 술에 의지한다는 느낌을 받았고, 샤리테 병원에서 일하는 젊은 유대인 의사를 그녀에게 소개해주었다.

이렇게 해서 아르놀트 슈트라우스는 이름가르트 코인을 알게 되었다. 그는 그녀의 인생에서 대단한 사랑으로 다가왔다. 이제 알코올에 의한 병은 부수적이었다. 그는 자신의 미래의 아내로 이름가르트를 염두해두고 있었고, 그녀도 트랄로프와 이혼하겠다고 그에게 약속했다. 아르놀트 슈트라우스는 피렌체에서, 그리고 그 다음에는 헤이그에서 병리학 전문의 수련을 받았다. 인종적인 이유로 샤리테 병원에서 근무하는 것이 연장되지 않았기 때문이다. 따라서 베를린에서 함께 보낸 시간은 짧았다. 더구나 그가 독일로 돌아올 수 없다는 사실은 명백했다. 두 사람 사이에는 1933년 7월에 시작하여 여러 해 동안 편지가 오고 갔다. 그런데 그 편지들은 유감스럽게도 한 장만을 제외하고는 그녀의 편지만이 남아 있다. 그들은 자주 '사랑하는 작은 바보'라는 말로 편지를 시작했다. 그들을 잘 아는 몇 안 되는 사람들까지 그 누구도 이들의 관계를 알지 못했다.

나는 격렬한 소용돌이 속에 살고 있어.

이름가르트 코인은 아르놀트 슈트라우스에게 이렇게 쓰고 있다. 그래서 1933년에서 1940년까지 나누었던 이들의 편지 왕래를 묶어 1988년에야 출판된 단행본의 제목도 그와 똑같다. 이 책은 코인의 다양한 개성을 보여주고 있으며, 그렇기 때문에 특히 가치가 있다. 왜냐하면 그녀 개인에 대한 확실한 자료가 드물기 때문이다. 특히 이 편지들을 통해 드러나듯이 이름가르트 코인은 결코 자신의 사후의 명성을 계획성 있게 연출하지 않았다. 만약 그랬다면 편지들은 쓰여지지 않았을 것이다. 우리는 그 편지들에서 그녀의 약속된 성공에 갑자기 제동이 걸린 후 그 시기 동안 이름가르트 코인이 얼마나 예민하고 당황해하며 분노와 공포에 사로잡혀 있으며 타산적인지, 그러나 또한 얼마나 기발한 생각이 풍부하고 사랑스러운지를 알게 된다. 동시에 우리는 그녀가 어떻게 항상 스스로 약자의 입장에서 벗어나서 아르놀트 슈트라우스와 다른 사람들을 자기편으로 만드는 데 성공하는지 알게 된다.

이름가르트 코인은 사생활에 있어서도, 작가로서도 긴 안목을 가지고 일하는 전략가는 아니었다. 아마도 자신의 이중 감정을 알고 있었기에 그녀는 스스로에 대한 정보를 대부분 마지못해, 그것도 질문받는 한도 내에서 내주었는지도 모른다. 다른 사람들에게 자신의 삶을 보여주는 것, 말하자면 자신을 해석하는 데 도움을 주는 것이다. 그녀가 무엇 때문에 그것을 하겠는가? 무엇 때문에 그녀가 명확하게 입장을 밝히겠는가? 그녀는 궁극에는 순종하고 어려움 속에서도 즐거움을 추구하며 그렇게 헤쳐 나갔다.

수년이 넘게 아르놀트 슈트라우스에게 보낸 그녀의 편지를 통해 종종 급박한 금전적 요구가 주된 화제로 등장했다. 자신이 쓴 책의 여주인공들과 마찬가지로 이름가르트 코인은 좋은 물건, 비단, 장신구, 모피를 좋아했고, 돈을 헤프게 썼다. 따라서 그녀는 거의 언제나 재정적 어려움을 겪었다. 의류, 담배, 억지로 한 이혼, 여행, 친구의 병에는 물론이고 나중에는 비싼 호텔, 술 등 모든 것에 돈을 썼다.

> 진지한 부탁이 하나 있어. 작은 부탁이지. 내가 소설을 쓰는 한은 돈을 아끼지 않도록 해줘. 네가 지금 바로 내게 돈을 보내준다면 영원히 감사할 거야. 나는 지금 담배 피우고 술 마셔야 하는데 싸구려는 못 참겠거든.

그리고 아르놀트 슈트라우스는 계속해서 돈을 보내주었다. 그는 마치 자신의 급료를 그녀와 나누는 것 같았다. 그럼에도 충분하지 않았다. 그동안에 그녀는 자신의 귀중품을 전당포에 잡혔다.

그런데 이름가르트 코인은 자신이 돈에 대해서 어떻게 생각하는지 첫 번째 책인 『길기』에서 이미 쓴 바 있다.

맙소사, 그건 세상에서 가장 당연한 일이지. 돈이 남는 사람은 가까이에 있는 다른 사람, 아무것도 가지지 않은 사람에게 주어야 해.

그녀는 이 같은 신조를 다른 곳에서도 되풀이해서 말하고 있으며, 스스로 그것을 고수했다. 자신이 무조건적으로 돈이 필요하고 그것을 헤프게 쓰는 것을 도외시하면 돈은 중요하지 않다는 것이었다.

이름가르트 코인이 망명의 필요성을 받아들이기까지 약 3년이 걸렸다. 그런데 여러 가지 이유로 그 진행이 지체되었다. 마침내 독일을 떠나려 해도 그녀에게 두 가지가 없었다. 즉 남편 트랄로프와 별개로 발급된 그녀의 여권과 그녀의 책을 출판해줄 출판사가 없었던 것이다. 1935년에 그녀는 프랑크푸르트에서 결국 여권을 얻었고, 1936년 초에 네덜란드 출판사인 알러트 드 랑에의 독일 지부와 『함께 놀아서는 안 되는 소녀』로 출판 계약을 했다. 1936년 5월에 드디어 31세의 이름가르트 코인이 벨기에의 오스텐데로 망명하게 된다. 그녀는 아르놀트 슈트라우스에게 다음과 같은 편지를 썼다.

나는 내가 더 이상 나치의 나라에 있지 않으며, 정말로 자유롭게 글을 쓰고, 말을 하고, 숨쉴 수 있다는 사실을 믿을 수가 없다.

이제 그녀는 많은 사람들처럼 일어나는 일을 편안히 '일등석에서 지켜보려' 하지 않고 나치 정권에 대항하여 싸우려 했다.

독일에서 일어나는 일은 인류 전체와 관련된다.

이름가르트 코인, 1936년경

아르놀트 슈트라우스는 1935년 미국 웨스트 버지니아에 있는 소도시 몽고메리의 한 병원에서 병리학 담당의로 자리를 얻었고, 그녀에게 곧 자신에게로 와서 아내가 되어주기를 집요하게 청했다. 망명으로 인해 그녀는 이미 그에게로 조금 다가간 셈이었다.

메트로폴 호텔 로비에서 나는 젊고 아리따운 아가씨를 발견했다. 그녀는 금발에 푸른 눈을 가졌고, 흰 블라우스를 입은 모습으로 사랑스럽게 미소짓고 있었으며, 금방이라도 함께 춤추러 가고 싶은 그런 아가씨였다.

성공한 소설가이자 나중에 네덜란드에서 이름가르트 코인의 책 편집인이 된 헤르만 케스텐은 1936년 여름 그들의 첫 만남을 이렇게 얘기했다.

그러나 우리가 함께 앉아 커피 한 잔, 포도주 한 잔을 같이 마시기도 전에 그녀는 눈을 반짝이며 붉고 재치 있어 보이는 입술로 독일에 관한 이야기를 했다. 그녀의 흰 실크 블라우스와 금발머리가 강한 바람에 날리듯 펄럭거렸다. 그녀는 순수하고 눈부셨으며, 재치 있고 낙담해 있으며, 민족적이고 정열적이었다. 그녀는 이제 더 이상 함께 춤추러 가고 싶은 아가씨가 아니라 자신의 아버지와 형제들을 부끄러워하는 딸이요, 고발하는 선지자요, 꾸짖는 설교자이며, 문명 전체가 위기에 처해 있다고 보는 정치적 인물이었다. 그녀는 몸 전체로 말하고, 웃고, 조롱하고 슬퍼했다. 그녀는 고통, 분노, 열정 그리고 유머로 가득 차 있었다.

오스텐데 바닷가에서 보낸 1936년 여름 내내 그녀는 거의 향수에 젖어 지냈다. 헤르만 케스텐 외에 에곤 에르빈 키쉬, 슈테판 츠바이크, 에른스트 톨러, 요제프 로트 등 유명한 작가들이 잇달아 도착했다. 이름가르트 코인은 그 장면을 다음과 같이 묘사했다.

> 나중에 더 많은 동료들이 오스텐데로 오자 각자 카페 한 곳을 정해서 계속 같은 테이블에 앉아 일종의 상설 사무실을 차렸다. 우리는 서로의 사무실을 찾아다녔는데, 특히 밝은 기분으로 문학적 대화를 하기 위해 케스텐을 즐겨 찾았다.

외국으로 옮겨간 보헤미안들의 무리라고나 할까. 그러나 아니었다. 자유 의사로 선택한 것은 아무것도 없었다.

헤르만 케스텐은 이름가르트 코인에게 요제프 로트를 소개했다. 오스트리아의 저널리스트이자 에세이스트인 그는 이미 소설가로도 유명했다. 특히 1918년에 쇠망한 오스트리아-헝가리 왕정에 대한 우울한 이별가라 할 수 있는 『라데츠키 행진』(1932)은 오늘날 백 년을 다룬 시대소설로 평가받고 있다.

두 사람은 잠깐 동안 연인이 되어 지냈고, 같은 카페 안 멀리 떨어진 테이블에 그들의 '사무실'을 차렸다.

"로트와 나는 가장 순수한 글쓰기 시합을 했다."

그는 그녀를 지나치게 독려했다.

"자신들도 모르게 서로 사랑에 빠진다는 것은 기분 좋은 일이야."

그녀는 최소한 이 정도까지도 미국에 있는 애인에게 알렸다. 이름가르트 코인의 상황은 이랬다. 아직도 그녀는 트랄로프와 결혼한 상태이고, 슈트라우스와는 비밀스럽게 약혼한 상태이며, 망명자들의 그룹에서는 공식적으로 로트와 친한 것으로 되어 있다. 그녀는 이후의 삶에서 로트에 대해 많은 질문을 받게 된다.

이름가르트 코인은 1938년 네덜란드에서 출판된 소설 『급행열차 3등칸』에서 자신이 처한 상황을 대략적으로 묘사했다. 그 소설에서는 작가와 아주 비슷한 렌헨이라는 인물이 나온다. 말하자면 그녀는 먼 곳에 떨어져 있는 세 명의 남자 사이에서 곡예를 한다. 그중 한 명이 카를(문학 비평가들은 그에게 로트의 성격이 있다고 말한다)인데, 렌헨은 때때로 그의 태도를 참기가 힘들다.

그는 술을 마시면 분노에 사로잡힐 때가 있었다. 그의 증오의 빌미가 되는 것은 끔찍했다. 왜냐하면 그는 분명하고 무자비하게, 훤히 꿰뚫어보며, 그리고 근거를 대며 증오했기 때문이다.

이름가르트 코인은 요제프 로트에 대해 다음과 같이 썼다.

그는 자신이 이전에도 그랬고 앞으로도 고향이 없을 것임을 알았다. 그는 사람이든, 사물이든, 사상이든 그의 존재에 가까이 오는 모든 것을 가장 깊숙이 숨겨져 있는 불충분함에 이르기까지, 그리고 가장 생생하고 따뜻한 호흡까지도 한순간 멈추게 만드는 차가움에 이르기까지 인식했다.

결국 슬픔이 증오하는 힘을 없애버릴 때까지 그는 간간이 '고통과 슬픔'을 잊을 수 있었고 웃을 수도 있었다.

이름가르트와 로트는 함께 유럽을 두루 여행했다. 재정적으로 사정이 괜찮으면 일등석을 타고 다녔다. 거기에서는 여권 검사가 덜 엄격했기 때문이다. 그들은 네덜란드로, 프랑스로, 오스트리아와 폴란드로 여행했다. 이름가르트 코인이 이 여행에서 겪은 많은 불안한 체험들, 즉 돈이 모자라는 상황에서의 편안하지 못한 호텔 생활, 여권과 비자에 대한 걱정, 국경 경찰들에 대한 불안들을 소설 『모든 나라들의 아이들』의 열 살 난 쿨리에게서 볼 수 있다.

전기작가인 가브리엘레 크라이스는 외모상의 차이 때문에 친구들도 놀라게 한 이름가르트와 로트의 관계에 대해 이렇게 쓰고 있다.

두 사람은 엄청나게 무례하게 행동할 수도 있고, 가장 아름다운 우정의 몸짓도 할 수 있다. 두 사람은 천부적으로 낭비벽을 타고났고, 두 사람 다 관찰, 그것도 자기 관찰의 대가이다. 그리고 두 사람은 고통을……

이 생산적이고도 힘든 관계는 1년 반 동안 지속되었다. 1938년 초 그녀는 파리에서 두 사람 관계에 종지부를 찍었다. 그 다음 해 로트의 죽음은 이름가르트 코인에게 엄청난 충격을 주었다.

망명 생활중의 창작활동

『자정이 지난 후』(1937)는 이름가르트 코인이 망명중에 쓴 첫 소설이다. 이 책으로 그녀는 국가사회주의자들의 지배하에서의 일상을 아주 인상적으로 묘사하는 데 성공했다. 이 책에는 지극히 비정치적이고 사랑스러운 소시민들이 전반적인 억압의 소용돌이에 빠져들어 새로운 권력관계에 곧 적응한다는, 독일 내 단순가담자들의 이야기를 담고 있다. 이 책은 출판년도인 1937년에 바로 클라우스만으로부터 탁월한 시대 기록이라는 평을 받았고, 유럽의 주요 국가들의 언어로 번역되었다.

이 소설에서는 열여덟 살의 여주인공 잔나의 이야기가 주된 줄거리인데, 그녀는 나치를 개인적으로 경험하고 결국 망명을 할 수밖에 없다. 잔나의 시선으로 국가사회주의적인 일상, 예컨대 사람들, 그것도 제복을 입은 사람들이 프랑크푸르트의 한 주점에서 흥분하는 모습을 보게 된다.

지도자는 오늘 오페라하우스에서 진지하게 국민들을 살펴보기 위해 프랑크푸르트에 왔었다.

대규모 행진이 있었고, 많은 인파가 몰렸다. 옆 테이블에서 몇몇 친위대 대원들이 아가씨들을 위해 건배한다. 그 소녀들은 전 세계를 의미할 수도 있다.

하지만 유대인, 사회민주주의자들, 러시아인들, 공산주의자들, 그리고 프랑스인들과 그와 유사한 부류의 사람들은 당연히 아니다.

모든 사람이 각각 모든 사람을 관찰하고 누구나가 다 누구나를 다 고발한다.

어머니들은 며느리들을, 딸들은 시아버지를, 형제들은 자매들을, 자매들은 형제들을, 친구들은 자신의 친구들을, 단골손님들은 단골손님들을, 이웃들은 자신의 이웃들을 고발한다.

잔나는 망명을 하기 전에 프랑크푸르트에서 훨씬 나이 많은 자신의 의붓오빠로 '유명한 작가'인 알긴의 집에서 살았다. 알긴은 점차 자신의 글쓰기에 주의를 기울여야 했다. 이름가르트가 그랬던 것처럼 대도시를 주제로 다루어서는 안 되고, 활력이 넘치는 땅에 대해 써야 한다. 땅의 의미에서 본질적인 것은, 작가가 아둔한 생각을 하지 않기 위해, 그리고 도시에서, 사람들에게 무슨 일이 일어나는지를 생각하지 않기 위해 땅을 찬양해야 한다는 것이다. 알긴은 계속 글을 쓸 수 있기 위해 역사적인 주제에 몰두한다. 그러나 그의 동료 작가인 하이니는 격렬하게 그를 몰아붙인다.

예전에 너는 재주도 있었고, 성공도 했어. 이제 너는 인생이 불쌍하게 되었어. 추잡하기도 하지. 네 마누라를 위해서, 네 하찮은 집을 위해서, 네 가구를 위해서 너는 우스꽝스런 양보를 했어. 작가란 글을 쓸 때면 자신의 글 앞에서도, 신과 세계 앞에서도 두려워해서는 안 돼. 두려움을 가진 작가는 작가가 아니야. 네가 필요 없다는 사실만 제외하면 독일은 독재를 통해 완벽한 나라가 되었어. 완벽한 나라에서는 작가가 필요없어. 불완전함이 없으면 작가와 시인도 존재하지 않아.

나치와 화해하는 동료들에 대한 이름가르트 코인의 이처럼 냉엄한 고발, 제3제국 내에서의 일상적인 사건들에 대한 그녀의 무자비한 시각, 잘못된 곁치레에 대한 그녀의 가차없는 시선을 고려할 때 그녀에게 '재담가'라는 개념이 계속 적용될 수 있는지는 상당히 의문스럽다. 이름가르트 코인의 문학 세계 전반을 알았던 헤르만 케스텐과 마찬가지로 투홀스키도 그 개념을 그녀에게 적용할 수 있다고 생각했다. 여성작가인 우줄라 크레헬은 1979년 이름가르트 코인에 관한 주목할 만한 에세이에서 근본적인 질문을 제기했다. 즉 이름가르트 코인이 남긴 것과 같은 여성의 문화적 업적들을 그렇게 빨리 잊어버리는 '가부장적인 기억'이 어떻게 작용하는가 하는 것이었다. 왜냐하면 1930년대에 그토록 많은 칭찬을 받았던 재능 있는 여성작가 이름가르트 코인이 1960년대와 1970년대에 걸쳐 오랫동안 잊혀졌기 때문이다.

여성들은 쉽게 잊혀지지 않는다. 왜냐하면 여성이기 때문이다. 흔적이 사라진 이들을 위해 사람들은 믿을 만하고 각기 특별하며 혼동될 수 없는 죽음의 원인을 꾸며댄다.

우줄라 크레헬은 이렇게 쓰고 있다. 마찬가지로 각각의 여성마다 지니고 있는 자신만의 이야기, 그것 때문에 사람들은 그녀를 곧바로 잊어버릴 수도 있다. 그럴 때에는 특이한 선별 과정이 이루어진다는 것이다. 그녀는 계속해서 다음과 같이 언급한다.

사람들은 어느 여성작가의 무덤에 무심코 잘못하여 그녀를 낮은 등급에 분류하는 비문을 써넣을 수도 있다. 쾰른 또는 쾰른 주변에 상주하는 여성 재담가, 이것은 지방 뉴스에 어울리는 명칭이다.

이름가르트 코인은 수년이 넘는 기간 동안 슈트라우스에게 자신이 재정적으로 독립이 되면 미국으로 가겠다고 여러 번 편지를 썼다. 그런 상황이 되지 않는 한 그는 어쨌든 계속 그녀를 위해 돈을 대주어야 했다. 그런데 1938년 5월에도 그녀는 재정적인 독립을 말할 상황이 아니었다. 하지만 이름가르트 코인은 로트와 헤어지고 트랄로프와도 이혼을 한 지 몇 달 지나지 않아 미국으로 가기로 결정을 내린다. 그녀는 거의 3년간 아르놀트 슈트라우스를 보지 못했다. 그는 그녀를 위해 버지니아 비치에 바다가 보이는 방을 빌렸고, 그녀는 오랫동안 바라던 목표를 달성한 것으로 생각했다. 그는 심지어 그렇게 비싸지 않으면서도 질이 좋은 포도주를 파는 가게까지 물색해놓았다.

그러나 슈트라우스 쪽에서 미국 소도시에서 그렇게 소박하게 사는 가능성이 점점 구체화될수록 이름가르트 코인은 점점 더 뒤로 물러섰다. 그녀는 지방의 답답함을 두려워했다. 유럽, 대도시 생활, '주변의 왁자지껄함'이 그녀의 생활방식에 들어맞았다. 그녀는 슈트라우스에게 조심스럽게 경고했다.

나는 담배와 술도 필요하고 글을 쓰기 위해서는 매일 주점에 가야 해. 나는 하루 종일 집에 앉아 있을 수 없어. 나는 항상 변화된 환경이 필요하고 그밖에도 무언가 보고 관찰할 수 있는 것이 필요해. 내가 그런 식으로 완전히 주부로 살아야 한다면, 나는 곧 지치고 비탄에 빠지게 될 거야. 알겠어?

미국으로 올 때 그녀는 왕복표를 샀다. 결국 그녀는 2개월밖에 머무르지 못했다. 친구인 리아 한스는 좀더 정확하게 다음과 같이 밝히고 있다.

그녀는 당시 아르놀트가 교류하던 '소시민적인' 의사 집단에 실망했다. 그녀의 기준으로 보면 지저분하지 않고 단정한 것은 모두 소시민적이었다.

어쨌든 이름가르트 코인은 이 미국 방문을 문학적으로도 정리했다. 즉 『모든 나라들의 아이』의 쿨리는 이런 식으로 미국 여행을 한다. 이름가르트 코인이 돌아온 직후인 1938년 가을에 이 책이 출간되었고, 다시 성공을 거두었다. 그래서 이 여성작가는 망명자들의 중요 잡지인 〈말〉(1939년 3월부터 나왔다)에서 '뛰어난 서술적 재능뿐만 아니라 독창적인 구상의 대가'로 소개되면서 유명해졌다.

그녀는 유럽에서도 망명자들의 생명이 점점 더 위험해지고 있음을 느꼈다. "분위기는 열에 들떠 있고 끔찍할 정도로 히스테리컬하다"고 이름가르트 코인은 새로운 망명지인 암스테르담에서 슈트라우스에게 편지를 썼다. 이제 자신은 가능하면 빨리 미국 쪽으로 가는 다음 배를 타면 좋겠다는 것이었다. 그러나 그녀는 제때에 필요한 여권을 얻지 못해 미국으로 가지 못했다. 그리고 아르놀트 슈트라우스도 점차 그녀에게서 물러서기 시작했다. 그는 1941년 미국인 마저리 S. 스핀들과 결혼했다. 그녀는 나중에 슈트라우스와 이름가르트 사이에 오간 편지를 출간할 때 공동 편집인으로 활약한다.

1940년 5월 독일 군대가 암스테르담으로 진군해오자 이름가르트 코인은 잠적할 수밖에 없었다. 그 이후로 그녀는 일정한 주소 없이 살았다. 그녀는 무절제하게 술을 마시기 시작해서 병이 났고 많이 수척해졌다. 그런데 1940년 8월에 〈데일리 텔레그라프〉에서 그녀가 자살했다는 오보가 난 것이 그녀를 구하는 데 도움을 주었다. 이제 국가사회주의자들은 그녀를 더 이상 추적하지 않았고, 그녀는 이름가르트 샤를로테 트랄로프라는 이름으로 몰래 독일로 돌아갈 수 있었다. 그곳에는 요하네스 트랄로프를 비롯한 친구들, 그리고 무엇보다도 그녀의 가족들이 전쟁 동안 그녀가 지하에 숨어 살아남을 수 있도록 도와주었다. 그녀의 용기와 행동 반경은 놀라우리만큼 컸다. 그녀는 많이 돌아다녔다. 모젤케른에 있는가 하면 브레슬라우에 있고, 베를린에 있는가 하면 뮌헨 또는 다른 곳에 있었다. 그러나 그녀는 주로 나이 든 부모님 곁에 있었다. 부모님은 쾰른의 집이 1943년에 폭격을 맞자 라인 강변 바트 회닝엔에 있는 한 호텔로 피해 있었다. 남동생 게르트가 러시아에서 전사했다는 소식을 접했을 때 그녀는 다시 진정한 딸이 되어 부모님을 보살폈다. 그리고 그녀는 자신의 슬픔을 술로 달랬다. 그녀는 글쓰기는 전혀 하지 않았다. 폭탄이 떨어질 때마다 그녀는 전쟁이 끝나기를 바랐다.

마침내 전쟁이 끝나자 이름가르트 코인은 쾰른의 파괴된 부모님 집으로 돌아가 그곳의 반지하실 방과 1층의 남은 부분에서 아쉬운 대로 지내게 되었다. 그녀는 남들처럼 서둘러 집을 보수하고 싶지 않았다. 그녀에게는 폐허가 더 마음에 들었다. 그녀는 술을 많이 마셨고, 1946년 1월에는 심한 알코올 중독으로 처음으로 본 주립병원에 들어갔다. 그러나 그녀는 자유기고가로서 1948년까지 정기적으로 그리고 성공적으로 북서독 방송국을 위한 풍자적인 방송극을 썼다. 그 주제로는 '볼프강과 아가테 부부', 전후 복구에 전력하는 사회적 분위기, 이전의 망명자들보다 상황이 더 좋은 옛 나치, 그리고 추한 독일인 등이 다루어졌다. 이미 늘 그래왔듯이, 이름가르트 코인은 일상에 대한 인종학적인 시각을 좋아했다. 그러면 일상은 아주 낯설고 기이해진다. 이런

식으로 기만적인 것, 희극적인 것, 훌륭한 것, 연약한 것이 드러나게
된다.

또한 그녀는 소설『페르디난트, 친절한 마음을 지닌 남자』를 집필했
다. 그것이 그녀의 마지막 소설이자 남성 주인공이 등장하는 유일한
소설이 되었다. 1950년에 출간된 이 소설의 주인공 페르디난트는 항
상 남을 위해 존재했고, 결코 자신을 위해 산 적이 없다. 그는 융통성
이 있고 적응을 잘한다. 이 인물은 재치 있게 묘사된 인물로 전후 시대
에 전형적이지 않은 인물이다.

그러는 동안 이전에 쓴 그녀의 소설들이 다시 출간되었고, 신문에
다시 연재되었다. 그녀는 돈도 벌게 되었지만, 많은 돈이 필요했다. 무
엇보다도 술 때문이었다. 그녀는 외모에는 거의 주의를 기울이지 않았
다. 그녀는 더러운 손톱, 옷에 묻은 얼룩을 신경쓰지 않았다. 그녀가
컬링을 하느라 사용한 헤어 아이론 때문에 머릿결이 상한 이후로 아주
일찍부터 쓰기 시작한 가발도 똑바로 쓰는 적이 없었다.

이름가르트 코인은 임신을 했고, 1951년 7월에 딸 마르티나를 낳았
다. 그녀가 46세 때였다. 그녀는 아버지가 누구인지를 알리지 않고 일
부러 도발적으로 이름가르트 코인으로 서명하여 신문에 커다랗게 출
생 공고를 냈다. 그녀는 아이를 사랑했고, 아이에게 많은 자유를 주었
다. "어머니가 당시에 나를 키운 그대로 오늘날 내 아이들을 키운다"
라고 성장한 딸은 말한다. 1950년대의 고루한 상황 속에서 '버릇없는'
아이는 어쨌든 눈에 띄었다. 그러나 그 모든 관대함에도 어머니는 딸
에게 있어 결코 모든 것을 방치하지 않는 권위 있는 인물이었다. 이름
가르트 코인은 연방공화국의 학교를 신뢰하지 않았으므로 마르티나는
뒤늦게 기숙사가 있는 학교에서 교육을 받았다. 어머니가 작가라는 사

실을 마르티나는 일찍부터 이미 알고 있긴 했지만 스무 살 정도가 되었을 때에야 비로소 어머니의 작품을 읽었다.

나는 때때로 어머니가 그것을 원치 않는다는 느낌을 받았다. 어머니에게는 그것이 중요하지 않았다.

이름가르트 코인이 쾰른에서 한동안 알고 지내는 사람들 중에 하인리히 뵐과 그의 부인 아네마리도 있었다. 친구들과 지인들의 대부분은 어느 정도 시간이 지나면 그녀와 연락을 끊는데, 그녀가 포도주 몇 잔을 마시고 나면 종종 무례할 정도로 상대방을 힘들게 하기 때문이었다. 이름가르트 코인이 술에서 깨어 불쾌한 사건이 희미하게 기억나면 그것이 창피해서 스스로 사람들을 피하기도 했다고 딸 마르티나는 전한다.

우울증에 시달리고 계속 글을 쓸 자극을 받지 못한 이 여성작가는 점점 더 깊은 침묵에 빠지게 되었다. 그녀는 스스로 살아 있다고 느끼기 위해 사람들과 이야기해야 했다. 그래서 그녀는 주점에서 생면부지의 사람들과 술을 퍼마셨고, 곧바로 인쇄해도 될 만큼 훌륭한 구성을 지닌 이야기를 하다가도 마지막에 가서 매번 좌절했다.

1955년에 이미 이름가르트 코인의 아버지는 사고 후유증으로 세상을 떠났고, 1962년에는 고령의 나이에도 손녀와 살림을 돌보느라 애썼던 그녀의 어머니가 아버지의 뒤를 이었다. 이름가르트 코인 자신은 같은 해에 6개월 동안 뒤렌 병원에서 알코올 중독 때문에 치료를 받았다. 그녀는 점차 잊혀졌다. 그녀는 계속해서 빈 메모노트를 가지고 다녔지만 더 이상 글을 쓸 수 없었다.

이름가르트 코인, 1980년경

1966년부터 1972년까지 그녀는 대중들에게서 완전히 사라져 본에 있는 주립병원에 있었다. "진단명은 알코올 중독으로 인한 정신착란이었다." 그녀는 그곳에서 얼마 후에 침대 두 개가 있는 방에서 살았는데, 거의 펜션에서 지내는 것처럼 장밋빛 실크로 커튼을 치고 사방에는 신문이 널려 있었다. 그녀는 원할 때는 외출도 할 수 있었다. 그녀는 이렇게 제한된 상황 속에서도 스스로를 무언가 특별한 존재로 꾸미고 사람들을 제 편으로 만드는 자신의 능력을 포기하지 않았기 때문이다. 마르티나는 처음에는 고아원에서, 나중에는 어느 아동 복지 시설에서 지냈다. 그 비용은 쾰른 사회복지국이 부담했다.

이름가르트 코인은 병원에서 나온 후 첫 몇 해 동안 궁색하게 지냈다. 그녀는 본에서 다시 쾰른으로 이사했는데, 그곳이 좀더 편했기 때문이다. 부모님의 집은 오래 전에 팔리고 없었다.

그녀가 죽기 3년 전에 이름가르트 코인은 이번에는 『불에 탄 여성시인』으로 세 번째로 주목을 받는다. 다시 한 번 그녀는 유명해졌고, 예찬을 받았다. 그녀는 사람들이 뒤늦게 자신에게 몰려오는 것을 '즐기면서' 지켜보았다. 사람들은 그녀에게 인터뷰를 요청했고, 그녀는 인터뷰에서 자신의 삶을 항상 새롭게 각색해서 말했다. 꾸며내는 것이 재미있어서였다. 그녀의 책 낭독회에 독자들이 몰려들었다. 그녀의 책들은 다시 새롭게 출판되었다. 그것은 곧 그녀가 다시 돈을 벌었고, 그녀가 자신에게 늘 많은 즐거움을 주었던 것들을 위해 아낌없이 돈을 썼다는 것을 말한다. 그녀는 네 벌의 모피코트와 비싼 장신구들을 샀다. 아주 잠깐 동안 그녀는 다시 한 번 '화려함'을 구가했다.

이름가르트 코인은 1982년 5월 5일 77세로 세상을 떠났다. 그녀의 오랜 친구였던 클라우스 안테스는 다음과 같이 썼다.

그녀는 살 수 있기 위해 일했고, 있었던 모든 일을 쓸 수 있기 위해 술을 마셨다. 그리고 더 이상 글을 쓸 수 없고, 더 이상 살고 싶지 않았을 때 계속해서 술을 마셨다.

기젤라 크라머

마가레테 쉬테 리호츠키(1897~2000, 건축가)

나는 새로운 세상을 건설하는 건축가

나는 복합주거 단지 안의 여성들을 위해
작은 다락방이나 행랑채를 지어야 하며,
또한 그들이 거기에서 집안 청소와 같은 일을
유료로 요구할 수 있어야 한다고 주장했다.

_마가레테 쉬테 리호츠키
20세기 초에 여성으로서는 최초로 예술산업학교를 졸업한 이후 건축가로 활발한 활동을
했다. 1926년 시간과 공간을 절약하는 다양한 부엌 모델을 개발하여, 이듬해 프랑크푸르
트 박람회에 출품한 세계 최초의 조립식 종합 주방 설비를 갖춘 '프랑크푸르트 부엌' 설계
는 그녀에게 '부엌 건축가'라는 명성을 안겨주었다. 이후 빌헬름 쉬테와 결혼하여 동업자
로서 일하며 대형공사에 참여했다. 1938년에는 나치 독일의 오스트리아 침략에 맞서 저항
운동을 하며 '오스트리아 공산당'에 가입하기도 했다. 1940년에 독일군에 체포된 그녀는
1945년 석방되어 그때 겪었던 충격을 『저항의 기억』이라는 책으로 출판하기도 했다. 이후
다양한 사회활동을 전개했으며, 세계 평화 운동을 위한 공로상 등을 수여받았다.

진지하고 자의식이 강한 소녀

마가레테 쉬테 리호츠키는 빈의 프란첸 거리에 있는 큰 건물에서 25년 넘게 살고 있다. 그 건물은 건축적으로 특별히 뛰어나지 않다. 그러나 그 집은 다섯 번째 구역의 가운데 그리고 군것질거리를 파는 시장과 아주 가까이 있고, 엘리베이터가 설치되어 있다. 100살의 나이에 눈이 잘 보이지 않는 사람이 7층에 살고 있다면 엘리베이터가 꼭 필요하다. 쉬테 리호츠키가 살고 있는 집 자체는 당연히 이 여성 건축가의 설계에 따라 구성되어 있다. 기능성을 완벽하게 살린 60제곱미터의 공간 그리고 그 앞에는 12미터 길이의 실내 정원이 있다. "그것으로써 나는 1등 복권에 당첨되었다"라고 쉬테 리호츠키는 말한다. 여기 이 위에서 그녀는 휴식을 취하고 수고양이 슈를리를 무릎 위에 앉히고 태양의 온기와 도시가 내려다보이는 전망을 즐긴다. 아래에 보이는 모퉁이를 돌면 그녀가 아직도 정기적으로 이용하는 각종 레스토랑들이 있다. 그녀가 비록 '프랑크푸르트 부엌'으로 유명해졌지만, 사실상 요리에는 관심이 없기 때문이다. 다른 할 일이 너무 많다.

마가레테 쉬테 리호츠키는 1897년 1월 23일에, 그녀가 강조하는 것처럼 '빈 분리파(1892년에 뮌헨 분리파, 1899년에는 베를린 분리파가 있었다-옮긴이)의 해'에 태어났다. 그녀는 현재 살고 있는 곳과 아주 가까운 외조부모님 댁에서 태어났다. 처음에 그레텔로 불린 그녀는 이곳에서 자기보다 네 살이 많은 언니 아델레와 함께 재미있는 어린 시절을 보냈다. 부모님과 조부모님은 자유로운 교육을 위해 애썼다. 이 여성 건축가는 커다란 보리수와 꽃이 필 때면 침실에까지 향기를 뿌리는 아카시아 나무가 있는 넉넉한 마당을 오늘날까지도 즐겨 회상한다. 옛 사진들은 풀로 뒤덮인 테라스와 나무가 깔린 커다란 발코니가 있는 화려한 비더마이어풍의 건물을 보여준다. 거기에 지붕 위까지 담쟁이 넝쿨이 휘감고 있다. 그야말로 빈 한가운데에서 느낄 수 있는 목가적인 분위기이다.

그 아름다운 집은 이미 오래 전에 철거되었다. 두 소녀가 시간이 날 때마다 동물들을 쓰다듬고 닭에 모이를 주는 일을 돕기 위해 뛰어갔던 길 건너편에 있던 농장도 마찬가지로 없어졌다.

어릴 적 사진을 보면 쉬테 리호츠키는 진지하고 자의식이 있어 보인다. 그녀는 카메라를 보고 웃을 생각을 전혀 하지 않았다. 여섯 살 먹은 이 아이는 여유만만한 모습으로 사진을 찍었다. 무릎 길이의 가죽 바지 주머니에 손을 넣고 어깨에는 오스트리아제 재킷을 헐렁하게 걸치고 있으며 티롤 모자를 뒤로 넘겨쓰고 있다. 거기에 걸맞은 넥타이가 아마도 그녀의 마음에 아주 들었나 보다. 그녀는 훗날 종종 그와 유사한 모델의 넥타이를 우아한 블라우스나 의상에 맞춰 매곤 했다.

쉬테 리호츠키의 부모님은 둘 다 지성인 집안 출신이었다. 외가쪽은 하노버에서 이주해온 집안으로 유명한 예술사가인 빌헬름 보데와 친척이었으며, 빈에서 부유하고 명망 있는 집안으로 인정을 받았다. 할아버지 보데는 건축공학을 공부했고, 제1차 빈 건축협회의 회장이었다. 그는 철도 노선과 교량의 건축을 관리함으로써 쉬테 리호츠키에게 많은 영향을 주었다.

친가쪽 조부모님은 그 당시에는 오스트리아 제국의 동쪽 끝에 있는 도시이며 오늘날에는 우크라이나에 속하는, 부코비나의 체르노비츠 출신이었다. 할아버지는 빈에서 법학을 공부했고, 옛 고향에서 판사로 일했다. 집안 식구들은 그가 돈이나 닭이나 계란으로 판사를 매수하려고 한 사람들에 대해 얼마나 화를 냈는지를 즐겨 이야기했다. 그래서 할머니는 혼례식을 올릴 때 어떤 선물도 받지 않겠다고 서약을 해야 했다. 할아버지는 과부법 및 고아법을 제정하여 레오폴트 훈장을 받기는 했지만, 귀족의 작위를 주겠다는 제의는 거부했다.

그녀의 아버지 에르빈 리호츠키는 직업적으로 그리 성공하지 못했다. 그는 오히려 음악과 관련된 직업에 적성이 있다고 생각했다. 그러나 그것은 여러 가지 이유로 실현되지 못했다. 그래서 그는 하급 공무원으로서 오스트리아 제국을 위해 일했다. 그런데 그는 아마도 제국에 대해 별다른 애착이 없었던 것 같다. 제1차 세계대전이 일어나자마자 그는 가족과 식탁에 앉아서 "우리는 전쟁에 질 것이다"라고 예언했다. 이에 대해 마가레테 쉬테 리호츠키는 다음과 같이 얘기했다.

1914년 아버지는 나를 역으로 데리고 가서 처음으로 돌아오는 부상병들을 보여주었다. 그들은 한 사람 한 사람씩 우리 옆을 지나갔다. 그들은 누더기를 걸치고 붕대를 감고 있었으며, 다리에는 총상을 입었다. 이 광경을 나는 결코 잊을 수 없었다.

어머니 율리 보데는 여유가 별로 없는 가정 형편에 잘 적응한 것으로 보인다. 그녀는 딸들의 교육과 가사에 신경을 썼는데, 처음에는 가정부도 한 명 두고 있었다.

나의 어머니는 항상 독서를 아주 많이 했고 모든 일에 관심이 많으셨으며, 늘 우리를 위해 신경을 쓰셨다.

그녀는 아이들 옷을 직접 지었고, 두 딸이 자립적이고 겸손한 사람이 되도록 격려했다.

전쟁의 폭풍은 가족에게도 영향을 미쳤다. 외조부님은 저택을 팔아야만 했고, 친조부모님은 같은 구역이긴 하지만 함부르크 거리에 있는 다른 집으로 이사를 했다. 게다가 아버지는 제국이 몰락한 이후에 일자리를 잃고 다른 사람들처럼 쥐꼬리만한 연금을 받는 실직자 신세가 되었다. 그때부터는 어머니가 돈을 벌었다. 어머니는 처음에는 명예직으로 적십자에서 일했고, 나중에는 빈 청소년 법원의 조사역으로 오랫동안 일했다. 그때 그녀는 이미 50대 중반이었다. 쉬테 리호츠키는 '아주 적극적이고 용감하고 부지런한 여인'이었다고 어머니를 기억하고 있다.

나는 건축가가 될 것이다

쉬테 리호츠키와 언니 아델레는 초등학교에 다녔고, 그 다음에는 4년 동안 시립학교에 다녔다.

나는 사교육을 받지 않은 것에 대해 지금까지도 부모님께 감사한다. 그렇기 때문에 나는 우리 동네에 사는 아이들과 접촉할 수 있었고, 개개인이 얼마나 다르게 사는가를 알게 되었다.

두 딸은 자신들이 직업을 가지고 돈을 벌고 싶어한다는 것을 분명히 알았다. 아델레는 교사가 되기 위한 교육을 받았고, 그 시절에 쉬테 리호츠키는 그림 그리는 재능을 활용하고자 했다.

유감스럽게도 나는 어린 시절과 청소년 시절에 항상 육체적으로 허약했다. 나는 결핵이 재발할 위험에 시달렸다. 그래서 나의 부모님은 내가 과로해서 병이 나지 않을까 항상 불안해했다.

그래서 그녀는 처음에는 일 년간 어느 화가 밑에서 수업을 받았고, 그 다음에는 'K. K. 그래픽 교습소'에 들어갔다. 2년 동안의 두상 스케치, 나체 및 장식 스케치를 통해 18세 소녀는 방향 설정은 맞지만 자신이 더 많은 것을 배우고자 한다는 사실을 분명히 깨달았다. 그래서 그녀는 오늘날 '빈 응용미술학교'로 바뀐 'K. K. 예술산업학교'에 지원했다. 이 학교는 20세기 초에는 아마도 유럽 최고의 학교였을 것이다. 이 학교에서는 특별히 고무적인 분위기 속에서 유명한 건축가였던 요제프 호프만('빈 공작소'의 설립자)과 오스카 슈트르나트, 그리고 성공적인 조각가 안톤 하나크 등이 가르쳤고, 당시 빈 예술계의 무서운 아이였던 오스카 코코슈카가 조교로 일하고 있었다.

2천 명이 넘는 지원자들 중에서 쉬테 리호츠키를 비롯한 41명의 학생에게 1915년 가을 입학이 허용되었다.

시험에서 정원의 정자를 그리라는 주문이 있었을 때 나는 몇 시간 동안 연필만 깨물고 있었다. 결국 나는 급하게 스케치를 그려 제출했다.

나중에 그녀는 바로 그것이 시험에서 요구한 내용이었음을 알게 되었다.

당신은 아직 나쁜 물이 들지 않았군요. 우리는 당신을 우리의 의도대로 키울 수 있어요.

쉬테 리호츠키의 자기 확신은 해가 갈수록 커졌다. 처음에만 해도 그녀는 자신이 희망하는 직업이 '삽화 도안가'라고 말했는데, 그 다음에는 '가구 도안가'라고 말했다가 3학년 초에는 확실한 결론에 도달했다.

나는 건축가가 될 것이다.

그녀의 부모님과 할아버지는 그것에 반대했다. 그들은 여자에게 집을 짓도록 의뢰하는 사람이 없으니 어떻게 살 수 있겠느냐는 걱정을

했던 것이다. 그러나 쉬테 리호츠키는 용기를 잃지 않고 건축반으로
반을 옮겼다. 왜냐하면 그녀는 거기에서 어떻게 공부하는가를 자세히
관찰했기 때문이다.

제도지 위에 그리는 1밀리미터 1밀리미터가 각기 다 의미가 있다. 그
런 다음에는 인간의 일상적 환경에 영향을 미치는 어떤 것이 현실화
된다.

곧이어서 학교에서 노동자 주거지의 설계 공모전이 공표되었을 때
곧바로 그녀의 도약이 실천에 옮겨진다. 현실 참여적인 교수로 그녀가
대단히 존경한 슈트르나트는 "선 하나를 긋기 위해서도 그전에 노동
자들이 사는 구역으로 직접 가서 그들이 실제로 어떻게 살고 있는지
꼼꼼히 살펴야 합니다"라고 그녀에게 진심으로 권했다. 그래서 이제
까지는 주로 시민들과 지식인들 사이에서만 살았던 스무 살의 처녀는
전쟁중에 빈 노동자들의 비참한 주거지를 샅샅이 돌아다녔다.

그 당시에는 종종 일곱 또는 여덟 명의 사람들이 좁은 방 하나에서 살
았다. 그리고 아이들은 항상 여러 명이 한 침대에서 잤다. 위생적인
환경은 상상할 수도 없었다. 게다가 높은 임대료 때문에 사람들은 점
점 더 비참한 상태에 빠져들었다.

쉬테 리호츠키는 어릴 적부터 이미 사회적 · 정치적 관계에 관심이
많았다. 또한 전쟁의 광기에 대해 평화주의자인 부모님과 같은 생각을
지니고 있었다. 그러나 이 평범한 사람들의 말할 수 없이 비참한 생활

이 이 젊은 여대생을 정치적 인물로 만드는 결정적인 계기가 되었다. 그녀는 카를 마르크스의 『자본론』을 읽었고, 자본주의 체제와 다른 사회 질서에 대해 급우들과 찬반 논쟁을 벌였다. 그녀는 무엇인가를 급하게 변화시키고자 했다. 훗날 직업 활동을 할 때 그녀는 종종 많은 동료들의 '비정치적인 태도'에 대해 화를 냈다.

그녀는 설계 공모전에 전적으로 매달렸고, 경쟁자들 중에서 유일한 여성이었던 그녀는 1등상을 받았다. 이러한 상황은 쉬테 리호츠키의 인생에서 이후에도 몇 차례 더 반복된다. 1919년 졸업성적표에서 그녀의 능력은 분명히 평가된다.

리호츠키는 기술적으로 뿐만 아니라 예술적으로 매우 재능이 뛰어나고 특히 건축설계에 있어서 탁월한 성적을 거두었다.

그 외에도 그녀는 스스로를 오스트리아 최초의 여성 건축가라 자처할 수 있었다. 왜냐하면 그녀는 여성으로서는 최초로 예술산업학교의 과정을 거쳐 정식으로 졸업했기 때문이다. 그 후 1919년에서 1920년에 걸친 학기에 빈 아카데미와 기술전문대학에서 공부하는 과정에서 여성을 위한 건축학 장학금을 받는 것이 가능해졌다.

새로운 건축을 향한 열정

마가레테 쉬테 리호츠키는 처음부터 인간의 사회적 여건을 보는 특별한 시각으로 건축가로서의 경력을 쌓아갔다. 그녀에게 건축적 형상화는 거기에 사는 사람들의 요구에 가능한 범위 안에서 최대한 부응하는 것을 의미했다.

> 나는 항상 내부에서 시작해서 외부로 나아가는 방식으로 건축을 하고
> 자 했다.

이 젊은 빈 여성은 1919년 말에 언니와 함께 아이들을 위한 요양 여행의 보호자로 동행한 네덜란드 여행에서 이념이 어떤 방식으로 현실화될 수 있는지 배우게 되었다. 네덜란드의 주택 건축은 유럽에서 모범적인 것이라고 여겼는데, 쉬테 리호츠키는 이 여행에서 자치단체에서 짓는 공공주택에 유용한 결정적 아이디어를 얻어 빈으로 돌아간다.

빈에서는 초기 산업화가 진행되면서 세기 전환기 이전에 이미 수십만 명의 노동자들이 나라 전체에서 모여들었다. 그러나 그에 발맞추어 반드시 필요한 주택 건설은 이루어지지 않았다. 제1차 세계대전 이후에 밀려들어온 엄청난 수의 이주민들과 극심한 식량 부족이 사태를 악화시켰다. 그래서 1920년 가을에는 5만 명이 넘는 사람들이 모여 사람이 살 만한 거주지와 자기 소유의 토지에 대한 권리를 달라고 시위를 벌였다. 결국 많은 사람들이 도시 근교 아무 곳에나 불법 건축물을 짓고 정착해 살기 시작했다. 소규모 농장을 하는 사람들은 과일과 야채를 심은 밭 사이에 원시적인 오두막을 지었다. 이러한 여건하에서 국민 전염병인 결핵을 퇴치하는 것은 불가능했다. 모든 것이 19세기 영국의 산업도시들에서 일어난 상황과 유사했다. 이러한 무질서 속에서 시정부는 이 모든 사람들을 특별히 설립된 이주청의 재정 지원을 받는 하나의 거대한 이주단지에 함께 모으는 데 성공했다.

쉬테 리호츠키는 처음부터 이 일에 관여했다. 소규모 농장 단지를 위한 설계 공모전에서 2등상을 받은 것이 그녀가 이주운동과 관련된 일을 하는 발판이 되었다. 이와 관련된 한 일화가 오늘날까지도 그녀를 즐겁게 한다.

심사위원들은 그 당시 설계도들 중에 하나가 여성이 그린 것이라는 사실을 알게 되었다. '자연으로 돌아감'이라는 제목을 가진 한 멋진 수채화가 바로 그것일 것이라고 추측했다. 하지만 그때 가장 이상적인 모델이 바로 내 작품이었다.

그녀는 그 당시에 이미 명성을 얻고 있었던 '실용적 건축'의 대표자인 아돌프 로스를 소개받았다.

처음에 나는 그를 거부했다. 내가 보기에 그를 중심으로 한 그룹은 속물적이고 퇴폐적이었다. 사람이 젊을 때는 과격하게 마련이다.

그런데 이주단지 구상에 대한 열광이 두 사람을 하나로 연결시키면 시킬수록 그의 맞춤양복과 매니큐어를 칠한 손톱에 대한 거부감이 그녀에게서 차츰 사라졌다.

로스는 시의 이주청의 책임건축가로 임명되었고, 쉬테 리호츠키는 새로운 이주단지 건설의 설계자로서 이 일에 참여했다. 나중에 로스는 그녀가 직업적으로 '많은 남성 동료들을 능가했다'는 것을 증명서로 써주기도 했다.

1921년 그녀가 개발한 '이주자 통나무집', 즉 순전히 나무로만 제작된 측면 길이가 4.5미터인 입방체 모양의 집을 보면 이 여성 건축가가 일자리가 없거나 또는 집이 없는 주민들의 생활 여건에 대해 얼마나 정확하게 연구했고, 얼마나 성심 성의껏 그들의 요구 사항에 부응했는지를 알 수 있다. 이 집은 사다리로 연결된 식당과 침실이 딸린 작은 공간을 아주 잘 활용하고 있다. 이 설계도에 따라 궁핍으로 고통받는 이주자들이 협동조합을 지향하는 '건축자재조합'의 후원으로 최단시간 안에 집을 지을 수 있었다. 이 '뼈대 집'은 후에 이주자들이 제대로 된 집을 짓기 시작할 때에는 축사나 헛간으로 개조될 수도 있었다. 또한 그렇기 하기 위해 또다시 이주청을 통해 안내나 건축보조금을 받을 수 있었다.

'이주자 통나무집'을 원형으로 하여 단시간 안에 70채의 집이 건축 예정지에 지어졌다. 그리고 그 집들에는 세부 사항 하나하나에까지 쉬테 리호츠키의 특별한 재능이 반영되었다. 공간을 절약하는 붙박이 서가와 가구, 접는 테이블, 개조된 창문, 부엌에 있는 작은 욕조 등이 바로 그것들이었다. 이주자들에게는 제대로 된 가재도구를 살 돈이나 경험이 부족했기 때문에 쉬테 리호츠키는 특별히 '상품신용거래처'를 통해 그러한 물건들을 구입할 수 있도록 애를 썼고, 대형 가구회사로부터 대량구매에 따른 할인을 받을 수 있도록 거래를 성사시켰다. 그 밖에도 그녀는 집을 짓는 일에 직접 참여하고자 하는 모든 사람들을 위한 민중대학의 일종인 '이주자 학교'에서 강연도 했다. 쉬테 리호츠키는 다음과 같이 회상했다.

저녁에 나는 자주 노동자들과 개인적으로 이야기를 나누기 위해 집을 나섰고, 담배연기가 자욱한 주점에서 밤새 웅크리고 앉아 있었어. 노

동자들 거주 지역에는 그때까지도 전기가 전혀 들어오지 않았으니 불
도 없었는데 말이야.

'프랑크푸르트 부엌'으로 역사적 인물이 되다

제1차 세계대전 이후에는 '붉은 빈'이 두드러졌다. 사회민주당이 이
때부터 시작하여 1996년까지 거의 80년간 계속 도시를 통치했는데,
처음에는 아주 진보적인 공동체 정책을 폈다. 1922년 일반적인 임대
이자세에 대한 기준이 만들어졌고, 곧이어서 그것을 기초로 하여 그
당시에 센세이션을 불러일으킨 법이 만들어졌다. 주택을 소유하거나
임대하는 모든 사람은 주택건설세를 냈고, 시는 그 돈을 목적에 맞게
백 퍼센트 공공주택 건설에 투입해야 했다. 새로운 출발이 이루어진
이 시기에 거리에서는 젊은이들이 다음과 같이 소리치는 것을 들을 수
있었다.

우리는 다가오는 세상을 건설하는 국민이다.
우리는 빈의 노동자들이다.
작은 붉은 벽돌이 새로운 세상을 건설한다.

부모와 함께 사는 집에서의 생활은 더 이상 상류시민 계층의 생활이
아니었다. 아버지는 대리인 일을 하면서 몇 실링이라도 벌려고 했고,
어머니는 저녁마다 청소년 법정 일과 관련된 머리털이 곤두서는 이야
기를 들려주었다.

어머니는 범죄를 저지른 청소년들을 돌보아야 했다. 그런 청소년들의 집에서는 어머니들이 세탁부로 일하면서 가정을 꾸렸고, 아버지들은 어머니들이 힘들게 번 돈을 술 마시는 데 다 써버렸다.

전후의 어려운 생활 여건 때문에 그녀의 가족도 희생을 당할 수밖에 없었다. 부모님이 전염병인 결핵에 걸려 1923년과 1924년에 연이어 돌아가셨다. 쉬테 리호츠키까지도 이 병에 걸렸다. 그녀는 9개월 만에 비로소 폐병 환자 요양소를 나올 수 있었다.

그녀가 돌아온 이후에 센세이션을 일으키며 시작된 이주자 운동이 정치적 · 경제적 이유로 좌절되었다. 그 도시는 이제 고층 건물 건설에 더 많은 비중을 두었고, 도시 전체에 병영과도 같은 임대주택을 연이어 지었다.

하지만 1920년대는 이 재능 있고 젊은 여성 건축가에게 많은 가능성을 제공했다. 프랑크푸르트 시의 설계자로서 성공하여 세계적인 명성을 얻은 에른스트 마이가 그녀를 주목하게 되었다. 그녀는 지난 몇 년 동안에 이미 몇 개의 상을 받은 바 있었고, 마지막으로는 이주주택 설계로 빈 시가 수여하는 동메달과 은메달을 받았다. 또한 그녀는 가정 경제의 합리화와 그에 따른 주택 건설의 변화를 주제로 논문들을 썼는데, 에른스트 마이에게는 특히 이것이 중요했다.

1926년에 쉬테 리호츠키는 몇 가지 물건만을 챙겨 간단한 짐을 꾸려 돌아가신 부모님 집을 떠나 프랑크푸르트의 지상 공사청에서 건축가로서 일을 시작했다.

나는 내가 무엇을 요구할 수 있는지 정확히 알지 못했다. 마이는 즉시 내가 제안한 봉급 액수의 두 배를 주었다.

그녀는 규격화 부서에서 대중주택 건설의 새로운 기술적 가능성과 공사 과정의 합리화 그리고 그와 연관된 건축 부품의 규격화에 전념했다.

제2차 세계대전 이후의 많은 지식인들이 그랬던 것처럼 에른스트 마이도 더 나은 세상을 꿈꾸었고, 진보적인 시의 행정에 의지하여 자신의 이념을 펼칠 수 있었다. 그는 '새로운 프랑크푸르트'를 건설하고자 했고, 시의 중심부를 허리띠처럼 감싸는 형태로 '경관을 향상시키는' 위성 주택 단지를 건설하고자 했다. '모든 사람을 위한 빛, 공기 그리고 태양'이 모토였고, 이러한 정신에 입각하여 수천 개에 달하는 도시 주거시설이 세워졌다. 이렇게 해서 오늘날까지 프랑크푸르트에서 유명한 '지그재그 주택들'이 생겨났는데, 그 집들은 모두 남향이고 일렬이 아니라 지그재그 형태로 변화를 주면서 지은 연립주택들이다. 측면에 추가로 붙어 있는 창문들은 옆 방향으로 환기가 잘될 수 있도록 해주었다. 이것은 그 당시로는 중요한 위생적 조치였다.

완전히 새로운 평면도 설계 방식을 가진 현대 건축, 이것이 빈에서 온 새 여자 동료가 긋는 선 위에 정확히 놓여 있었다. 이때 그녀에게는 '우리가 어떻게 하면 주택을 지을 때부터 주부와 그리고 점점 더 늘어나는 직업여성의 가사 부담을 덜어줄 수 있을 것인가?' 하는 한 가지 질문이 무엇보다도 중요했다.

같은 해에 그녀는 시간과 공간을 절약하는 다양한 부엌 모델들을 개발했는데, 곧 이 모델들에 따라 수만 개의 부엌이 만들어졌다. 1927년 프랑크푸르트의 연초 박람회에 그녀는 견본 부엌을 출품했다. 그 모델은 즉각 열광적인 반향을 불러일으켰고, 그 완벽함으로 오늘날까지도 사람들을 매료시킨다. 그녀는 이 '프랑크푸르트 부엌'으로 역사적 인물이 되었다. 이것은 당연한 일인데, 왜냐하면 우리가 이상적인 일체형 부엌이라는 개념으로 알고 있으나 유감스럽게도 임대주택에서는 지극히 찾아보기 힘든 것을 쉬테 리호츠키가 70년 전에 이미 구상해서 보여주었기 때문이다.

나는 체계적으로 일하는 늙은이다. 나는 스톱워치를 가지고 뛰어다녔다. 나는 1밀리미터까지도 헛되이 버리지 않았다. 결국 붙박이장을 만들어 바닥 면적을 30퍼센트 절약할 수 있다.

그래서 양쪽 여닫이문의 붙박이장이 딸린 6평방미터에 불과한 이 작은 부엌은 넓은 창문 아래에 설치된 높이를 조절할 수 있는 작업대, 분리 가능한 쓰레기 투입구, 이동이 가능한 원뿔형 전등, 접이식 다리 미판, 가스레인지 옆에 있는 에너지 절약형 조리 용기, 대단히 많은 서랍들, 컵거치대, 그리고 이 부엌의 고안자가 강조하고 있는 것처럼 특히 중요한 부분인 거실로 통하는 미닫이문을 갖추고 있다.

이러한 부엌 설계의 배후에는 사회적 배려가 놓여 있다. 한편으로 어머니는 부엌에서 노는 아이들을 살필 수 있어야 하고, 다른 한편으로는 이 문이 있음으로써 기껏해야 3미터 떨어진 식탁에 가족이나 친구들이 앉아 있을 때 어머니가 부엌에 고립되지 않는다는 것이다. 이 노부인은 '프랑크푸르트 부엌'이라는 주제에 대해 아직도 지극히 깐깐한 태도를 유지하고 있는지도 모른다.

참나무로 만든 서랍이 설계되어 있다면 그것은 바로 사람들이 이전에 밀가루를 그곳에 보관했고, 밀가루 벌레들이 참나무의 탄닌산을 싫어 하기 때문이다. 그리고 부엌을 파란색으로 칠한 것은 파리가 이 색깔 을 좋아하지 않기 때문이다.

게다가 그 몇 년 전부터 그녀는 이 주제에 질려 있었다. 그녀는 신 경질적으로 말했다.

항상 나는 부엌 건축가로 불리지. 내가 무수히 많은 주택단지와 유치 원을 건축했는데도 말이야. 그것에 비해 부엌이 뭐 그렇게 대단하단 말인가?

프랑크푸르트 시절 초기에 쉬테 리호츠키는 그녀의 동료로 지상공 사청의 대형공사과에서 일하는 빌헬름 쉬테를 만났다. 1927년 두 사 람은 결혼을 했고, 이 여성 건축가는 그때부터 ‘마가레테 쉬테 리호츠 키’로 서명했으며, 동료들 사이에서는 ‘쉬테 부인’으로도 불렸다. 이 부부는 반구형의 아주 아름다운 작은 옥상 테라스가 딸린 옥상 아틀리 에에서 함께 살았다. 하지만 당연히 설치된 프랑크푸르트 부엌을 그들 은 거의 사용하지 않았다. 두 사람은 자신들의 일에 빠져 있었고, 늦게 집에 돌아오는 날이 잦았다.

우리는 동업자적인 관계였다. 남편은 스스로 계란 후라이를 할 수 있 었고, 아주 실용적인 사람이었다.

빌헬름 쉬테는 키가 크고 마른 남자로 이마가 넓고 밝은 색깔의 머리카락을 가지고 있었다. 두 사람이 함께 찍은 사진을 보면 그는 항상 그의 부인의 그림자 속에 서 있었다. 인상적인 눈썹 위로 남자아이와 같은 머리 스타일, 날카로운 시선, 우아한 의상 등으로 그녀는 눈에 띄는 인물이었다.

이 여성 건축가는 프랑크푸르트 시절에 혼자 살면서 직장생활을 하는 여성들의 주거 문제를 해결하기 위해 계속해서 노력했다.

그때 독신자 숙소를 지으려는 아이디어가 실제로 있었어. 그것은 당시로서는 경악할 만한 생각이었지.

그녀는 오늘날에도 격앙되어 말한다.

나는 복합주거 단지 안에 여성들을 위해 작은 다락방이나 행랑채를 지어야 하며, 또한 그들이 거기에서 집안 청소와 같은 일을 유료로 요구할 수 있어야 한다고 주장했다.

그 당시 그녀는 이곳저곳으로 강연을 다니며 도시 설계자들과 새로운 주거 형식의 불가피성에 대해 토론했고, 도시 설계에 적극적으로 참여하는 여성단체들의 결성을 촉구했다. 그녀의 분명한 태도와 여성들을 위한 활동이 대중들 사이에서 감시의 대상이 된 것은 쉽게 짐작할 수 있는 일이다. 한 캐리커처는 그녀의 '광적인 붙박이 가구에의 집착'을 놀림감으로 삼아 그녀가 침대와 함께 그녀의 남편을 벽을 향해 '꽝' 하고 소리를 내며 닫아 넣어버리는 모습을 보여주기도 했다.

프랑크푸르트에서 출판된 '마이 주식회사의 동료, 리호츠키'에 관한
풍자시는 좀더 많은 애정을 담고 있다. 이 시의 저자인 익명의 숭배자
는 "너의 철부지 소년 같은 머리 모양과 너의 거만하고 뻔뻔스러운 콧
대가 나를 사로잡았다"라고 말하면서 그녀의 천재적인 부엌에 있는
다리미판 위에 쭈그리고 앉아 함께 야채를 다듬을 수 있다면 얼마나
좋겠는가를 상상을 통해 그리고 있다.

현대 산업국가로 변모하는 소련을 향하여

1920년대 말 독일에서는 경제 위기가 분명히 감지될 수 있었다. 사
람들은 '맞벌이 부부' 반대라는 문제의 소지가 많은 캠페인을 통해 일
자리의 부족을 해결하려 했다. 부부가 함께 일하고 있는 곳에서는 한
명은 직장을 그만두어야 했고, 그 한 명은 원칙적으로 여성이었다. 쉬
테 리호츠키도 이러한 규정의 희생자가 되었다. 그녀가 남편보다 지상
공사청에서 더 많은 일을 하고 훨씬 더 유명했음에도 말이다. 에른스
트 마이가 몇 장의 청원서를 썼지만, 그것을 막을 수 없었다. 마이 자
신도 이미 자신의 활동 분야에서 입지가 흔들리고 있었다. 그의 사회
건축은 갑자기 '비독일적'인 것이 되었고, '흑인들의 오두막', '원숭이
우리'로 비하되었다. 그래서 그는 두 번의 강연 여행을 다녀온 이후인
1930년 '위대한 모험의 나라 소련'으로 이주했다.

그 당시에 소련은 현대적인 산업국가로 변모하는 거대한 변혁기에
있었다. 에른스트 마이는 자신이 선발한 사람들과 하나의 팀을 이루어
정부의 발주를 받아서 소련 중공업센터를 위한 주거도시들과 새로운

집단 주거 형태를 개발할 계획이었다.

나는 마이를 만나러 지상공사청으로 달려가서 나의 남편도 일자리를 얻을 수 있고, 내가 부엌만 만드는 것이 아니라 다른 일도 할 수 있다는 조건만 충족되면 함께 일하겠다고 말했다.

이 여성 건축가는 이렇게 회상한다. 마이와 함께 일할 17명의 동료들 중에 그녀는 유일한 여성이었다.

'마이 사단'은 처음에 모스크바의 한 호텔에서 지냈는데, 곧 대규모의 건축 계획을 위임받았다. '이전에는 전화선을 연결하는 전주 하나도 없었던 지역에' 수십만 명의 사람들이 살 공간이 최단시간 안에 마련되어야 했다. 고품질의 철이 생산되고 수천 명의 사람들이 살게 될 남부 우랄 마그니토고르스크 지역의 건설 공사는 대형사업이었다. 작업을 하는 과정에서 여성들도 절실히 필요했기 때문에 학교, 유치원과 탁아소가 아주 중요했다. 쉬테 리호츠키는 '사회적 계획경제'에 대한 강연을 듣고 그것이 시민들에게 '공동의 일'이라는 의미에서 어떤 영향을 미쳤는지에 대해 인식했다.

우리는 하나의 관심을 가지고 있다. 그들(여성들)이 집안에 앉아 있지 않는 것, 말하자면 집안에서 양털 재킷을 짜지 않고 일하러 가게 만드는 것이 바로 그것이다. 우리는 가공되지 않은 양모를 더 비싸게 만들고 완성된 모직 제품을 더 싸게 만든다.

그것은 오스트리아 출신의 이 여성에게는 '사회주의국가에서 명령을 하지 않고 국가 예산을 통해 어떻게 조종할 수 있는지를 보여주는 하나의 계시'였다. 프랑크푸르트에서의 경험을 바탕으로 이 여성 건축가는 모스크바에서는 아이들을 위한 건축물 전문가로 일했다. 그녀의 설계 부서에는 대략 30명 정도의 제도사, 설계사, 그리고 번역사들이 근무하고 있었다. 거기에서 그녀는 새로운 건축 재료와 주거 형태에 대해 강연을 했고, 의사 및 교육자들과 건축 프로그램에 대해 협의를 했다. 탁아소 건설을 감독하기 위해 그녀가 마그니토고르스크에 간 것은 딱 한 번뿐이었다. 그때 그녀는 침대차를 타고 5일 밤낮을 여행했는데, 건설 현장 근처에 도착해서는 열차를 대피 레일에 세워놓고 그 안에서 잠을 잤다. 그곳에서는 무엇보다도 숙련공이 부족했다. 그리고 '이전에는 유목민으로 초원에서 살았던' 젊은 키르기스 소년들이 벽을 높이 쌓고 집을 건축하는 일을 배웠다. 이 오스트리아 여인은 임기응변으로 일을 해야 했고, 또한 부족한 건축 자재에 맞춰 자신의 계획을 수정해야 했다. 웬만한 통나무만 있으면 창문들도 그만한 폭으로 만들 수밖에 없었다.

이 시기는 매우 힘든 시기였지만, 동시에 매우 흥미진진한 시기이기도 했다. 이 독일 팀은 커의 언제나 함께 살면서 같이 일을 했다. 모스크바 근교에 숙소를 얻은 이들은 거주 공간이 부족하여 두 쌍이 한 집을 썼다.

처음에 우리는 함께 있는 것에 대한 특별한 욕구를 가지고 있었다. 나중에는 낯선 곳에 있다는 느낌이 없어져버렸다. 그리고 우리는 많은 새로운 사람들과 교류를 하게 되었다. 우리가 얼마 가지 않아서 내분이 일어나 서로 다투게 되지 않을까 하는 걱정은 결코 현실화되지 않았다.

모두가 러시아어 때문에 고생을 했다. 쉬테 리호츠키가 러시아어를 어느 정도 습득하는 데는 몇 년이 걸렸다. 그들 서로 너무 자주 독일어로 말을 했고, 언어에는 전혀 재능이 없었기 때문이다. 다른 건축가들의 부인들 중 몇몇은 출판사나 의상실에서 자신의 일을 찾는 데 성공했다. 하지만 대화의 주된 주제는 언제나 건설을 위한 공동작업이었다. 그들은 함께 새로운 주거 개념을 발전시켰고 한밤중까지 일했다.

그리고 우리는 때때로 너무 피곤해 더 이상 일을 할 수 없을 때에는 레코드판을 걸어놓고 잠시 동안 춤을 추었다.

1933년 독일에서는 히틀러가 정권을 잡았다. 같은 시기에 소련에서는 볼품없는 기념 건축물들을 세우는 일이 중시되고 그와는 반대로 외국에서 온 건축가들이 추진하는 신도시 건설 계획은 점점 더 비난의 대상이 되었다. 에른스트 마이를 중심으로 한 팀은 점차 해체되었다. 마이 자신도 실망하여 2년간 동아프리카에서 공사책임자 일을 맡아 그곳으로 갔다. 쉬테 리호츠키는 계속해서 유치원들을 설계하고 모스크바 건축 아카데미를 위해 건축 프로그램과 가구 디자인을 발전시켰다. 또한 그녀는 남편과 함께 두 개의 학교를 설계했다.

1934년 쉬테 부부는 중국 정부의 초청으로 시베리아 횡단 열차를 타고 베이징으로 강연 여행을 떠났다. 이 기회에 그들은 일본에 사는 친구 브루노 타우트를 방문했다. 그 당시 국제적인 명성을 얻고 있었

마르가레테 쉬테 리호츠키, 1935년

던 이 독일 건축가는 쉬테 부부처럼 처음에는 모스크바에서 일했는데, 독일로 돌아가려고 했을 때 '문화 볼셰비키'로서 나치에 체포될 위험이 있었으므로 그의 부인 에리카와 함께 망명을 했다.

소련에서는 정치적 상황이 악화되었다. 스탈린 독재하에서 1936년부터 대량체포, 공개재판 그리고 총살이 행해졌다. 건축가 동료들도 체포되었다.

우리는 처음에 개별적 경우라고 생각했고, 어떤 사람이 무슨 일인가에 연루되었다고 믿었다.

그러나 이때까지도 특정 당파와는 무관했던 이 여성 건축가는 정권에 대해 완전히 거리를 취하지는 않았다.

사태를 단순히 비교해서는 안 된다. 나는 그 거대한 나라가 어떤 엄청난 난관 속에서 건설되고 있는지를 보았다. 120개의 민족 집단, 아주 소수인 인텔리 계층과 그밖의 대다수 농부들, 거기에서는 무한히 많은 일들이 행해져야만 했다.

1937년에 종말이 왔다. 외국인 건축가들은 안전상의 이유 때문에 모든 건축 프로젝트에서 배제되었고, 새로운 직장을 찾아야만 했다. 실업자가 넘쳐나고 전쟁의 징후가 농후했던 당시의 불안정했던 유럽에서 말이다.

쉬테 부부 역시 그들의 독일 여권이(이 여성 건축가는 결혼을 하면서 자신의 국적을 바꾸었다) 만료되기 직전인 1937년에 길을 떠났다. 모스크바에 있는 독일 대사관은 그들의 여권을 단 6주간만 연장해주었고, 그것도 소련과 그들이 결코 돌아가고 싶지 않는 나치 독일에만 유효한 것으로 조건을 달아 연장해주었다. 두 사람은 8개월을 기다린 끝에 파리에서 마침내 새 여권을 얻게 되었다. 그 대신 당시 파리는 독일 망명자들로 넘쳤기 때문에 일자리는 얻지 못했다.

그들에게 새로운 기회를 제공한 사람은 그 사이에 터키의 교육부에서 중요한 직책을 맡게 된 브루노 타우트였다. 소련과 비슷하게 터키에서도 건설이 한창 활발하게 이루어지던 그 시기에 노련한 전문가들이 태부족이었다. 그래서 두 사람은 1938년 문맹 퇴치를 위한 여성 직업학교와 마을학교를 건설하는 일을 맡았다.

같은 시기에 히틀러가 군대를 이끌고 오스트리아에 밀고 들어왔다. 이 건축가 부부는 모스크바에 있을 때 이미 나치에 맞서 적극적으로 일할 작정을 하고 있었고, 파리에서는 반파시스트 그룹과 중요한 접촉을 하고 있었다. 이제 터키에서도 그들은 행동하는 오스트리아 저항운동에 가담하고 있었다. 쉬테 리호츠키는 특별히 비밀공작원 교육을 받았고, 이를 계기로 하여 불법적인 오스트리아 공산당(KPÖ)에 가입했다. 공산당 이론이 인간 상호간의 더 큰 사회적 정의를 추구하는 그녀의 생각에 가장 잘 부합했다. 그래서 그녀는 자신의 많은 직업적 문제들에도 불구하고 평생토록 이것을 고수했다.

저항의 기억

1940년 12월에 이 여성 건축가는 남편과 헤어져서 페르시아 외투를 입고서 의심받지 않는 여인처럼 차리고 빈으로 길을 떠났다. 그녀의 머릿속에는 몇 가지 소식이 들어 있었고, 귀에는 구겨진 암호문서가 들어 있었다. 이런 역할을 하는 그녀의 모습이 어떠했을지 상상만 해도 알 수 있을 것이다. 하지만 이 시기에 터키에서 찍은 사진은 꽉 끼는 호랑이 무늬 원피스를 입고 우아한 가죽 구두를 신은 날씬하고 매력적인 여인을 보여준다.

여러 번 기차를 갈아타고 그리스와 유고슬라비아를 지나가는 이 힘든 여행길에서 점점 다가오는 전운을 느낄 수 있었다. 나치는 이미 중부 유럽 전체를 장악했고, 프랑스는 붕괴되었으며, 영국은 폭격을 당했다.

마가레테 쉬테 리호츠키는 그녀의 고향인 빈에서 꼭 50일을 머물면서 그녀의 동료들과 접촉을 시도하고, 무엇보다도 '게르버'라는 가명으로 활동하다 위험에 처해 있는 저항투사 에르빈 푸슈만에게 그 나라를 즉시 떠나야만 한다는 사실을 확신시키기 위해 애썼다. 지하운동 대원들 중 그 누구도 그들이 그동안 줄곧 잠입한 첩자들에 둘러싸여 있다는 사실을 알지 못했다.

쉬테 리호츠키는 44번째 생일 하루 전에 푸슈만과 함께 체포되었다. 몇 주간 심문이 이어졌고 몇 달 동안 독방에 감금되었다. 첫 번째 쇼크를(그녀는 몇 시간 동안 온몸을 부들부들 떨었다) 겪은 후에 그녀는 공산당의 저항에 대해 그녀가 알고 있는 것을 본인도 놀랄 정도로 완벽하게 위장해야 한다는 것을 깨달았다.

나의 부모님은 나를 고지식할 정도로 진실을 사랑하는 사람으로 키웠다. 그런데 나는 한순간 갑자기 거짓말을 할 수 있어야만 했다. 어느 순간에 나는 도덕 개념의 완전한 전도에 마주 서 있었다. 내가 비겁하고 나쁜 짓이라고 생각했던 거짓말이 미덕이 되었다. 인간의 생명을 구할 수 있는 도덕적 힘이 되었다.

마가레테 쉬테 리호츠키는 자신의 책 『저항의 기억』에서 감옥에서 보낸 이 몇 년간에 대해 상세히 기술했다.

이 책은 내가 이제껏 쓴 유일한 책이다. 그리고 그 책은 나에게 매우 소중하다. ……나는 오스트리아의 저항이 존재했다는 사실 그리고 많은 사람들이 그 일을 하면서 목숨을 잃었다는 사실을 반드시 상기시키고 싶었다. 빈의 주 법원에서 때로는 하루에도 70명에 이르는 사람이 처형되었다는 사실을 오늘날까지 아는 사람은 많지 않다.

그녀 자신이 목숨을 건진 것은 아마도 멋진 아이디어와 그것을 용감하게 실천에 옮긴 남편 덕분일 것이다. 그녀는 구류 상태에 있으면서 여러 사람의 손을 거쳐 그에게 편지를 보냈는데, 그 편지에서 그녀는 중립적인 터키에서 자신이 새로운 일자리를 얻을 수 있도록 그가 노력해줄 것을 부탁했다. 빌헬름 쉬테는 실제로 정부의 편지 문서를 손에 넣는 데 성공했고, 위조된 글씨로 얼핏 보기에는 매우 설득력 있게 공동작업을 위해 그녀가 급히 필요하다고 부탁하는 편지를 썼다. 나치는 전략적으로 중요한 터키에 몇 가지 필요한 것을 기대하고 있었기 때문에 이 여성 건축가는 사형을 면하고 15년형을 언도받았다. 그러나 그녀는 이러한 사정을 나중에야 알았다. 푸슈만과 다른 동지들은 1년 후에 빈에서 처형되었다.

판결이 있은 후에 이 '국사범'은 바이에른에 있는 아이하흐 여성 감옥에 수감되었는데, 여기에서 그녀는 미군에 의해 해방될 때까지 참고 견뎌야만 했다. 총 4년이 넘는 수감 기간 중에 그녀는 여러 차례 정신적·육체적으로 한계 상황에 도달했다. 항상 굶주림에 시달렸고, 식사는 늘 구역질을 불러일으켰다. 그녀는 원시적인 위생 상태와 때가 묻어 뻣뻣해진 모포 때문에 옴이 올랐고, 형편없는 조명 때문에 눈이 나빠졌으며 머리카락은 한 줌씩 빠졌다. 이 여자 저항투사는 대단한 자기 수련을 통해 이 모든 것을 극복했다.

나는 어떤 음식이든 맛이 아무리 끔찍해도 무조건 먹어야만 했다.

그리고 그녀는 다른 수감자들과 함께 정신을 단련하고 경보 시스템과 의사소통의 가능성을 발전시켰으며, 벽을 긁어 달력과 크로스워드 퍼즐을 만들었다.

그녀는 1942년 5월 1일을 특별히 기억한다. 그때는 그녀가 아직 빈의 감옥에 있을 때인데, 그날 그녀는 다른 수감자들과 함께 노동절 기념행사를 거행했다. 그들을 서로 연결시켜주는 끈은 공산주의였으며, 독방들을 연결해주는 화장실 수도관이었다.

수도관에서 물이 흘러나갈 때 다른 방에 있는 누군가가 변기통에 대고 말하는 소리를 들을 수 있었다.

그녀 자신도 이러한 방법으로 소련에서의 여성 지위에 대해 강연을 했고, 강연의 마지막에는 국제노동자동맹의 노래를 불렀다.

악몽은 아주 나중에 자유를 되찾았을 때 찾아왔다. 오늘날까지
도……. 나는 때때로 악몽을 꾼다. 나는 체포되어 심장을 멎게 하는
그와 같은 독방에 감금된다. 그러나 감옥에 있을 때 나는 사람들과의
행복한 연대, 사랑과 우정 안에서 누리는 행복, 먼 나라로의 여행 그
리고 만족스러운 직업 활동을 꿈꾸었다.

그중의 많은 것이 쉬테 리호츠키에게 실제로 이루어졌다. 하지만 그
녀가 가장 사랑했던 일과 관련해서는 너무나 많은 난관이 그녀의 앞에
놓여 있었다.

한순간의 어둠이 우리를 눈멀게 하지 않는다

1945년 4월 말에 그녀는 마침내 석방되었다. 쉬테 리호츠키는 뮌헨
에 갔다가 새로 재발한 결핵을 어느 정도 치료하기 위해 들른 폐병요
양소인 호흐치를 거쳐 1945년 가을, 빈에 도착했다. 나중에 그녀는 그
당시의 심정을 시인인 파블로 네루다의 말을 빌려 다음과 같이 간단히
말했다.

한순간의 어둠이 우리를 눈멀게 하지 않는다.

항상 그랬던 것처럼 그녀는 에너지가 충만했으므로 비어 있는 부모
님 집으로 이사했고, 오스트리아 공산당의 지원으로 즉시 새로운 과제
에 달려들었다. 궁핍으로 고생하는 사람들을 위해 간단한 부엌과 난방

이 되는 방을 마련해야 했다. 그녀의 생각에 의하면 특히 여성들과 아이들에 대한 지원이 필요했다.

하지만 그들은 전후의 모든 부담을 조용히 감당하고 있었다. 많은 남성들이 죽거나 부상을 당하거나 감옥에 있었다. 그래서 여성들에게는 집안 일의 부담을 덜어주고 아이들을 잘 부양하는 일이 중요했다.

마가레테 쉬테 리호츠키는 결국 다시 건축을 하고자 했다. 하지만 당시 빈을 통치했던 사회민주주의자들은 거의 용서받지 못할 일을 저질렀다. 그들은 저항투사이자 유치원과 공동주택 건설에 고도의 능력을 갖춘 전문가인 그녀를 거의 모든 건설 계획에서 배제했다. 왜냐하면 그녀가 한결같이 자신을 공산주의자로 생각했기 때문이다. 공개 수주에서 그녀는 암묵적으로 배제되었다. 수년간 그녀가 맡은 일은 두 개의 유치원 건설 공사와 빈의 자치단체에서 시행하는 두 건의 주택 공사에 동업자로 참여한 것이 전부였다.

내가 여러 나라에서 수년간 일하면서 얻은 공공건물 건축의 경험은 활용되지 못했다. 그것이 나를 힘들게 했다. 그들은 나를 한 번도 심사위원으로 뽑아주지 않았다.

하지만 그녀는 불평을 말하지 않았다. 그리고 동정도 바라지 않았다.

나는 굶주리지 않는다. 또한 일이 부족하다고 한탄할 수도 없다.

빌헬름 쉬테는 전후에 이스탄불을 떠나 그의 부인이 있는 빈으로 돌아오는 데 성공하지 못했다. 여러 차례 편지 왕래를 하면서 약속을 하고 두 사람이 수주간의 여행을 한 후에 마침내 1946년 불가리아에서 다시 만나는 데 성공했다. 하지만 그들은 서로를 낯설게 느낀다는 사실을 즉시 감지했다. 직업적인 차원에서 그들은 이후 빈의 주택과 출판사 건물을 건축하는 일을 공동으로 맡았지만, 사적으로는 1951년에 갈라섰다.

우리의 결혼은 다른 많은 사람들이 그랬던 것처럼 전쟁으로 인해 파국을 맞았다.

반면 그녀는 빈의 다락방에서 아이들에 관한 이야기를 해주었다.

그것은 항상 잘못 해석된다. 사람들은 내가 머릿속에 건축과 관련된 생각을 하고 있다고 생각한다. 그런데 우리는 정말 아이를 갖고 싶었다. 그러나 결핵에 걸렸을 경우 인심에 매우 조심해야 한다는 것이 당시의 생각이었다. 프랑크푸르트 시절이 끝나갈 무렵 우리의 늙은 주치의가 '이제 당신은 아이를 가질 수 있어요'라고 말했다. 나는 두 번이나 유산을 했다. 그리고는 더 이상 아이를 갖지 못했다.

이 명망 있는 여성 건축가가 모국에서는 대접받지 못한다는 것이 다시 한 번 증명되었지만, 국제적인 전문가 그룹에서는 그녀를 인정했다. 그녀는 '현대건축가협회(CIAM)'의 회의와 직업과 관련된 다른 모임에도 자주 초청받아 거기에서 자신의 일에 대해 강연을 했다.

1948년부터 그녀는 '오스트리아 민주여성연합'의 초대 회장의 자격
으로 많은 국제적인 모임에 참석했다. 그녀는 또한 수십 년간 평화운
동과 '유럽의 안전과 협력위원회'를 위해 일했는데, 이 위원회를 위해
그녀는 규칙적으로 회보를 발간하기도 했다. 그녀가 1956년에 중국
으로 비교적 긴 연구 여행을 다녀온 후에 1970년대에는 두 번이나 여
러 달 동안 쿠바에 체류하면서 그곳 교육부의 위탁을 받아 보육시설
의 '설계지침'을 작성하기도 했다. 그리고 거의 70세가 되어서도 그녀
는 반 년간 동베를린에 살면서 당시 동독의 보육시설에 대한 연구 작
업에 전념하기도 했다.

"당신은 아직도 공산주의를 신봉하나요?"라는 의례적으로 반복되
는 질문에 대해 그녀는 다음과 같은 식으로 대답한다.

나는 내가 공산당원이 된 것과 나의 일이 무슨 연관이 있는지 전혀 이
해할 수 없습니다. 나는 그 당시 히틀러 때문에 공산당에 입당했고,
그 이후로 당에서 나온 적이 없습니다.

1980년대에 와서 그녀는 비로소 고향에서도 인정을 받게 되었다.
갑자기 그녀는 직업적인 성과, 저항운동에의 헌신, 그리고 세계 평화
운동을 위한 활동 등의 공로를 인정받아 상과 훈장을 받았다. 독일과
오스트리아의 공과대학 네 곳이 그녀에게 명예박사 학위를 수여했다.
그녀는 1988년 오스트리아 국가상의 수상을 거부했는데, 그 이유는
전쟁중에 '다른 편'에 섰었던 당시의 연방 수상 '발트하임' 때문이었
다. 그리고 그녀는 아주 천천히 대중매체들의 주목을 받게 되었는데,
이때 그녀는 이미 90세의 노인이었다. 신문 기사를 시작으로 라디오

마가레테 쉬테 리호츠키, 1991년

와 텔레비전 인터뷰가 이어졌고, 저항의 시기를 다룬 그녀의 책이 영
화화되었으며, 1993년에 빈 박물관에서 열린 응용미술을 위한 대규모
전시회에서 처음으로 그녀의 작품 전체가 소개되었다.

그녀가 뒤늦게 명성을 누리면 누릴수록 그녀에게는 무엇보다도 젊
은이와의 접촉이 그만큼 더 중요해졌다. 많은 사람들이 그녀를 찾아왔
고, 그녀에게 건축에 있어서의 그녀의 사회적 시각과 체계적 사고에
대해 무엇인가를 배우고자 했다. 그녀는 그들과 함께 건축과 사회의
발전에 대해 토론했고, 자주 젊은이들에게서 더 많은 친밀감을 느꼈
다. 70년 전에 벌써 혼자 사는 여성들을 위해 적합한 주거 공간을 만들
기 위해 전력을 다한 리호츠키는 오늘날에도 여전히 진보의 편에 서
있다.

그녀는 모든 사람이 자기 소유의 정원을 가꾸는 것은, 시대에 맞지 않으며 독신자와 개개의 가족이 자신만을 위하는 개인주의적 생활방식이라고 생각한다. 그녀는 다음과 같이 확신한다.

사람들은 미래에 다시 더 많은 사람들이 무리를 이루어 주거 공동체로 함께 살게 될 것이다.

특히 그녀가 '주택산'이라고 부른 주택 형태, 즉 녹색의 발코니와 태양이 비치는 공간을 가진, 테라스 형태로 지어진 고층 건물이 미래의 주택이 될 것이라고 예언한다. '사회적 건축'이라는 이념은 그녀에게는 결코 유행이 지난 낡은 것이 아니다.

오늘날까지도 모든 사람들이 인간다운 주거를 위한 기본적인 권리를 획득하는 데 성공하지 못했다.

마가르테 쉬테 리호츠키는 약한 모습을 보이지 않으며, 누구에게도 원한을 품지 않고 오늘날에도 자제력을 유지하고 있다. 이것이 왕성한 활동력, 놀랄 만한 기억력 그리고 결코 줄어들지 않은 호기심을 지닌 이 경탄할 만한 100세 노인의 탁월한 특성이다. 인간의 미래가 어떻게 될 것인가? 우리가 더 좋은 세계, 더 정당한 새로운 세기를 만드는 데 성공할 것인가? 그녀는 앞으로도 한동안 이것을 기꺼이 지켜볼 것이다.

점점 나빠지는 시력을 보완하기 위해 그녀는 최신의 하이테크 시계를 장만했다. 매일 저녁 시간마다 말을 하는 이 손목시계가 '20시입니다'라고 말할 때면 그녀는 이미 수고양이에게 밥 주는 일을 끝내고 텔레비전의 뉴스 프로그램을 켜서 보고 있다.

나는 정치에 관심을 가진 사람입니다. 그래서 나는 결코 혼자가 아닙니다.

막달레나 쾨스터
(＊마가르테 쉬테 리호츠키는 이 책이 출간된 뒤 2000년에 사망함.)

엘자 스키아파렐리(1890~1973, 패션 디자이너)

나는 그녀를
거울 속에서만 보았다

나는 스키아프를 풍문으로만 들어 알고 있다.

나는 그녀를 거울 속에서만 보았고,

나에게 있어 그녀는

일종의 5차원적인 존재이다.

_엘자 스키아파렐리

패션 디자이너. 로마에서 출생했으나 파리에서 활동하면서 패션 디자이너로 명성을 얻었다. 독특한 아이디어로 짠 스웨터로 인정을 받아 점포를 개설했다. 1920년대가 샤넬 시대라 한다면, 1930년대는 스키아파렐리의 시대였다. 두 사람의 경쟁은 치열했는데, 샤넬은 스키라파렐리를 '옷을 만드는 이 이탈리아 여성'이라고 애써 태연해했고, 스키아파렐리는 샤넬을 '이 음울한 작은 부르주아지'라고 공격했다. 스키아파렐리는 살바도르 달리를 비롯한 초현실주의자 그룹의 아이디어를 받아들이기도 했다. '쇼킹핑크'를 상표화했는데, 향수 '쇼킹'은 오늘날에도 많은 애호가들이 선호하고 있다. 제2차 세계대전 중에는 미국으로 피신했으며, 전후에 파리로 돌아왔다. 그녀의 삶의 모토인 '과감하게 변화를 시도해보세요'라는 문구는 모든 여성에게 남기는 중요한 유산이 되었다.

불꽃 같은 기질

엘자 스키아파렐리는 두 손을 포갠 채 팔꿈치를 거울 틀에 가볍게 받치고 생각에 잠겨 먼 곳을 바라보고 있다. 그런데 초상 사진에는 무언가 이상한 점이 있다. 그녀가 어떻게 자신의 모습을 비추는 거울의 틀에 기댈 수 있었을까? 아니면 그것이 거울이 아니라 창이었을까?

패션 사진작가인 호르스트 P. 호르스트는 이 초상 사진을 1937년에 찍었다. 이 사진은 이 패션 디자이너를 찍은 가장 유명한 사진으로 손꼽히며 동시에 그녀 인생의 핵심적 모티브를 보여준다. 모사, 존재 그리고 가상을 초현실주의적으로 뒤섞는 유희가 바로 그것이다.

양차 세계대전의 중간 시기에 아방가르드적 기획으로 파리의 오트 쿠튀르를 뒤흔들었던 엘자 스키아파렐리의 삶을 둘러싸고 여러 가지 전설들이 얽혀 있다. 이 이탈리아 여성에 대한 많은 기사들은 그녀의 실제 삶보다 훨씬 더 모험적으로 그려져 있어 주변 사람들의 환상에

엘자 스키아파렐리, 1937년

얼마나 좋은 날개를 달아주는지를 보여준다. 1954년 그녀의 자서전이 출간된 이후에도 신화를 만드는 일은 끝이 나지 않았다. 왜냐하면 『충격적인 삶』이라는 제목에서 추측할 수 있듯이, 이 디자이너는 자서전을 통해서 계속적으로 전설을 만들어내는 데 기여하고 있기 때문이다.

자의적인 인생 회고를 다음과 같은 말로 시작하는 이 여성은 누구였는가?

나는 스키아프를 풍문으로만 들어 알고 있다. 나는 그녀를 거울 속에서만 보았고, 나에게 있어 그녀는 일종의 5차원적인 존재이다.

훗날 친구들로부터 '스키아프'로 불린 엘자 루이자 마리아 스키아파렐리는 1890년 9월 10일 로마에서 태어났다. 적어도 그것은 확실한 것으로 보인다. 그녀가 태어난 집인 코르시니 궁전은 성 베드로 성당에서 멀지 않은 곳으로, 로마에서 가장 낭만적인 지역인 트라베스테레에 위치하고 있다. 목련나무로 둘러싸여 있는 궁전은 그 주변 환경처럼 깊은 역사를 지닌 장소이다. 에라스무스와 미켈란젤로가 여기에 손님으로 묵었고, 스웨덴의 크리스티나 여왕이 퇴위한 후 30년 동안 이 성 안에서 살았다. 1890년 이 르네상스식 건물에는 스키아파렐리의 집 외에 그녀의 아버지가 이끄는 왕립아카데미의 도서관이 자리잡고 있었다.

스키아파렐리는 가문의 수장이 정기적으로 궁정에 드나들면서 왕과 수집 동전을 교환할 정도로 매우 지체 높은 가문의 늦둥이였다. 그녀가 태어났을 때 부친 첼레스티노 스키아파렐리는 이미 쉰 살 가량 되었고, 그녀의 언니 베아트리체는 열 살이었으며, 모친 마리 루이자는 서른다섯 살로 당시로서는 이미 늙은 편에 속했다. 원래 아들을 바라던 부모가 당황한 나머지 당시 독일인 여자 가정교사의 이름을 따서 세례를 받은 엘자는 여러 보모들의 손에서 자랐다.

엘자 스키아파렐리의 족보는 훗날 그녀의 여성 고객 리스트와 마찬가지로 (이탈리아) 유명 인사들의 소규모 '인명사전'이라 할 수 있다. 외할머니는 대영제국의 몰타 총독의 딸로 스코틀랜드의 혈통을 이어받았다. 그녀는 나폴리 귀족 가문의 자손이자 몰타의 이탈리아 영사인 알베르토 데 도메니티스와 결혼했다. 스키아파렐리의 어머니는 네 명의 자녀 중에서 막내였다. 그녀의 오빠 빈첸초는 1860년 이탈리아 통일을 위해 가리발디의 수하에서 투쟁하다가 부르봉 왕가의 사람들에게 체포되었다가 탈주하여 이집트로 망명했다. 그는 스키아파렐리의 첫 우상이었다. 그것은 아마도 그가 자신의 확신을 강하게 밀고 나갔기 때문이 아닌가 한다. 스키아파렐리의 이모인 치아 릴리는 전 세계를 돌아다녔고, 마지막에는 남편과 함께 이집트에서 살았다. 그녀는 어린 조카에게 이국적인 기념품을 보내주었고, 그럼으로써 코르시니 궁전의 차가운 벽 바깥에서 살아가는 사람들의 삶에 대한 동경을 갖게 해주었다. 거의 60년 후에 엘자 스키아파렐리는 자신의 회고록에서 다음과 같이 쓰고 있다.

아마도 그녀는 일생 동안 나를 놓아주지 않았던, 동양적인 것에 대한 애착을 일깨워준 것 같다.

친가의 사람들은 피에몬트 출신들이다. 북이탈리아에 있는 이 지방은 몇 백 년 동안 사보옌 대공국과 훗날의 사르디니아 왕국의 중심지였고 많은 전쟁을 겪었다. 1860년부터 사르디니아 왕국은 자발적으로 합병한 나폴리-시칠리아 왕국과 함께 로마를 수도로 한 이탈리아 왕국이 되어 있었다. 그런 점에서 엘자 스키아파렐리의 가문은 남과 북이 통일되었던 이탈리아 역사의 한 부분을 상징하고 있다.

그러나 스키아파렐리 가족은 가문의 역사에 있어 오히려 지성적인 부분을 차지하고 있다. 사교성이 없고 청렴한 애국자이며 매우 종교적인 인물로 가족에 대단한 애착을 가졌던 엘자의 아버지만이 아라비아어, 페르시아어, 그리고 산스크리트어의 전문가로서 존경받았으며, 그의 형 조반니는 천문학자로 유명했고, 누이 엠마는 이탈리아의 모든 수도원을 관리하는 책임자에까지 이르렀다. 그리고 사촌인 루이지는 고문서학의 전문가였고, 역시 사촌인 에르네스토는 인정받는 고고학자로서 토리노에 이집트 고고학 박물관을 설립했다.

스키아파렐리는 어릴 적에 분명히 다루기 힘든 아이였다. 그리고 그녀는 아직도 늘 그러하다.

스키아파렐리의 자서전에서 그녀의 부모는 이렇게 밝히고 있다. 아마도 부모는 단지 어린 딸의 개성, 즉 부모의 출신 가문이 지니는 대조적인 특징들이 결합되어 나타나는 복합적인 기질 때문에 힘이 들었는지 모른다. 즉 그녀는 나폴리 조상들로부터 무모할 정도의 호기심을 물려받았다. 예컨대 그녀는 우산을 펴서 낙하산처럼 타고 3층에서 뛰어내리기도 했으며, 부모님에게 학교의 식사가 나쁘다는 것을 납득시키거나 보모에게 자신이 고아로서 비극적인 출생의 비밀을 간직하고 있다고 확신하게 만드는 기발한 아이디어, 그리고 수영장 물 위에서 예수처럼 걸어가는 것에 성공하지 못했을 때 그녀가 느꼈던 깊은 상심도 그런 기질의 일종이었다.

또한 엘자 스키아파렐리가 『아레투사』라는 제목의 시집에서 일찍이 보여준 시인으로서의 혈통도 거기에 덧붙일 수 있다. 서정시에서 보여준 해방의 시도는 '충격적인' 엘자의 첫 스캔들을 야기했다. 그녀의 시들이 어느 사촌의 주선으로 출판된 것이 열네 살 때인지 스물한 살 때인지 정확히 말할 수는 없다. 그러나 그 어느 쪽이든 좋은 집안 출신으로 가톨릭 신앙을 가진 처녀가 사랑과 고통, 본능의 체험, 영혼적인 경험들에 대한 열정적이고 감각적인 생각들을 종이 위에 옮겨놓는다는 것은 받아들이기 쉽지 않았다. 분노한 아버지는 젊은 '여성시인'의 감수성을 인정하는 비평가들의 평가에 조금도 관심을 가지지 않았다. 그는 스키아파렐리의 달아오르는 불꽃 같은 기질을 식히고 참회시키기 위해서 그녀를 스위스의 한 수도원으로 보냈다. 그러나 그는 겨우 99일 후에 딸을 다시 집으로 데려왔다고 한다. 수도원에서 그녀는 굶어 죽겠다고 으름장을 놓았기 때문이다.

스키아파렐리가 정말로 단식 투쟁에 돌입했을까? 어린 시절의 사건들에 대해서는 단 몇 가지만이 확실히 알려져 있기에 많은 의문점이 있지만, 그 일은 믿을 만한 것일 수도 있다. 오늘날 알려져 있는 엘자의 어린 시절과 소녀 시절에 대한 정보는 실제와는 약간의 연관성만을 가지는 능숙한 자기 연출의 산물이다. 이 패션 디자이너는 전적으로 초현실주의적인 의미에서 자신이 원하는 대로 자신의 삶을 보는 자유를 획득한 것처럼 보인다.

그러나 적어도 그녀의 이후의 삶을 알 수 있게 해주는 토대를 형성하는 기준점과 연결선은 존재한다. 학교는 그녀에게 큰 인상을 주지 못했다.

나는 쉽게 배웠다. 그렇지만 흥미를 느껴서가 아니었기 때문에 배웠
던 것을 다시 빠르게 잊어버렸다.

그녀는 오히려 아버지의 사설 도서관에 있는 손으로 그린 삽화가 있
는 귀중한 장서에 매료되었다. 이 책들은 스키아파렐리를 호메로스가
있는 그리스 신화의 세계로 이끌고 갔고, 천일야화의 나라를 보여주었
다. 그녀는 환상 속에서 중국으로 탐험을 떠난 중세의 마르코 폴로를
따라갔고, 16세기에 프란치스코 피차로가 에스파냐를 위해 먼 페루에
서 잉카 제국을 정복했을 때에도 거기에 있었다. 그녀는 무늬가 그려
진 빛나는 장밋빛 천을 걸치고 있는 페루 여인들의 모습을 담은 그 화
려한 그림들 속에 흠뻑 빠져들었다.

스키아파렐리의 도피처는 아버지의 도서관이었는데, 이곳은 유감스
럽게도 아버지가 죽은 후 국립도서관에 넘겨졌다. 여기서 그녀는 보호
받는 느낌, 자신이 항상 책과 연결되어 있다는 느낌을 받았다. 그래서
그녀는 숱한 해가 지난 뒤에도 종종 도서관에서 자기 자신을 대면하고
자 한다. 그런 날 저녁이면, 그녀는 높다란 서가에 둘러싸여 낮의 흥미
로운 소용돌이가 지난 후에, 포도주를 한 모금 마시고는 개를 데리고
다시 자신에게로 돌아오는 것 외에는 아무것도 하지 않았다.

로마의 입상들이 가득하고 프레스코 벽화로 장식된 둥근 천장이 많
은 코르시니 궁전에 그려진 그림들은 스키아파렐리의 마음 깊이 새겨
져 30년이 지난 후에도 메마르지 않는 환상의 원천이 되었다. 그녀가
베드로 대성당에서 미사를 볼 때마다 정기적으로 그 옆을 지나갔던 미

켈란젤로가 디자인한 제복을 입고 있는 스위스 근위병들 역시 계속해서 그녀에게 깊은 인상을 심어주었다. 추기경이 입은 가운의 화려한 색채감은 소년 성가대원의 재킷, 튀니지에 처음 여행했을 때 보게 되는 헐렁한 소시지 바지, 터번 그리고 호화스러운 자수와 함께 그녀의 컬렉션에서 매번 등장했다.

열세 살이 된 스키아파렐리는 '모험에 굶주렸고', 그녀의 아버지는 처음으로 딸을 아프리카에 데리고 갔다. 그녀의 회상이 사실이라면 이 여행에서 그녀의 가장 큰 경험은 어느 아랍인 부자와의 만남일 것이다. 아랍인 부자의 청혼을 받음으로써 그녀는 자신의 가치를 발견하는 근사한 감정을 느꼈던 것이다. 그것은 당시의 기준으로 보아 그녀보다 훨씬 더 예쁜 언니와 비교되는 괴로움을 느끼고 있던 상처받은 소녀의 영혼을 위로해주었다.

스키아프는 전통적인 눈으로 볼 때는 못생긴 아이였다. 당시에 이미 그녀는 어마어마하게 큰 눈을 가지고 있었고, 끼니도 제대로 못 얻어 먹은 것처럼 보였다.

외모에 결점이 있다는 생각에 그녀는 수줍은 소녀가 되었다. 스키아파렐리가 성인이 되어서 성공을 하고 많은 숭배자가 생긴 뒤에도 이 수줍음은 전혀 없어지지 않았는데, 그녀는 신랄한 말과 지나치게 거친 태도로 그것을 숨겼다.

성인이 되어서도 그녀는 다른 사람들의 인정과 이해가 필요했다. 엘자는 그 두 가지를 천문학자인 삼촌 조반니에게서 찾았다. 그는 조카에게 그녀의 뺨에 있는 배내점은 애교점이며, 더군다나 그 점이 '큰곰

자리'의 형태를 하고 있으므로 행운을 가져다줄 것이라고 얘기해주었다. 이 별자리는 그녀의 개인적인 행운의 상징이 되었다. 나중에 그녀는 큰곰자리 모양으로 다이아몬드가 박힌 브로치를 디자인했고, 그 모티브를 자신의 유명한 주제별 컬렉션의 중심주제로 삼았으며, 파리에 있는 자신의 살롱을 이 별자리가 그려진 하늘빛 천으로 장식했다.

파리에 매혹되다

만약 사람들이 우연을 믿는다면 스키아파렐리가 패션 디자이너가 된 것은 우연처럼 보인다. 반대로 더 높은 차원의 운명, 즉 엘자 스키아파렐리가 자서전의 첫 문장으로 내세우고 있는 바처럼 탄생이 시작이 아니고 죽음이 끝이 아니라는 사실을 믿고 돌이켜본다면, 그녀의 삶의 모든 단계들은 목표를 향해 서로 밀접하게 연관되어 있는 모멘트로 이해될 수 있다. 그러나 아직 스키아파렐리는 탐색중에 있었다. 하지만 대략 방향은 이미 정해졌다.

사진, 무성영화 또는 전화와 같은 최신의 기술적 성과들에 대한 그녀의 젊은 시절의 열광은 미래주의의 혁명적인 사고방식을 통해 계속 강화되었다. 스키아파렐리는 미래지향적인 사고, 진보에 대한 믿음, 그리고 기계의 시대에 대한 찬양에 귀를 기울였다. 이탈리아의 작가인 필리포 마리네티가 1909년에 포고한 '미래주의 선언'은 지나간 것, 정체해 있는 것에 대한 공격으로, 후기 시민사회적인 이탈리아의 예술적 기반뿐만 아니라 사회적 기반까지도 뒤흔들어 놓으려 했는데, 이것은 열아홉 살의 스키아파렐리의 생각과 똑같아 보였다. 어쩌면 그녀는 마리네티의 도발적이고 선동적인 태도에 반했을지도 모른다. 비록 이 '선각자'는 비도덕성으로 인해 교회로부터 악마라는 낙인이 찍혀 곧 이탈리아를 떠났을지라도, 스키아파렐리는 자신의 고향 이탈리아의 또 다른 곳에서도 이제 사상적인 각성의 징후가 나타나고 있음을 알게 되었다. 예를 들면 극장이 바로 그곳이다. 푸치니의 오페라는 당대의 주제를 다루었고, 점잔빼는 이탈리아에서도 입센의 사회 비판적인 연극이 첫 발자국을 남겼다. 남성의 사회적 지배와 여성의 종속적 역할이 이제 더 이상 신의 뜻에 따르는 것으로 보이지 않았다.

스키아파렐리는 '지성적이며 현대적이고 무척 여성적인' 엘레오노라 두제를 본보기로 삼았다. 사람들이 숭배하는 이 여배우는 이탈리아의 작가인 가브리엘레 다눈치오의 애인이었는데, 스키아파렐리도 그의 작품을 탐독했다. 그의 작품의 중심 모티브는 '초인'으로, 다눈치오가 현대 인간의 새로운 자기 이해를 추구하는 니체를 모범으로 삼아 구상한 것이다. '초인'은 "영웅적이고 성적인 면에서 자유분방하고 예술을 사랑하며 반민주주의적이고 부도덕하다." 그리고 또한 시인의 제2의 자아이기도 하다. 니체와 같은 의미에서 예술가를 초인으로 보는 것은 초월한 여성으로서의 디자이너를 추구한 스키아파렐리가 평생 동안 지닌 미학적 개념이었다.

그녀의 중요한 동반자이자 자극제는 철학이었다. 철학을 통해 그녀는 늘 새로운 힘을 얻었다. 철학적인 사상과 씨름하는 것은 엘자 스키라파렐리에게 궁극적으로, 가톨릭 교회의 맹신적인 이중 윤리가 진실을 추구하는 그녀의 영혼에 결코 줄 수 없었던 모든 것을 가져다 주었다.

스무 살이 된 스키아파렐리는 여배우가 되고 싶어했다. 그녀는 당시에 이미 감정이 실린 연기의 감상적인 위력에 매료되어 있었다. 그녀의 아버지는 반대로 그녀가 무언가 견실한 것을 배워야 한다는 생각이었다. 그런데 스키아파렐리는 머릿속에 다른 것을 생각하고 있었다. 예를 들면 피노와 같은 남자들이었다. 나폴리 출신으로 사랑스럽고 지적인 이 남자는 그녀로서는 (이미 약혼한) 화가에 대한 불행한 짝사랑의 열병을 겪은 후에 처음으로 등장한 연인이다. 사랑에 빠진 청년은 오로지 그녀를 보기 위해 매일 로마로 왔다. 몇 시간 동안 두 사람은 로마 근교인 캄파냐 로마나를 이리저리 걸어다녔다. 스키아파렐리는 이곳을 어린 시절부터 알고 있긴 했지만, 이제는 전혀 다른 눈으로 보고 있었다. 그녀의 부모님은 피노가 가난하다는 것을 알고 그를 더 이상 만나지 못하게 했다. 두 연인은 우연히 또 한 번 만났는데, 두 가족이 이스키아에서 휴가를 보낼 때였다. 그러나 그 '행복'은 끝이 났다. 그러나 적어도 고통은 남아 있었고, 그녀는 그것을 결코 완전히 극복하지 못했다.

스키아파렐리의 부모에게도 곤혹스러운 빛이 역력했다. 결혼도 하지 않고 직업도 없으며 불행하게 성장한 이 딸을 어떻게 할 것인가? 1913년 영국에서 온 편지 한 통이 부모에게는 해결책을, 딸에게는 마침내 결정적인 인생의 전환점을 마련해주었다. 편지를 보낸 사람은 어머니의 동창생이었다. 그녀는 켄트에서 진보적인 고아원을 열려고 하는데, 그곳에서 영어를 배우고 싶어하는 여조수를 찾고 있었다.

섬나라 영국으로 가는 긴 여행의 첫 체류지는 파리였다. 그곳에는 가족의 친구들이 세상 경험이 없는 스키아파렐리를 기다리고 있었다.

파리! 그녀의 눈앞에 미처 생각지도 못했던 가능성들이 펼쳐졌다. 그녀는 도시의 끓어오르듯 술렁거리는 분위기에 매혹되었다. 사람들은 카드리유 춤(남녀 4인조가 추는 춤 - 옮긴이)대신 탱고를 추었고, 야수파와 입체파 화가들이 서양 예술사에 혁명을 일으켰으며, 소냐 들로네는 미래주의적인 방식으로 의상을 디자인했고, 노벨상 수상자인 마리 퀴리가 소르본 대학에서 강의하는가 하면, 이사도라 던컨은 무대에서 맨발로 춤을 추어 부끄러움의 한계를 뛰어넘었다. 스키아파렐리는 당시 아방가르드들의 대변자라 할 수 있는 잡지 〈파리의 밤〉을 읽었고, 처음으로 무도회에 갔다. 즉석에서 고른 푸른빛 크레프 드 신(생사로 짠 프랑스 비단의 일종 - 옮긴이) 소재의 야회복을 입고, 오렌지빛 실크로 된 터번을 쓰고서였다.

열흘 후 런던을 향해 계속 여행길에 올랐을 때 그녀는 마음속에 강한 인상을 담고 떠났다. 그녀는 당시에 파리가 자신이 발전해나갈 수 있을 것 같은 풍토를 제공해준다고 느꼈다. 만약 엘자 스키아파렐리가, 쌀쌀맞고 그녀의 고향과는 전혀 비슷하지도 않은 후기 빅토리아 시대의 특징을 지니고 있는 런던에서 윌리엄 드 벤트 드 케를로어 백작을 만나지 않았더라면, 아마도 세계에서 가장 여성적인 도시인 파리로 훨씬 더 일찍 되돌아갔을 것이다. 엘자 스키아파렐리의 전기 어느 곳에도 이름이 언급되지 않는 이 귀족은 그녀가 여태까지 만났던 남자들과는 전혀 달랐다. 그는 키가 크고 말랐으며, 금발머리에 대단히 멋있고 매력적인데다가 당당한 시선을 지닌 작가이자 신지학자(神智學者)요, 탐낼 만한 지성인이며, 대등한 파트너이면서 주목할 만한 남자였다. 약한 남성을 남편으로 결코 받아들일 수 없을 것 같은 스키아파렐리가 필요로 하는 바로 그런 사람이었다.

신지학에 대한 강연으로 돈을 버는 윌리엄은 신비주의, 불교 그리고 영혼의 중요한 역할에 대해 설명해줌으로써 스키아파렐리의 가장 깊은 내면을 뒤흔들어놓았다. 그녀가 우연히 예고를 보고 참석했던 강연회의 마지막 밤에 그녀는 완전히 홀린 듯이 앉아 있었다. 윌리엄을 소개받고 싶으냐는 질문에 그녀는 동의했고, 하루 뒤에 그녀는 그와 약혼했다. 이어서 스키아파렐리는 부모의 뜻을 거역하고 결혼을 했고, 부모도 이번에는 끝까지 말리지 못했다. 스키아파렐리가 소박한 결혼식을 치르고 집으로 돌아왔을 때 공동으로 사용하는 주택에는 일곱 개의 거울이 깨져 있었다고 그녀는 『충격적 삶』에서 밝히고 있다. 그녀는 재앙의 전조를 무시했고, 짧은 시간 동안 한 남자와 이 이상 결코 더 행복할 수 없을 것처럼 행복하게 지냈다.

예고된 재앙은 1914년 8월에 제1차 세계대전의 발발과 더불어 시작되었다. 세계적인 사건의 의미를 지극히 신비적으로, 신과의 명상적인 접촉 속에서 파악하려는 '신의 지혜'에 대한 강연은 더 이상 요청이 들어오지 않았다. 더구나 그는 이 강연을 프랑스어로 했던 것이다. 윌리엄은 실존의 위기에 빠졌고, 흔히 말하는 '바람'을 피우기 시작했다. 스키아파렐리는 자신의 결혼생활이 그러리라고는 상상하지 못했다. 그녀는 꿈에서 깨어나면서 극도로 힘들어졌고, 곧 자신이 참으로 이 세상 어디에 그리고 누구에게 속해 있는지를 자문하게 되었다.

1915년 스위스 태생인 윌리엄은 영국을 떠날 수밖에 없는 상황에 직면했다. 그들 부부는 니스로 갔다. 그러나 여기에서도 윌리엄은 종종 밖으로 나돌았다. 스키아파렐리는 몬테 카를로에 있는 카지노에서 밤을 보냈다. 그리고 그녀는 이후의 3년 반 동안 자신에게 일어난 일에 대해 일생 동안 침묵을 지켰다.

그들의 행적은 1919년에야 다시 나타난다. 부부가 초봄의 어느 아침 뉴욕 항구에 도착했을 때였다. 모든 것이 예전과 마찬가지였다. 스키아파렐리의 지참금으로 살아온 윌리엄은 이사도라 던컨과 만나면서 동시에 스키아파렐리에게도 임신을 시킨다. 고고라고 불린 딸 마리사가 태어났을 때 돈은 거의 바닥이 났고, 윌리엄은 이미 멀리 달아나 있었다. 그가 최종적으로 스키아파렐리의 삶에서 사라지기 전에 그는 아이의 세례 증서에 '라트나'라는 이름을 덧붙였다. 그것은 이전에 석가모니가 신비로운 방식으로 가까이 했던 여신을 떠올린 것이었다.

패션의 여왕 코코 샤넬과의 만남

스키아파렐리는 이제 서른 살이 되었고, 환상에서 깨어났다. 그녀는 버려진 아내이자 어머니로 이국땅에서 직업도 돈도 없는 처지였다. 돌아간다는 것은 불가능했다. 1919년 10월 고고가 태어나기 직전에 아버지가 세상을 떠나면서 부모님에 대한 내면적 연결도 끊어져버렸다. 부끄럼이 많고 현실에 적응하지 못했던 이 여성에게 다시 고난의 길이 시작되었는데, 그 길의 끝에는 전혀 새로운 전설적인 스키아파렐리가 서 있게 된다.

그녀는 비서로 번역가로 일했지만, 그럼에도 상황은 점점 더 절망적으로 되었다. 그러나 그녀는 싸웠다. 자신의 자존심과 싸우고(그녀는 어머니에게 재정적 지원을 부탁했던 것이다), 한 살 된 고고가 소아마비에 걸리는 최악의 상황에서 우울증과도 싸웠다. 치료를 위해 어머니와 딸은 종종 헤어져야 했고, 이런 일은 이후 10년 동안 계속되었다.

짧은 치마를 입고 거리에서 담배를 피우며 사람들 속에서 점점 더 자신감 있게 행동하는 젊은 현대 여성들은 뉴욕 시절의 스키아파렐리에게는 한 줄기 빛이었다. 또한 가브리엘레 피카비아와 알게 된 것도 중요하다. 음악가인 그녀는 다다이즘 화가인 남편 프란시스 피카비아와 이혼한 후 '우연히' 스키아파렐리와 같은 배를 타고 미국으로 왔다. 그녀는, 프랑스어를 유창하게 하고 그림같이 아름다운 영어를 구사하는 이 이탈리아 여성을 그리니치 빌리지의 자유분방한 예술가들의 집단 속으로 데려갔다. 듀나 바르네스가 묘사한 바에 따르면, 그곳에는 '눈에서 새로운 빛이 빛나거나 이마에 보이지 않는 장엄함의 자취가 있는 남성들과 여성들이' 살고 있었다. 스키아파렐리는 이제 더 이상 혼자가 아니었다. '그녀의 지식욕과 따뜻한 마음, 유머에 매료되어' 화가인 마르셀 뒤샹과 사진작가 맨 레이, 알프레트 슈티크리츠, 아돌프 드 마이어 등의 예술가들은 그녀를 자신들의 그룹에 받아들였다. 더 나아가 그들은 그녀에게 정신적 고향보다 더 많은 것, 즉 평생의 우정을 선사했다.

스키아파렐리에게 파리의 오트 쿠튀르를 알게 해준 가브리엘레 피카비아 역시 그중 한 명이었다. 그녀는 뉴욕에서 견본 의상을 팔아서 돈을 벌었다. 스키아파렐리는 그녀의 파트너가 되었지만, 사업 관계는 성공적이지 못했다. 가비는 파리로 돌아갔고, 스키아파렐리는 계속해서 생계를 위해 싸웠다. 마침내 또 하나의 '우연'이 그녀를 파리로 이끌었다.

결정적인 계기를 제공해준 사람은 이웃에 사는 젊은 여성인 블랑슈 헤이스로 그녀 역시 불행한 결혼을 했고, 딸이 하나 있었다. 결코 한 남자에게 얽매이지 않은 스키아파렐리에게 그녀는 신뢰의 대상이자 피난처가 되었다. 블랑슈는 자신의 새 친구가 프랑스어를 잘한다는 사실을 아주 좋아했다. 그녀는 오래 전부터 파리에 가려고 했지만, 어학 능력이 부족하여 계속 망설이고 있었기 때문이다. 이제 그녀는 더 이상 망설일 필요가 없었다. 게다가 파리 생활은 미국에 비할 때 훨씬 비용이 덜 들어서 블랑슈의 수입으로 두 가족의 생계를 충분히 부담할 수 있었다. 1922년 6월에 블랑슈와 스키아파렐리는 딸들을 데리고 배에 올랐다. 파리에서 엘자와 고고는 우선 당분간은 가브리엘레 피카시아의 집에 묵었고, 나중에는 블랑슈의 집에서 살게 되었다. 블랑슈는 스키아파렐리에게 극장이나 연주회에 다니고, 작은 디너파티도 열어주어 편안하게 살도록 보살펴주었다. 그러나 친구에게 경제적으로 종속되어 있다는 사실 때문에 스키아파렐리는 마음이 편치 않았다. 그래서 그녀는 어떤 식으로든 홀로서기를 하겠다고 결심했다.

30년 동안 아방가르드 예술가와 지식인들이 모여드는 장소였던 프랑스의 수도에서 그녀는 마르셀 뒤샹과 맨 레이를 다시 만났고, 무대가 있는 술집인 '지붕 위의 황소'에 정기적으로 출입했다. 이 술집에서 스키아파렐리는 몇 년 지나지 않아 자신의 주변에서 맴돌게 될 사람들 모두를 처음 만나게 된다. 그녀는 더 이상 '새 손님'이 아니고 '파리 전체'에 가장 지속적으로 영향을 미치는 '패션 오케스트라의 지휘자'였다. 그리고 스키아파렐리는 처음으로 코코 샤넬도 만났다. 하지만 두 사람 중 누구도 스키아파렐리가 20세기 패션의 여왕 코코 샤넬을 금세 능가할 것이라고는 예상하지 못했다.

창조적 에너지를 패션에 쏟다

오트 쿠튀르는 영국인 찰스 프레데릭 워스에 의해 창립되었다. 1858년에 그는 최초로 뤼 드 라 팩스 7번지에 있는 자신의 패션 살롱에서 자신이 만든 옷을 마네킹에 입혀 선보였고, 그것을 예술작품으로 분류했다. 고급 견본 의상을 완성하는 것은 워스에 의해 번창하는 사업이 되었고, 프랑스로서는 중요한 경제 분야가 되었다. 이 분야는 지금까지도 여전히 그러하다. 예를 들면 1994년에 파리의 18개 오트 쿠튀르 살롱들이 약 14억 마르크를 팔았다. 그중 73퍼센트는 수출을 통해 달성된 것이다. 1945년 이래로 오트 쿠튀르에 가입하도록 허락받은 디자이너는 매년 새로 지정을 받았다. 선정된 브랜드는 공장에서 최소한 15명의 직원들이 일하고 있어야 하며, 일 년에 두 번 최소한 35벌의 의상들로 구성된 컬렉션을 파리의 언론이 보는 가운데 개최해야 한다.

워스와 그의 아들들 다음에는 파리의 오트 쿠튀르에 혁명을 일으킨 폴 프와레가 그 뒤를 이었다. 그는 코르셋을 추방하고 예술의 새로운 흐름을 받아들여 꿈의 색상과 옷감을 만들어내는 데 열중했다. 그는 또한 무용가 마타 하리의 무대의상을 만든 사람이기도 하다. 제1차 세계대전 이후로는 무엇보다도 여성들이 오트 쿠튀르를 주도하고 있었다. 예를 들어 예술적으로 완성도 높은 견본으로 많은 칭송을 받은 칼로 자매, 디자이너들 중의 건축가라 할 수 있는 마들렌 비오네가 있었다. 또한 순수주의자로 현대의 해방된 여성을 위해 전통적인 우아한 소재에서 벗어나 실용성과 편안함을 내세웠고, 그 유명한 '앙증맞은 검은 드레스'뿐만 아니라 다른 여러 가지로 패션사의 페이지를 장식한 코코 샤넬도 있었다.

1920년대 초반 파리에서는 현대의 가장 중요한 문학 및 예술 운동이 생겨났는데, 그것은 바로 초현실주의였다. 초현실주의는 구속력 있는 양식을 제시한 것이 아니라 오히려 하나의 정신적이고 정치적인 태도라 할 수 있었다. 초현실주의 예술가들은 반민족주의, 반로마 가톨릭주의, 반권위주의를 표방하면서 개인의 해방을 주제로 삼았다. 환상과 창조성이 발산되고 새로운 인지의 방법이 강구되어야 한다는 것이다. 그들은 숨겨진 소망과 욕구 그리고 꿈이 모든 것을 포함하고 있는 무의식을 본래적인 현실로 여겼다. 선정적인 환상들은 도발적인 그림, 텍스트, 사진들 속에서 마음껏 표현되었다. 시민계층에 충격을 주려고 의도적으로 연출된 '선정적 스캔들'뿐만 아니라 초현실주의자들의 모든 행동의 배후에 놓여 있었다. 1924년에 이 운동의 정신적 대변인인 앙드레 브르통은 초현실주의 선언을 작성하는데, 이것은 기존 사회 질서와 그 신화, 그리고 그것을 이끌어가는 사람들을 혁명적으로 타도할 것을 호소하고 있다.

1925년에 처음으로 대규모 초현실주의 전시회가 개최되었다. 그리고 엘자 스키아파렐리는 전문적인 지식도 전혀 없이 식당의 테이블 위에서 자신의 첫 드레스와 외투를 재단했다. 처음에는 단지 자신과 자신처럼 비싼 옷을 사 입을 능력이 없거나 그녀가 만든 옷에 훨씬 더 만족해하는 친구들을 위해 옷을 만들었다.

스키아파렐리는 당시 폴 프와레의 나이트 클럽에서 일하고 있던 가브리엘레 피카비아의 작업복으로 야회복을 한 벌 디자인했다. 프와레는 이 드레스를 입고 있는 사람이 얼마나 돋보이는지를 금방 알아보았고, 이 옷을 디자인한 디자이너에게 칭찬의 말을 전해주었다. 스키아파렐리는 이에 용기를 얻었고, 창조적 에너지가 충만하여 패션 디자이너가 되기로 결정했다.

스키아파렐리와 일생의 라이벌인 코코 샤넬을 연결시켜주는 유일한 접점이나 마찬가지인 그녀의 경력은 스웨터로 시작되었다. 시대적 추세와는 반대로 손뜨개질로 만든 검은색과 흰색이 섞인 스키아파렐리의 옷을 보고 블랑슈의 한 여자 친구는 '세련된 멜랑콜리'에 반했다. 그녀는 투자를 즐겼는데, 혼자서 패션 디자인을 배운 이 디자이너를 재정적으로 지원해주기로 결정했다. 스키아파렐리의 재능은 재빨리 인정받았다. 용기백배하고 감격에 젖은 그녀는 이제 독립하려 했고, 곧 프랑스 사업가 한 명을 회사의 조용한 동업자로 찾아냈다.

그녀는 센 강과 상제르맹 드 프레 사이에 있는 뤼니베르시테 가(街)에 자신의 첫 아틀리에를 마련해서 이사했다. 그리고 그곳에서 1927년 1월에 첫 패션쇼를 열었다. 이제 연이어 일이 잘 풀렸다. 한 달밖에 지나지 않아서 사진작가 조르주 후아닝엔 위엔이 프랑스 〈보그〉 지의 청탁으로 그녀의 옷을 입은 모델들을 그림처럼 연출한 사진을 싣자 고객들이 그녀의 아틀리에로 물려들기 시작했다. 그녀의 작품에서는 아르 데코의 기하학적인 양식이 향수를 불러일으키는 복고풍의 분위기, 그리고 식민지에서 비롯된 예술적 자극들을 받아들인 아프리카풍 무늬들과 뒤섞였다. 스키아파렐리는 전적으로 초현실주의의 의미에서 세상을 인지하는 것으로 자신의 유희를 시작했다. 그녀는 의상을 입은 사람이 움직이는 엑스선 사진처럼 보이게 하는 해골 모티브로 충격을 주었다. 그녀는 진짜처럼 보이는 파리를 아플리케로 장식했고, 여성들에게 이끌리는 남성들의 시선이 반사되도록 조그만 거울들도 붙였으며, 아주 긴 양모로 만든 무릎 양말과 장갑을 착용하고 말갈기로 만든 장식을 다는 과감한 버뮤다 스타일을 유행시켰다.

그렇지만 그녀가 결정적인 성공을 거둔 것은 다음번에 만든 스웨터에서였다. 그것은 그녀가 진정한 뜨개질 예술가로 밝혀진 아르메니아 피난민 여성들과의 여러 해에 걸친 공동 작업 끝에 이루어진 결과였다. 그들은 스키아파렐리가 디자인한 몸에 꼭 끼는 검은 스웨터의 칼라에 뜨개질로 만든 실물 같은 나비를 달았다. 이러한 기발한 아이디어로 처음으로 대규모 주문을 받는 감격적인 일이 일어났다. 미국의 백화점 스트라우스는 이 스웨터 40점을 2주 내에 보내달라는 주문을 했다. 물량을 대기 위해 스키아파렐리와 아르메니아 여인들은 그녀의 다락방에서 열심히 작업을 시작했다. 사업은 번창해나갔다.

나는 뭔가 더 대단한 것이 필요해요.

스키아파렐리는 자신의 동업자에게 이렇게 말했는데, 그녀는 자신이 사업 경험이 없고 스스로 자신의 과도함을 알고 있다는 점을 숨기지 않고 오히려 내세우듯 말했다. 1927년에서 1928년으로 넘어갈 즈음에 그녀는 라 팩스 가 4번지에 있는 주거 겸용 아틀리에로 이사했다. 그녀는 이곳을 자신의 첫 번째 스웨터처럼 온통 검은색과 흰색으로 꾸몄다. 회사 간판에는 '스포츠를 위하여'라고 쓰여져 있었다. 그녀는 자신이 일을 해냈다고 느꼈다. 비록 밤에는 생쥐들이 그녀의 침대 주위를 휙휙 스쳐 지나가고 이탈리아에 있는 친척들에게서 가문의 이름을 더럽힌다는 말을 들었을 때도 스키아파렐리는 냉담한 반응을 보였다. 그녀는 행복했다.

이곳, 그녀가 항상 오고 싶어했던 패션 살롱과 고급품 가게의 메카에서 엘자 스키아파렐리는 7년을 지냈다. 그리고 점점 더 큰 성공도 거두었다. 그녀는 처음으로 직원을 고용했고, 뉴욕의 5번가에서 주문받았으며 〈아메리칸 보그〉 지와 〈하퍼스 바자〉 지가 팡파르를 울려주는 가운데 세계의 여성들을 스키아파렐리가 탄 승리의 퍼레이드 차 앞에서 긴장하게 만들었다. 윈저공 부인, 백만장자인 싱어 재봉틀의 상속녀인 레지널드(데이지) 펠로우, 예술가로서 자신의 수동 인쇄기를 가지고 직접 '몽파르나스의 초현실주의자들의 질풍 같은 문학의 바다로' 뛰어든 낸시 커나드 등이 스키아파렐리의 아틀리에를 드나들었다. 또한 어깨가 드러난 검은 야회복에 검고 긴 닭의 깃털로 시선을 끈 캐서린 헵번, 마에 웨스트, 그레타 가르보, 마를레네 디트리히 같은 할리우드 스타들이 스키아파렐리의 살롱에 모여들었다. 그들은 모두 드러낸 가슴, 자연스러운 위치에 두는 허리선, 넓은 어깨, 똑바른 걸음걸이 등 지시된 의상 실루엣에 열광적으로 따랐다. 투박한 가르손(남자 같은 여성 - 옮긴이) 스타일, 세련된 단순함, 샤넬 모드의 슬픈 색상은 이제 끝났다. 적어도 '섬세한 수줍음에 만족하지 못하고 우아함을 비웃으며, 실로 취향이 있지만 그 취향에 노예처럼 끌려 다니려 하지 않음을 보여주는' 여성들에게서는 그랬다.

스키아파렐리는 아틀리에를 이층으로 옮기고 회사 간판에 '도시를 위하여 - 밤을 위하여'라는 문구를 덧붙였으며, 자신의 제대로 된 첫 컬렉션을 기획하고 계속해서 열정적으로 참신한 아이디어를 창출했다. 그녀는 평상복이나 야회복에서 바지를 도입했고, 랩베스트(v자형의 남성 또는 여성용 조끼-옮긴이)와 망토를 보급시켰다. 그녀는 가장 다양한 용도에 맞는 작품들에 주력했고, 가슴선을 강조하거나 물고기 꼬리 형태의 옷자락이 있는 극적인 느낌을 주는 야회복을 디자인했다. 옷감에는 큰 나비들을 염색해 넣었고, 자수를 놓은 연회복은 뒤쪽으로 주름을 잡아서 입는 시간에 따라 길게 또는 짧게 입을 수 있도록 했다. 그녀는 혁명적으로 아주 남성적인 외투를 디자인했는데, 그 외투에는 금으로 만든 긴 손톱이 붙어 있는 검은 장갑이 딸려 있고, 멀리서 보면 마치 진짜 곤충이 외투를 입은 사람의 목 주위를 기어다니는 것 같은 인상을 주는 곤충 목걸이를 달아놓았다. 그녀는 검은색을 라임빛 및 자극적인 붉은색과 결합시켰고, 밝은 심홍색을 자신이 가장 좋아하는 색으로 내세웠다. 그녀는 이 색을 '쇼킹핑크'라 이름을 붙이고 그녀의 상표로 삼았다. 그녀는 인조 섬유 발전 및 사용에서 선구적인 역할을 했고, 라스텍스, 셀로판 또는 장례식 화관을 만드는 흰색 크레이프 천으로 작업을 했으며, 가발로도 유명해졌다. 그런데 그녀 자신이 가발을 쓰는 일은 아주 드물었다. 스키아파렐리는 오트 쿠튀르의 여성 엔터테이너들에 속했다. 그녀는 런던에 지점을 개설했고, 영국 사람들을 좋아했는데, 그들이 자신과 마찬가지로 기발했기 때문이었다. 그녀는 자신의 생각에 따라 옷감에 염색을 했고, 최신 발명품 중 하나인 지퍼를 고급 의상에 사용했다.

스키아파렐리는 예술가들이 디자인한 것으로 어릿광대, 나비 또는 달러 기호 모양을 본뜬 단추를 사용한 것으로 유명하다. 예술품과 구두 수집가이기도 한 그녀는 살바도르 달리를 놀기 좋아하는 길동무로 생각했다. 그는 그녀에게 그 유명한 구두를 거꾸로 쓴 듯한 모자를 만들어주었고, 그의 부인 갈라는 사진 촬영을 위해 포즈를 취해주었다. 그는 스키아파렐리를 위해 검은 벨벳에 금사로 전화 다이얼을 수놓은 '전화 테이블'과 그 전설적인 '망치-드레스'를 디자인했다. 그 드레스는 흐르는 듯한 시폰 천 위에 커다란 망치 장식이 붙어 있는데, 그것은 엷게 가려진 여성의 성적인 특징을 정확하게 강조하고 있으며, 그럼으로써 드레스 속에 있는 알몸을 암시하고 있다.

젊고 아직은 유명하지 않았던 살바도르 달리는 1928년 24세의 나이로 초현실주의자들과 가까워졌는데, 그가 스키아파렐리와 일한 유일한 예술가는 아니었다. 루이 아라곤과 알베르토 지아코메티도 그녀를 위해 디자인을 했다. 장 콕토의 시와 크리스티안 베라르의 회화는 그녀의 견본작품에 수놓은 프랑수아 르사주의 값비싼 자수에서 재현되었다. 옷감은 마르셀 베르테의 스케치를 본떠 날염으로 처리했다. 청년 시절에 스키아파렐리가 후견인을 맡았던 장 슐룸버제는 보석 디자이너로서의 자신의 경력을 그녀를 통해 시작했다. 그는 몇 년이 지난 후 "그녀는 늘 요구가 많아서 아주 어려웠다. 하지만 동시에 아주 고무적이었다"고 회상했다. 각각의 사람들에게서 잠재력을 보고 그것을 끄집어내는 스키아파렐리의 능력은 그녀의 대담성 및 영감과 함께 성공의 본질적 토대를 이루고 있었다. 그러나 그녀 역시 자신에게 '대단히 자극적인' 협동 작업에서 정신적으로 얻는 것이 있었다. 그것을 통해 그녀는 '팔려 나갈 드레스를 제작하는 것에만 관계되는 물질적이고 지루한 현실을 넘어서 후원과 용기를 얻는 것을' 느꼈다.

엘자 스키아파렐리는 점차 자신의 경쟁자인 코코 샤넬을 더욱 능가하게 되었고, 샤넬에게 점점 더 위협적인 존재가 되었다. 샤넬은 패션계에서 아직 힘이 있었지만, 지불 능력이 같은 고객들을 대상으로 두 패션 디자이너의 경쟁이 격화되었고, 사적으로도 그들은 종종 같은 계층과 교류했다. 또한 언론의 패션 분야에서도 '옷을 만드는 이 이탈리아 여성'(샤넬은 스키아파렐리에 대해 이렇게 말했다)과 '이 음울한 작은 부르주아지'(스키아파렐리는 샤넬에 대해 이렇게 말했다)의 관계는 좋은 사냥감이었다. 두 여성은 그들의 의상만큼이나 달랐다. 샤넬이 고전적이면 스키아파렐리는 바로크적이었다. 순수주의자인 샤넬이 자신의 공장에 결코 발을 들여놓지 않은 반면, '이 이탈리아 여성'은 일일이 모든 것을 챙겼다. 스키아파렐리는 자기 자신이나 예술가 친구들에게 요구가 많은 것과 마찬가지로 6백 명의 직원들에게도 요구가 많았다. '불가능하다'라는 말은 그녀가 결코 들으려 하지 않는 단어였다.

'마담'은 매일 8시에 일어나 차를 한 잔 마시고는 신문을 읽고 요리사에게 식사에 대한 제안을 한다. 그리고 그녀는 대개 걸어서 정확하게 10시에 사무실에 나타난다. 이미 오래 전부터 그녀는 고용된 직원들 중에서 확실한 스태프를 자신의 주위에 형성해놓고 있었다. 회계 담당자는 재정 문제를 책임졌고, 젊은 미국 여성은 특히 미국의 고객을 관리했으며, 홍보 담당 직원에다 판매 지도 여직원과 개인 비서도 있었다. 모든 것을 직접 통제하는 것을 좋아한 스키아파렐리는 회사에서 괴팍하고 거만하며 독단적이고 참을성 없는 독재자였다. 그리고 좋은 사장이었다. 왜냐하면 그녀는 모든 사람을 똑같이 존중해주고 분위기를 파악할 줄 알고 관대했기 때문이다. 그녀는 최초로 유급 휴가를 도입한 사람들 중의 한 명으로, 병이 난 직원을 돌보았으며, 직원들은 그에 대해 진심으로 보답했다.

용감하게 그리고 즐겁게 일하라

스키아파렐리에게 유행을 만드는 것은 예술인 동시에 자기 인식의 표현이었다. "너의 최선을 다해라. 용감하게 그리고 무엇보다 즐겁게 일해라" 하는 것이 그녀 스스로 몸과 마음으로 실천해 보여준 현대 여성에게 보내는 메시지였다. 여성해방을 촉진시키려는 그녀의 행보는 그녀에게는 하나의 유희였다. 극적인 효과와 재치는 인위적인 것이었다. 낮에는 각이 진 어깨로 남성적인 효과를 주었고, 밤에는 깊게 파인 가슴선으로 여성적인 것을 강조했으며, 성적인 암시를 통해 의식적으로 충격을 주었다. 몇 년 지나지 않아 그녀는 '세계에서 가장 많이 입에 오르내리는 패션 디자이너'로 부상했고, 샤넬을 패션 잡지의 표지에서 밀어냈다. 그녀는 가격을 자기 마음대로 책정할 수 있었고, 뉴욕에서 그녀의 스포츠웨어는 다른 경쟁자들의 의상보다 더 비싸게 팔려 나갔다.

스키아파렐리는 대부분의 디자이너들과 마찬가지로 향수 사업에도 뛰어들었다. 초현실주의 여성화가인 레오노르 피니는 자신의 그림에서 여성을 '실제 그대로, 말하자면 성적인 힘을 지니고 있는 존재'로 표현했는데, 그녀가 스키아파렐리를 위해 풍만한 젖가슴으로 유명한 은막의 스타 메이 웨스트의 모습을 본떠 향수병을 디자인해주었다. 그것은 거의 프랑스 남자들을 위한 제품이었다. 스키아파렐리는 제조업자를 찾는 데 상당한 노력을 기울였다. 짙고도 육감적인 향수 '쇼킹'이 마침내 시장에 나오고 마르셀 베르테의 외설적인 그림으로 광고가 나가자 이 패션 디자이너는 센세이셔널한 것을 좋아하는 사회의 초미의 관심사가 되었다. 이 향수가 여성의 성기에서 나는 냄새를 모방했다는 소문도 무성했다. 이것은 그녀의 패션쇼에 더 많은 사람들이 몰려오게 만든 스캔들이 되었다. "스키아파렐리에게서 사람들은 영감, 그리고 놀랄 만한 자신감을 느꼈다. 특히 그 색상, 히스테리, 흥분된 긴장이 내 기억에 남는다"라고 덴마크의 여성 패션 저널리스트인 라그나 피셔가 이 '대단한' 구경거리를 묘사했다.

어느새 1937년이 되었다. 스키아파렐리는 이제 신분에 맞게 샹젤리제에서 멀지 않은 곳에 있는 18개의 방이 있는 저택에서 살고 있었다. 저택의 상류 시민계층적인 분위기 속에서도 그녀는 소박한 작은 술집에서와 똑같이 편안함을 느꼈다.

스키아파렐리는 파리의 패션 디자이너들 중 어디에서나 볼 수 있는 몇 안 되는 이들에 속한다. 그녀는 포크너에 대해 토론을 하거나 항상 눈에 띄긴 하지만 군중들 틈에 섞여 빗속에서 에스파냐의 전 국왕을 기다릴 때와 마찬가지로 열광하면서 영화관에 가고 박물관에 간다.

스키아파렐리는 많은 여가 시간을 집에서도 보냈다. 그녀가 여는 파티는 인기가 있었다. 작가, 음악가, 저널리스트 그리고 예술가들이 베리 가(街)에 있는 그녀의 집으로 모여들었다. 그녀의 유명한 일요일 저녁식사에는 그녀의 가장 가까운 친구들, 즉 '패밀리'만 초대되었다. 이때 '마담'은 스스로 요리를 했는데, 자신만의 요리법으로 스파게티를 가장 즐겨 만들었다. 이런 날 저녁에는 집안 일을 맡은 직원들은 일을 쉬었다.

2년 전부터는 역사가 화려한 방돔 광장에 있는 그녀의 건물에서 의상들이 만들어졌다. 일 년에 6백여 개의 견본 의상이 그 '악마의 실험실'에서 만들어져 나왔다. 매년 4번 개최되는 프레젠테이션은 기대를 한 몸에 받는 사회적 이슈였다. 엘자 스키아파렐리는 자신의 제국의 1층에 제1호점으로 부티크를 열어 그곳에서 스웨터, 블라우스, 액세서리를 팔았다. 향수는 높다란 새장에 진열되었고, 속옷은 루이 14세 시대의 스핑크스상 위에 진열했다. 하지만 눈길을 끄는 것은 고전적 아름다움을 지닌 목조상인 파스칼과 파스칼린이었다. 이 쇼윈도의 모습은 바로 이웃해 있는 '리츠'로 가는 길에 그 옆을 지나가는 모든 사람들의 주의를 끌었고 그 당시에는 여행자들이 가장 사진을 찍고 싶어하는 대상이었다.

그 시대는 아직 대규모 가장 무도회의 시대였고, 그것은 스키아파렐리가 시대적 감각에 대한 직관적인 확신을 가지고 창조해낸 환상을 위한 완벽한 배경을 이루었다. 국제적인 제트족(제트기로 유람 다니는 부유층 – 옮긴이)들은 세계적인 경제 위기와 불안한 정세에도 재미있게 지내며 근심 없이 인생과 사치를 즐기고자 했다. 그것은 바로 엘자 스키아파렐리가 가지고 있는 욕구이기도 했다. 그러나 그것은 화산 옆에서 춤을 추듯 위험을 깨닫지 못하고 쾌락에 빠지는 격이었다. 독일에서는 히틀러가 권력을 잡았고, 최고의 지식인들을 망명으로 내몰았다. 프랑스에서는 인민전선이 선거에서 승리했고, 에스파냐에서는 무정부주의자들과 공산주의자들이 파시스트에 대항하여 싸웠다. 그리고 스키아파렐리는 서커스 컬렉션을 기획했다. 서커스의 천막은 초현실주의처럼 양차 세계대전의 중간 시기의 어수선한 정세에 일종의 보호막을 제공하는 완벽하고 온전한 세계에 대한 메타포였다.

스키아파렐리가 그 '정신없는 몇 년' 동안 돈 많은 자신의 고객들에게 최고의 시적인 매력과 자극적인 경쾌함을 보여주었지만, 그녀는 정치적인 사건을 의식하고 있었으며, 그것을 자신의 도발적인 패션 유희를 위한 출발점으로 이용했다. 1935년 파리 오트 쿠튀르의 사절로 소련에 초대되었을 때 그녀는 스탈린 앞에서 소련의 여성 근로자들도 독립과 환상에 대한 권리를 가져야 한다고 주장했다. 소련의 핀란드 습격에 대한 저항으로 그녀는 핀란드 자수제품을 수입했고, 전쟁이 점점 더 다가오는 느낌이 들자 금 견장을 단 군복 망토를 입고 로마군의 투구를 쓴 마네킹을 패션쇼의 무대 위에 세웠다. 1939년에 그녀는 낮은 구두와 허리를 조절할 수 있는 스커트를 내놓았다. 이것은 그녀가 분명하게 닥칠 것으로 예상한 궁핍한 시대를 위한 것이었다.

히틀러 군대가 폴란드를 침략하여 1939년 9월에 제2차 세계대전이 발발했고, 1940년 6월에는 독일군이 파리에 진군해왔다. 스키아파렐리의 위대한 시절은 갑작스런 종말을 맞이하게 되었다. '인생 행로의 중간 지점에서 똑바른 길을 잃어버린' 회사 소유주 스키아파렐리는 미국으로 가기로 결정을 내렸고 그녀의 공장 책임자가 5년 동안 사업을 이끌게 되었다. 그 사이에 프랑스 시민권을 획득했음에도 그녀는 독일인들과 이탈리아인들로부터 이탈리아 여성으로 간주되었고, 명확히 규정하기는 어렵지만 그녀에 대한 무언의 압박이 더욱 심해졌기 때문이었다. 그녀는 패션 디자이너로서, 프랑스의 사절로서 미국 대륙으로 건너가 자신의 향수의 판촉 활동을 하고 본국의 일자리 없는 재봉사들을 위해 자선쇼를 기획했다. 그녀는 미국 적십자에서 간호보조원 수련을 받았고 그것이 정신적으로 도움이 되었다.

과감하게 변화를 시도해보세요

전쟁이 끝난 후 그녀는 주저없이 파리로 돌아왔다. 그곳에서 그녀는 점령 시기 동안 뉴욕에서 지낸 것이 경솔했다는 비난에 계속 시달렸다. 몇 년이 지나서도 그녀는 그것 때문에 스스로를 변호해야 한다는

엘자 스키아파렐리, 1940년경

생각을 했다.

그녀는 맨 먼저 사업을 계속했다. 당시 20대 초반이었던 피에르 가르뎅과 위베르 드 지방시가 독립해서 패션 디자이너로서 첫발을 내딛었다. 스키아파렐리는 '충격적으로 우아한' 컬렉션, 즉 '미스터리 스커트'와 톱니 모양의 달걀껍질 형태로 마름질한 깊게 파인 목선을 가지고 전쟁 전에 성공을 거둔 재기 발랄함과의 연결을 시도했지만, 실패로 끝났다. 이제 다른 사람들이 유행을 결정했다. 1947년에 '뉴룩'을 창시하여 새로운(옛) 여성상을 제시한 디오르가 그 예이다. 또한 예전 파리 술집의 초현실주의자들처럼 시대 정신을 대표하는 검은 터틀넥 스웨터를 입은 실존주의자에게도 '충격적인 엘자'의 창작품은 더 이상 아무 쓸모가 없었다. 스키아파렐리 패션 하우스는 혹독한 손해를 입고 도산을 피하기 위해 1954년에 문을 닫을 수밖에 없었다. 스키아파렐리는 향수 회사에서 번 돈으로 빚을 갚아 나갔고, 이 향수 회사도 1977년 '쇼킹유'라는 제품으로 마지막 향수를 출시했다.

이제 62세의 스키아파렐리는 오트 쿠튀르 사업에서 물러나 자신의 라이센스를 가지고 있는 사람들에게 자문을 해주는 것 이외에 다른 활동을 일절 하지 않았다. 오늘날에도 호주에서는 스키아파렐리 스타킹이 팔리고 있다. 그리고 그녀는 자서전을 써서 1954년에 출판했는데, 저자의 성찰 혹은 치료요법으로 읽을 만하다. 즉 그녀의 삶의 모토인 '과감하게 변화를 시도해보세요'라는 문구에서 가장 잘 나타나듯, 이것은 모든 여성에게 남기는 중요한 유산이다.

그 후에 스키아파렐리는 그녀의 미래를 위해 아직 무엇을 준비할지에 대해 결정하지 못하고 있었다. 그녀는 주로 친구들과 여전히 자신의 동료들을 좋아하며 또 파리에서나 튀니지의 하마메트에 있는 자신의 집에서 반가이 맞이하는 유명인사들과 많은 시간을 보냈다. 그리고 그녀는 할 수 있다면 파리의 패션쇼에도 참석했다.

몇 번의 충격적인 사건을 거치면서 그녀는 병이 났고, 보살핌이 필요하게 되었다. 그러나 그녀는 결코 단정치 못한 적이 없었고, 만년에도 혼자가 아니었다. 그녀의 딸과 두 손녀가 그녀를 위해 옆에 있었고, 본질적으로는 그녀를 받쳐주는 내면 그 자체라 할 수 있는 전기작가 팔머 화이트가 있었다.

엘자 스키아파렐리는 1973년 11월 13일 파리에서 세상을 떠났다. 그녀는 로마에 있는 가족묘에 묻히지 않고 그녀의 친구들이 살고 있는 프뤼코르 마을의 묘지에 묻혔다.

비록 방돔 광장에 있는 스키아파렐리 부티크는 여러 해 전에 문을 닫았고, 예전 아틀리에에 있는 작은 사무실과 출입구 위에 있는 그 유명한 문구가 쓰여 있는 차양이 이 패션 디자이너에 대한 마지막 기억일 뿐이지만, 그녀의 정신은 계속해서 남아 있다. 그녀의 작업 스타일과 그녀의 작품들은 많은 사람들에 의해 모방되었고, 도발적인 신인들이 그녀와 비교되었으며, 그녀의 견본 의상들은 문화 유산이 되어 많은 박물관과 전시회에서 볼 수 있다. 1984년 파리 패션 및 의상박물관은 엘자 스키아파렐리에게 대규모 전시회를 헌정했고, 몇 해 전에는 그녀의 작품들이 뉴욕에서 전시되었으며, 그녀의 유명한 향수 ‘쇼킹’은 아직도 파리에서부터 전 세계에 있는 애호가들에게 발송되고 있다.

주자네 브로스

참고문헌

마를레네 디트리히

『나의 삶을 가져가라....회상Nehmt nur mein Leben....Reflexionen』
(München: C. Bertelsmann Verlag, 1979)

Steven Bach, 『마를레네 디트리히. 전설. 삶Marlene Dietrich. Die
Legende. Das Leben』(Düsseldorf, New York: Econ Verlag, 1993)

Axel Madsen, Der Nähkreis.『할리우드의 가장 큰 비밀 : 스타 여배우
와 그들의 여성에 대한 사랑Hollywoods grösstes Geheimmis: Die
Diven und ihre Liebe zu Frauen』(Hamburg: Kabel Verlag, 1996)

Richard Mentele,『사랑의 노예가 되어. 마를레네 디트리히의 최고의 예
술. 친구들과 디트리히 악단의 글들: 막시밀리안 셸과 마를레네 디트
리히의 대화Auf Liebe eingestellt. Marlene Dirtrichs schönste Kunst.
Texte von Freunden und die Dietrich-Bänder: Unterhaltungen von
Maximililian Schell mit Marlene Dietrich』(Mannheim: Bollmann
Verlag, 1993)

Sheridan Morley, 『마를레네 디트리히. 사진으로 본 전기Marlene Dietrich. Bildbiographie』(Frankfurt: Wolfgang Krüger Verlag, 1977)

Erich Maria Remarque, 『개선문Arc de Triomphe(1946)』(Köln: Kiepenheuer & Witsch, 1996)

Maria Riva, 『나의 어머니 마를레네Meine Mutter』(München: C. Bertelsmann Verlag, 1991)

Renate Seydel, 『마를레네 디트리히. 사진과 기록으로 본 그녀의 일대기 Marlene Dietrich. Eine Chronik ihres Lebens in Bildern und Dokumenten』(Berlin: Nymphenburger Verlagshandlung, 1984)

Donld Spoto, 『마를레네 디트리히. 전기Marlene Dietrich. Biographie』(München: Heyne Verlag, 1992)

독일 영화 자료 박물관 재단(편), 마를레네 디트리히 컬렉션 베를린, 1997(2000년부터 베를린에서 공개되는 디트리히 유품에 대한 짤막한 설명. 슈트라이트가 15-17, 13587베를린)

쉬잔 발라동

Maurice Utrillo, Suzanne Valadon. 예술회관(München, 1960)

Suzanne Valadon. P. 지아나다 재단(Martigny, 1996)

Johanna Brade, 『쉬잔 발라동Suzanne Valadon』(Stuttgart: Belser Verlag, 1994)

Francis Carco, 『모리스 위트릴로. 전설과 실제Maurice Utrillo. Legende und Wirklichkeit』(Zürich: Diogenes verlag, 1958)

Jeanne Champion, 『사랑에 빠진 여인. 쉬잔 발라동의 예술과 삶Die Vielgeliebte. Kunst und Leben der Suzanne Valadon』(München:

Goldmann Verlag, 1990)

Doris Krininger, 『모델-여류화가-누드. 쉬잔 발라동과 파울라 모더존-베커에 관하여Modell-Malerin-Akt. Über Suzanne Valadon und Paula Modersohn-Becker』(Darmstadt: Luchterhand, 1986)

John Storm, 『쉬잔 발라동. 위트릴로 어머니의 삶Suzanne Valadon. Das Leben der Mutter Utrillos』(München, 연대 미상)

Elke Vesper, 『섬뜩한 마리아Schreckliche Maria』(Hamburg: Galgenberg Verlag, 1991)

Jeanine Warnod. 『쉬잔 발라동Suzanne Valadon』(München: S dwest, 1989)

쉬잔 발라동의 유품은 파리 국립현대미술관에 보관되어 있다.

엘레오노라 두제

Doris Maurer, Eleonora Duse. 『로로로 학술저서 rororo monographie』(Reinbek: Rowohlt Verlag, 1988)

Claudia Balk, 『연극의 여신, 연출된 여성성Theatergöttinnen, Inszenierte Weiblichkeit』(Frankfurt: Stroemfeld/Roter Srern, 1994)

Gabriele d'Annunzio, 『불꽃Das Feuer』(München: Matthes & Seitz, 1988)

마리 비그만

『구상Komposition』(Selbstverlag, Dresden, 1925)

『독일 무용예술Deutsche Tanzkunst』(Reissner Verlag, Dreschen, 1935)

『무용의 언어Die Sprache des Tanzes』(Battenberg Verlag, Stuttgart, 1963)

Rudolf Bach, 『마리 비그만-작품Mary Wigman-Werk』(Reissner Verlag, Dresden, 1933)

Susan Manning, 『절정과 악마. 마리 비그만의 춤에 나타난 페니미즘과 민족주의Ecstasy and the Demon. Feminism and Nationalism in the Dances of Mary Wigman』(University of California Press, Berkeley und Los Angeles, 1993)

Hedwig Müller, 『마리 비그만. 위대한 무용가의 삶과 작품Mary Wigman. Ein Vermächtnis』(Heinrichshofen, Wilhelmshaven, 1986)

Walter Sorell, 『마리 비그만. 유언Mary Wigman. Ein Vermächtnis』(Heinrichshofen, Wilhelmshaven, 1986)

지젤 프로인트

『사진과 사회Photographie und Gesellschaft』(Reinbek bei Hamburg: Rowohlt Verlag, 1976)

『카메라를 가진 여자Die Frau mit der Kamera』(München: Schirmer & Mosel, 1992)

『사진들Photographien』(München: Schirmer & Mosel, 1985)

『라우다 야미스와의 대화Gespräche mit Rauda Jamis』(München: Schirmer & Mosel, 1991)

『베를린/프랑크푸르트/파리, 사진들Berlin/Frankfurt/Paris, Fotografien 1929-1962』(Berlin: Jovis, 1996)

『지젤 프로인트. 회상의 편린들Fotografin Gisèle Freund. Der Archipel

der Erinnerung』(출전: 너, 문화잡지, 3호. 1993년 3월 3일)

Andrea Weiss, 『파리는 한 여성이었다Paris war eine Frau』(Dortmund: Edition Ebersbach, 1996)

Hans Joachim Meyer(Hrsg.), 『지젤 프로인트. 베를린 작품집 보관실 목록Gisèle Freund. Katalog des Werkbund-Archivs』(Berlin: Argon Verlag, 1988)

이름가르트 코인

『길기-우리들 중의 하나Gilgi-eine von uns』(München: Classen Verg, dtv 1989)

『인조견 옷을 입은 소녀Das kunstseidene Mädchen』(München: Classen Verg, dtv 1996)

『함께 놀아서는 안 되는 소녀Das Mädchen, mit dem die Kinder nicht verkehren durften』(München: Classen Verg, dtv 1989

『자정이 지난 후Nach Mitternacht』(München: Classen Verg, dtv 1988)

『급행열차 3등칸D-Zug dritter Klasse』(München: Classen Verg, dtv 1990)

『나는 소용돌이 속에 살고 있다. 아르놀트 슈트라우스에게 보내는 편지들Ich lebe in einem wilden Wirbel. Briefe an Arnold Strauss』, Hrsg. v. Gabriele Kreis und Marjory S. Strauss(München: Classen Verg, dtv 1990)

Hermann Kesten, 『내 친구 시인들Meine Freunde die Poeten』(Berlin: Ullstein TB 1980)

Gabriele Kreis, 『"사람들이 믿는 것은 존재한다". 이름가르트 코인의 삶"Was man glaubt, gibt es." Das Leben der Irmgard Keun』
(Zürich: Arche Verlag 1991)

Heike Beutel, Anna Barbara Hagin,『이름가르트 코인. 시대의 증언들,
사진들, 자료들을 통해 그녀를 말한다Irmgard Keun. Zeitzeugen und
Dokumente erz hlen』(Köln: Emons 1995)

Jürgen Serke,『불타버린 작가들. 이력과 기록들. 〔이 속에 이름가르트
코인의 초상화가 있다〕 Die verbrannten Dichter. Lebensgeschichten
und Dokumente[Darin ein Porträt von Irmgard Keun』(Weinheim:
Beltz & Gelberg 1992)

마가레테 쉬테 리호츠키

『저항의 기억Erinnerungen aus dem Widerstand』(Hamburg: Konkret-
Verlag, 1985)

『저항의 기억(개정판)Erinnerungen aus dem Widerstand』(Wien:
Promedia Verlag, 1994)

응용 미술 박물관(MAK), Margarete Schütte-Lihotzky,『사회적 건축, 한
세기의 시대적 증인Soziale Architektur, Zeizeugin eines
Jahrhunderts』(Wien: Böhlau Verlag, 1996)

Ch. S. Chiu,『그림자 속의 여인Frauen im Schatten』(Wien: Verlag
Jugend + Volk, 1994)

엘자 스키아파렐리

『충격적 삶(자서전)Shocking Life(Autobiographie)』(London: J.M.
Dent & Sons Ltd. 1954)

Palmer White, 『엘자 스키아파렐리, 파리 패션의 황제Elsa Schiaparelli. Empress of Paris Fashion』(London: Aurum Press, 1995)

Caroline Rennolds Mibank, Couture. 『위대한 패션 디자이너의 광채와 역사 그리고 창작품Glanz und Geschichte der grossen Modeschöpfer und ihrer Creationen』(Köln: DuMont Buchverlag, 1988)

Caroline Evans & Minna Thornton, 『여성과 패션 뉴룩Women & Fashion A new Look』(Quartet Books, London/New York 1989)

Richard Martin, 『패션과 초현실주의Fashion and Surrealismus』(New York: Rizzoli, 1987)

François Baudot, 『스키아파렐리Schiaparelli』(München: Schirmer/ Verlag, 1997)